仏教からよむ古典文学

末木文美士

角川選書
599

はじめに

昨年（二〇一七年）十月、歌舞伎座で『マハーバーラタ戦記』の公演が行われた。それは見ないわけにはいくまい、というので、慌ただしい東京滞在の日をやり繰りして、見てきた。プロの評価はどうか分からないが、素人目には結構面白かった。インドの話をどこまで日本化して歌舞伎という様式の中に取り込めるのか。無茶なようだが、過去の日本人がいろいろなところでしてきたことで、日本文化の宿命のようなものだ。しかも、天竺《てんじく》と呼ばれたインドは、日本の仏教者には憧《あこが》れの地であり、理想の地でもあった。中世神道にインド神話が形を変えて入り込んでいることは、今日の研究で明らかになっている。そんなわけで、『マハーバーラタ』も意外にしっくり日本の古典芸能の世界にはまり込んで、納得のいくところがある。

もっとも『マハーバーラタ』の巨大さに較べると、どう頑張っても歌舞伎で表現できることは限られている。悠久の歴史を持ち、民族の坩堝《るつぼ》であるインドの文化と日本を比較すること自体が、そもそも無理なことだ。それは、もっと身近な中国の場合でも同じだ。インドや中国が紀元前から最高度の文明を発展させ、それが一サイクルしたところで、ようやく日本に文明らしいものが芽生えるのであるから、スケールが違う。しかも、日本も確かに複数民族の雑種文化ではあるとしても、こじんまりとした島国の中のコップの中の嵐のようなものであり、多数の民族の闘争と協調の中に進展してきた巨大文明とは比較にならない。

しばらく前から、東アジアの文化や歴史を統合的に見ようという試みが様々な形でなされている。もちろんそれは、日本を閉鎖され、孤立した世界と見るのではなく、より大きな場に引き出すという意味で重要なことだし、僕自身、そのような方向でも多少の仕事をしてきている。しかし、東アジアというので、中国・韓国・日本を同等の文化として見るのは、やはり無理がある。中国の、それも漢民族を中核として成立した漢字文化圏の中で、その圧倒的な影響下に、周縁に形成されたのが韓国や日本の文化である。常に巨大な中国文化を受容しながら、それをどう自分のものにしていくか、そして小さくてもそれに負けない独自の価値を持つ文化を作りだせるか、ということが、周縁文化の課題であった。

僕が日本仏教を専攻に選んだのは、もともと自分自身の思想的なルーツを求めたいということがあった。それには、もっと日本に内在した研究をすることも可能であったが、仏教というテーマは、一面では日本に内在しながら、もう一面では外へと広がっていくことができるという点で、魅力的だった。それは、中国（震旦《しんたん》）を通り越して、インド（天竺）にまで広がる世界である。そうした世界への目を持つことができた点で、今になって考えてみても、僕の選択は間違っていなかったと思う。

その一方で、教理的な思想として掬《すく》い上げられてしまうものだけを対象として研究することに、必ずしも満足できたわけではない。それからはみ出すもの、仏教教理の中に綺麗《きれい》に収まり切れないものの中にこそ、本当の人間存在の基盤があるのではないか、という思いはずっと続いていた。文学が僕にとって課題であり続けたのは、思想として定式化するとこぼれてしまうものが、そこで汲《く》み取られるからに他ならない。

『解体する言葉と世界』（岩波書店、一九九八）に収めた「荒涼たる心性の奥に――『拾遺愚草』」は、若書きではあるが、そんな仏教と文学の葛藤《かっとう》を、古典の中に投影してみたものだった。この本は、他にも文学作品を扱った、論文とは言い難いような文章をいくつか収めた。それらは、僕の研究からすれば周縁的な副産物として、それで終わりにするつもりだった。ところがその後、それほど軽い問題ではなく、むしろ僕自身のもっとも本質的な問題意識を反映していることに、自ら気付かされるようになった。

本書は、同書の後に書かれ、その問題意識を引き継ぎ、さらに深めた文章を、改めて整理し、加筆改稿してまとめたものである。それ故、『仏教からよむ古典文学』という書名にきれいに収まるようなお行儀のよいものではなく、むしろ仏教と文学とが相反し、違う方向に向かって飛び出してしまうような、不揃いで不調和な内容となっている。

最初に取り上げた『源氏物語』では、登場人物たちは出家に憧れながら、愛欲の世界に連綿として、何とも歯がゆく曖昧《あいまい》なままに年月を送っている。しかもその曖昧さの中に、王権と仏法という、日本の思想も文学もすべてを貫く根本の構造が提示されている。最後の章では漱石を取り上げたが、彼の修道は決して悟り臭い「則天去私《そくてんきょし》」の境地でめでたく完結するのではなく、それとは正反対の愛の葛藤の中にもがき続けることに道を見出《みいだ》そうとして、ようやく出発したばかりだった。意外にも、『源氏物語』と漱石の小説群は、お手本通りの悟り臭さを拒否して、男女の愛の問題に深入りするところで響きあっている。

『源氏物語』と漱石の間に、『平家物語』、能、そして仏教と文学に絡むいくつかの話題を配置した。必ずしもまとまっていないし、一つのテーマを徹底的に深めるというよりも、いろいろなテーマに飛び移って、とりあえずの試供品のようなところも多い。自分の年齢を考えれば、もう自分でこれ以上深めていくには時間が足りないから、ともかく手持ちのカードを示しておいて、もし誰かの参考になれば、というつもりである。

一貫して何かを論証した学術書としてでなく、むしろそれに収まりきらない問題に対するヒント集として、肩肘《かたひじ》を張らず、先入観を持たずに楽しんでいただければと思う。一応、ある程度は時代的な流れを考慮して構成されているが、必ずしもこの順に読まなければならないわけではなく、関心のあるところから読み進めていただいて構わない。文学には素人の勝手な読み方だが、かえって通説にとらわれずに自由な見方ができたところもあるかもしれない。こんな読み方もできるのか、と思っていただければ嬉《うれ》しい。

目次

1

源氏物語と仏教

不都合な古典

日本人が世界に誇りうるいちばんの古典と言えば、何であろうか。中国であれば、先秦《せんしん》時代にすでに四書五経や諸子百家の著作が成立したし、『史記』などの歴史書を挙げることもできるであろう。インドであれば、『ヴェーダ』や『マハーバーラタ』『ラーマーヤナ』のような巨大な叙事詩が遺《のこ》されている。西洋文化の源泉としては、ギリシアの叙事詩『イリアス』『オデュッセイア』をはじめ、ギリシア悲劇やプラトンの哲学書など、いくらでもあげることができる。

それに対して、日本の古典としては、『古事記』や『万葉集』が挙げられるかもしれないが、それらは八世紀になってからのものである。紀元前に遡《さかのぼ》るような世界の古典がずらっと並ぶ中では、とてもトップクラスとは言えない。しかも、それらが古典として注目されるようになるのは、江戸時代も半ばになってからのことで、それまで特別に重視されていたわけではない。

そんな日本の古典の中で、これこそ世界に誇りうると言えるのは、『源氏物語』を措《お》いて他にないであろう。『源氏』は、成立こそ十一世紀初めと遅いものの、世界でも最大級の長編であり、それも他の文化圏に見られるような叙事詩や歴史文学ではなく、微妙な男女の駆け引きを描いた恋愛小説である点で、他に例を見ない。アーサー・ウェイリーの英訳で欧米でも高い評価を得て、現代文学にも大きな影響を与え、世界の古典の中でもトップクラスの重要な位置を占めている。

『源氏』が日本でどのように受容されてきたかという点を見ても、書かれた同時代の貴族仲間で評判をとって以来、途絶えることなくずっと今日まで読み続けられている点で、他に例がない。中世には藤原俊成《しゅんぜい》が「源氏見ざる歌詠みは遺恨の事なり」と述べたことから、歌人の必読書とされることになった。和歌の素養が文化人の資格であったから、『源氏』はそれを読まないのは恥とされるような日本最大の古典として認められることになった。

近世になると、本居宣長《もとおりのりなが》によって、その主題が「もののあはれ」として定式化された。儒教や仏教と異なる日本独自の道を求めた宣長が、それをもっともよく表わす言葉として選んだのが「もののあはれ」であった。「もののあはれ」は、理性的な思惟《しい》ではなく、ものに触れて動く感情であり、情緒であって、それを人と共有するところに成り立つ。それ故、「もののあはれ」は、恋愛にもっともよく表われる。『源氏』が求めたのは教訓や理屈ではなく、それらをすべて抜き去った自然で純粋な感情の動きであり、それへの共感である。不倫も好色も道徳的なレベルで善悪を論じるべきものではなく、そこに動く男女の情にこそ真実を見なければならない、というのである。

宣長の「もののあはれ」論は、さまざまな批判を受けながらも、後世に大きな影響を与え、『源氏』は日本最大の古典としての地位を確立した。そればかりでなく、柳亭種彦《りゅうていたねひこ》の『偐紫《にせむらさき》田舎源氏《いなかげんじ》』の翻案などを通して、通俗化して庶民の間にも浸透した。『源氏』は教養書として知識人の学びの対象であると同時に、庶民にとって美男美女の憧《あこが》れの世界であり、恋愛の指南書でもあった。ポルノまがいともなり得るし、高雅な画題ともなりえた。知識人と庶民の両方にわたって、これほど人気を博した文学は他にない。

近代の国文学（日本文学）は国学の流れを受けたものであるが、そこでは『源氏』の研究がいちばんの花形であり、近代的な文献考証を武器とした池田亀鑑《きかん》らの研究が画期的な成果を上げた。また、与謝野晶子《よさのあきこ》・谷崎潤一郎らの現代語訳が普及し、教科書にも取り入れられて、国民的な古典となった。戦後にはさらに漫画や映画などを通して大衆化することになった。その人気は今日に至るまでいささかも衰えていない。

だが、不倫や好色の勧めのような小説が、日本を代表する古典であってよいのだろうか。国力を誇示しようという政治家が、「わが国最大の古典である」と、大威張りで外国の首脳に売り込むのに適当なものとは思われない。英雄色を好む、とは言われるが、主人公が力強い武人で、悲劇的な生涯を終えるというのであれば、まだしも好色が旺盛《おうせい》な生の汪溢《おういつ》として許されるかもしれない。しかし、源氏はそんな格好良さとは縁遠く、宮廷政治で敵を追い落とす陰険な黒幕的な貴族であり、美男子で女たらしの色好み以外にあまり誇りとできるようなところがない。

それればかりではない。源氏は継母であると同時に、天皇の妃である藤壺《ふじつぼ》と通じ、その不義の子が後の天皇となり、源氏はお咎《とが》めがないばかりか、絶大な権力を振るうというのである。そんなことが認められれば、万世一系の原則が崩れてしまうではないか。それは天皇制の根幹を揺るがすとんでもない不敬文学ではないのか。実際、谷崎潤一郎の現代語訳（一九三九―四一）は、出版に当たって該当箇所が大幅に削除されたし、『源氏』の舞台上演が禁止されたりした。また、小学校の教科書に『源氏』が取り上げられていることに対して、国文学者橘《たちばな》純一が異議を唱え、『源氏』は大不敬の書であると一大キャンペーンを張って、批判を繰り広げた（『批評集成・源氏物語』五）。

この問題は、確かに近世から取り上げられていた。ただ、水戸《みと》藩の儒者安藤為章《あんどうためあきら》が、『源氏』は万世一系の紛れを生じさせないようにとの警告の書だと説いたように（野口武彦『『源氏物語』を江戸から読む』）、決して『源氏』否定論ではなく、いささか屈折した形ながら高く評価している。それが昭和になってはじめて『源氏』否定論が声高に唱えられて大騒ぎになったのである。皮肉なことに、このことはかえって、昭和の居丈高の万世一系論のほうが、伝統を無視した底の浅いものであることを自ら暴露しているとも言える。

こうして、『源氏』は常に日本最大の古典として珍重されるとともに、庶民にも愛されてきたが、その一方でどうも怪しげで、道徳家や国粋主義者の目の敵にされるという厄介至極で、手に負えない不都合な古典であり続けた。

そのことは、仏教の観点から見ても同様に当てはまる。宇治十帖《うじじゆうじよう》まで行くと、いかにも厭世《えんせい》的で、彼岸志向の抹香臭さが強くなるが、肝腎《かんじん》の源氏が主人公であるところは、仏教的に見てもあまり褒められたものではない。源氏はたびたび出家の意思を示しながらも、俗世の煩悩に引かれ続け、最愛の紫上はついに出家できないままに息を引き取る。愛欲と煩悩にまみれながら、自分だけは最後に抜け抜けと出家してしまう。どうもあまり同情の余地がない。作者の紫式部が地獄に堕《お》ちたと伝えられるのも、無理からぬところがある。

『平家物語』が仏教文学と言ってもおかしくないのに対して、『源氏』をそう呼ぶことはしにくい。確かに仏教行事は多く催され、僧侶《そうりょ》たちの出番も少なくない。しかし、仏教が中核的な位置を占めるかというと、ただちにそう言うことは躊躇《ためら》われる。それは、当時の貴族たちの等身大の生活の中で占める仏教の位置を反映しているように思われる。むしろ俗世の愛欲と権力の問題のほうが関心の中心であったかもしれない。

だが、彼らにとって仏教がどうでもよいことであったかというと、現代人が考えるほど、単なる形式ではなかった。来世はきわめて切実にリアルな問題であり、それを保証してくれるのは仏教以外になかった。それればかりでなく、霊のような訳の分からない異界のものから身を守ってくれるのも仏教であった。言ってみれば、仏教というバリアで周囲を囲まれ、異界から守られたその枠内で現世の生活が成り立っていたのである。

そう考えれば、『源氏』と仏教との関わりを問うことは、それほど不自然なことではない。『源氏』、あるいは当時の貴族たちの生活は、現世的なものと、現世を超える仏教的な世界の緊張の中に展開していたと言ってもよいであろう。その緊張関係はどのような構造をもって展開しているのだろうか。以下、その点をいささかなりとも検討してみたい。

王権と仏法

いづれの御時にか、女御更衣あまたさぶらひたまひける中に、いとやむごとなき際にはあらぬが、すぐれて時めきたまふありけり。（桐壺《きりつぼ》）

遠大な物語は、物語の常道に従って、時を遡ることで、現実を離れた物語の時空に誘い込む。だが、それは「今は昔」と違って、最初から帝の「御時」であり、帝をめぐる物語として設定される。帝と、身分の低い薄幸の更衣との恋物語は、急転直下更衣の死に終わり、話は主人公となるその子へと移る。

高麗人《こまうど》の相人《そうにん》の予言は、「国の親となりて、帝王の上なき位にのぼるべき相おはします人の、そなたにて見れば、乱れ憂ふることやあらむ。おほやけのかためとなりて、天の下を輔弼《たす》くる方にて見れば、またその相違ふべし」というものであった。帝王となる相はあるが、もしそうなれば天下が乱れるが、だからと言って輔弼《ほひつ》の臣とかというと、そうでもないと、相人も困惑する。この曖昧《あいまい》さが、後に我が子が帝となり、自らは准太上天皇になるという伏線となる。

その予言を受けて、帝は「無品の親王の外戚の寄せなきにては漂はさじ、わが御世もいと定めなきを、ただ人にておほやけの御後見をするなむ、行く先も頼もしげなめること」と、源姓を与えて臣籍に降下させる。どうも帝の対応は相人の予言にうまく合致しない感があるが、ともあれ、こうして主人公は帝の子でありながら、皇位から切り離された民間人という二重性を持つことになる。

この設定は巧みである。帝は侵犯できない権威の根源であるが、それ故にその自由は強く制約される。源氏は帝の子としての血統のカリスマを保持しながら、王家を離れることによって自由な活動を確保されることになる。即ち、物語は帝の物語でもなく、かと言って、摂関家のような貴族の物語でもなく、そのどちらでもないが、どちらをも兼ね備えた曖昧な重層性をもって展開する。しかも、帝位とは切り離されながら、ぎりぎりのところまで近づき、最後は帝の父親として、准太上天皇なる、いわば天皇を超えた「上なき位」に至ることになる。

道長のような最高権力者をも読者として想定するとすれば、この設定はきわめて有効である。どんなに摂関家の権力が強くなろうとも、帝の妃と密通し、その子が帝になるということは絶対にありえない。そのありえない禁断の道を成り立たせ、読者をはらはらさせながらも納得させてしまうのが物語作者の力量だ。主人公が摂関家のような身分であれば、読者は現実が分かっているから、それはありえないということにもなるかもしれない。しかし、帝の子であれば、そんなこともあるかもしれないと受け入れることになる。

だが、望月《もちづき》の欠けたることのないような最高の達成が、最高の幸福をもたらしてめでたし、めでたしとなるかと思うと、そうはいかない。准太上天皇となるや、それが苦悩の始まりとなる。女三宮《おんなさんのみや》の降嫁を受け入れたことは、最愛の妻紫上に激しい苦悩を与える。そればかりか、女三宮と柏木《かしわぎ》との密通で生まれた不義の子を自らの子として引き受けるという皮肉な因果の巡りあわせに打ちのめされる。

物語が本来予祝性を持つものとするならば、ハッピーエンドで終わらせることが必要だ。だが、その約束事を乗り越えたところで、物語はぐんと深みを増す。衰微し、死へと向かう紫上と源氏を描き切ることで、『源氏』はそれまでとは異なる相貌《そうぼう》を示す。女三宮を出家に向かわせ、柏木を死に追いやりながらも、源氏の威勢は衰えを隠せない。時代は次の世代に移るはずなのだが、柏木を喪《うしな》い、夕霧は家庭内さえ円満に治められない。ペシミスティックな雰囲気の中で、物語は収束に向かう。宇治十帖を待たずして、仏教的な無常感に深く覆われる。

しかし、それならば直ちに仏法の世界に入り込むのかというと、そうでもない。王権に対する重層的な曖昧さは、仏法に対しても同じように当てはまる。源氏は紫上の出家を許さず、自らも出家しようとしながら、躊躇っているところで終わり、源氏の最期は描かれない。此岸《しがん》と彼岸《ひがん》の間を揺蕩《ようとう》したままに、そこに結論はない。

現世の極が帝王であるとすれば、現世を超え、来世を保証するのが仏法である。この世は無常であり、たとえ帝王であっても死を逃れることはできない。その点から言えば、仏法は王権を凌駕《りょうが》する。だが、仏者が説くほど単純にはいかない。王法は何よりも現世の繁栄を求めるものであり、現世を超越しようとする仏法とは方向を異にしている。生のベクトルと死のベクトルと言ってもよいであろう。

もう少し時代を下り、院政期になると、王法・仏法相依論により、王法と仏法が対等に協力していくようになる。また、院政は仏法と王法の両方の権力を一つにして掌握しようとするものであるが、『源氏』ではまだそこまではいっていない。仏法が鎮護国家的に、さまざまな儀礼を通して国を護《まも》ることはなされてきたし、密教的呪術《じゆじゆつ》が現世利益《げんぜりやく》的に活用されることはあるとしても、『源氏』に見られる仏法の基本的な方向は出家することで、現世を離脱する志向が強く、王法と相反する方向へと向かっていく。

こうして王法と仏法の両極の間で現世の生が営まれることになる。物語の曖昧な重層性は、この両極の間の揺れに起因する。どちらかに行きついてしまえば、それはそれできれいに片付く。そうならない曖昧さの中に、「もののあはれ」や「色好み」のような現世を生きる価値観が形成される。

「色好み」は、折口信夫《おりくちしのぶ》によって単なる遊興的な好色でないことが指摘された。光源氏の好色はほとんど病気と言ってよいほどであるが、それは本来宗教性を持った帝王の徳だというのである。折口は「色好みといふことは、国を富まし、神の心に叶ふ、人を豊かに、美しく華やかにする——さういふ神の教え遺したことだ」(「源氏物語における男女両主人公」)と説く。色好みが子孫繁栄、国家繁栄につながる創造的な営みであったことは間違いなく、それは国家を司《つかさど》る帝王の特権であり、責務であった。

源氏の色好みももともとそのような王権に結び付くプラスの意味を持つものと考えられる。しかし、帝王から切り離されることで、自由な女性遍歴が可能になるとともに、一種不毛性が付きまとうことになる。実際、多数の女性遍歴にもかかわらず、実子は夕霧と明石《あかし》の中宮だけであり、色好みが子孫繁栄という果実に結びつかなかった。ここにも源氏の曖昧な両義性が生まれる。

　色好みはそれ自体としては生の充実の方向を持つものであるが、その裏には必ずしも肯定できない負の側面を持つことになる。不義に結び付く激情や嫉妬《しっと》などの感情のもつれである。同じように性愛をベースとしながら、色好みではそれなりに調和していた感情が過激化して突出し、バランスを崩すことになる。『源氏』自体で用いられる言葉を使うならば、「愛執」（夢浮橋《ゆめのうきはし》）として括《くく》ることができよう。色好みがプラスの方向に向かうのに対して、愛執はマイナスの方向に向かう。色好みを源氏によって代表させるならば、愛執を代表するのは六条御息所《ろくじょうのみやすどころ》であろう。源氏が表の主人公とするならば、過激な嫉妬で源氏の関わる女たちを恐れさせる御息所は裏の主人公とも言える。

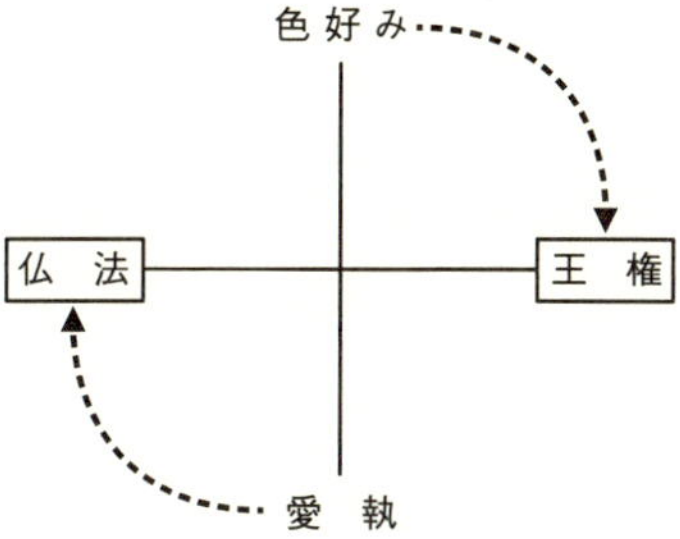

　こうして、上のような図式が考えられる。即ち、王権と仏法を両極としながら、その中間に現世の生が営まれる。それは、一方では色好みとして男女の性愛が子孫繁栄へとつながり、世俗社会の秩序の維持に向かうのに対して、他方ではその性愛の調和が崩れた時、愛執として現世の秩序を壊し、そこから逃れるために仏法への志向を含むことになる。
　こうした人間世界の構造の全体は、前世からの因縁によって左右される。それが「宿世《すくせ》」である。宿世は場合によってはプラスの結果をもたらす場合もあるが、全体としては厭世的な方向性を持って、物語全体が最終的に厭世的な方向に向かうことになるのである。

平安時代の仏教

仏教史というと、どうしても鎌倉仏教に関心が集まるあまり、平安期の仏教についての議論は十分に行われていない。それ故、『源氏』のベースとなる仏教がどのようなものか、必ずしも明確ではない。ここで、少し仏教史を振り返っておこう。

八世紀半ば、奈良時代の中葉になると、聖武《しょうむ》天皇の篤《あつ》い信仰もあって、仏教の隆盛期を迎えた。寺院の建造も進み、唐から請来《しょうらい》された経典の書写も行われ、南都六宗が整備された。道鏡のように政治に関与する僧も現われた。桓武《かんむ》朝の刷新は、そのような仏教界との癒着を是正する意味もあり、平安京は当初、羅城門をはさんで東寺《とうじ》と西寺《さいじ》が城域の守護に当たったものの、それ以外に寺院を認めない世俗都市として計画された。そこで、最澄によって開かれた比叡《ひえい》山延暦寺《えんりゃくじ》は、都の外から丑寅《うしとら》の鬼門を守る重要な役割を果たすことになった。他方、空海は東寺を拠点としながら、都を離れた高野山に修行の場を求めた。

こうして、平安初期の仏教は、鎮護国家ということを大きな看板とすることになった。そのことは、しばしば誤解されるように、国家に仏教が服従するという意味ではない。逆に、国家がそれだけで自立できず、仏教によって守護されなければ成り立たないということを意味する。他方、仏教のほうも国家を包摂するだけのスケールの大きな力を持っていなければならない。

それに適《かな》ったことで、最澄や空海の仏教が脚光を浴びることになった。最澄における一乗主義も、空海における十住心の体系も、全世界を包み込む壮大な理論体系である。だが、何といっても密教の曼荼羅《まんだら》的な世界観が凌駕する。天台でも円仁《えんにん》・円珍が入唐して密教化を推し進めたのは、理由のないことではない。

だが、九世紀半ばから十世紀にかけて、時代は大きく変転する。藤原氏による摂関政治が確立し、遣唐使が廃止されて、いわゆる国風文化の時代に入っていく。ちょうどその時代を生きて、仏教界の転換点を作ったのが安然《あんねん》である。安然は最澄・円仁・円珍と展開した台密《たいみつ》の完成者と言われる。それは事実であるが、前代の諸師と異なるところがある。第一に、前代の諸師が入唐《にっとう》したのに対して、安然は入唐しようとして果たせず、そこから国内で密教の師を求め、教相・事相の両面にわたって大著を著した。それ故、その内容も必ずしも唐に遡れない日本独自の密教へと歩を進めることになった。第二に、前代の諸師が天台座主《ざす》となり、大師号を得て鎮護国家的仏教を推し進めたのに対して、安然は僧位・僧官を得ることのない学僧に終始し、著述に専念した。そのために、伝記も明らかでない。

安然の著作は事相・教相にわたるが、教相面の主著『真言宗教時義』では、真如を根底に置いて一元論的に世界の多様性を統合しようとしたところに特徴がある。あらゆる「多」なるものは「一」なる真如に帰着するというのである。それが教判論では「四一教判」(一仏・一時・一処・一教)に結実する。「一」以外のものは何もないことになる。この強烈な一元論は、逆に言うと、すべてが一に統合されることで、あらゆる多なるものが認められることになり、多は多のままに無限定に増殖することが可能となった。それが、その後の事相の多様な発展に結び付くことになる。

こうして、安然の時代を大きな転換点として、仏教は平安初期の鎮護国家的な仏教から離れ、貴族の個人的な生活に関わる現世利益的な密教儀礼を発展させることになった。また、醍醐寺《だいご》の聖宝《しょうぼう》や比叡山で回峰行を始めた相応《そうおう》のように、山岳修験が盛んとなり、貴族の信仰を集めるようになった。僧侶には何よりも儀礼に優れ、呪力によって望む結果をもたらすことが求められた。山岳修験もそのような呪力を身に付ける方法であった。

十世紀後半になると、仏教は一気に発展興隆の時代を迎える。それを象徴するのが良源（九一二―九八五）による比叡山復興であり、堂塔の整備、戒律の厳守、教学の振興などに努めた。その弟子に『往生要集』（九八五）で名高い源信（九四二―一〇一七）がいる。念仏は、市の聖《いちひじり》空也（九〇三―九七二）によって、天慶元年（九三八）頃から都に広められ、庶民にまで浸透していた。『往生要集』はそれを理論的に基礎づけたものであり、源信はそれだけでなく、念仏結社である二十五三昧会《にじゆうござんまいえ》の結成（九八六）にも関わっている。新しい信仰運動の中心人物であり、「横川《よかわ》の僧都」のモデルと言われる。源信と親交のあった慶滋保胤《よししげのやすたね》は『日本往生極楽記』を著わし（九八六）、出家して寂心を名乗った。

源信は『一乗要決』などの教理的な著作も多い学匠であるが、教理の研鑽《けんさん》だけでなく、信仰面の実践を深めた点で重要である。源信はまた霊山院《りようぜんいん》の釈迦《しやか》講にも関係しており、その実践は狭義の浄土教だけに限られない。源信は、その著作や実践に比較的密教色が薄いが、二十五三味会で光明真言を用いている点など、密教を離れているわけではない。教学面を含めて、総合的な仏教を目指していたと考えられる。

平安中期には、都の中にも六角堂・因幡《いなば》薬師《やくし》・革堂《こうどう》などが建立され、都郊外の清水寺・清凉《せいりょう》寺釈迦堂や、少し離れた長谷《はせ》寺・石山寺などとともに、広く信仰を集めることになった。このように、『源氏』が書かれた時代は、仏教信仰がきわめて高揚した時代であり、前代からますます複雑化する現世利益的な密教儀礼だけでなく、仏教は個人の人生観に関わる信仰の問題として受け入れられるようになっていた。この時代、従来の仏教組織を離れ、僧位・僧官を求めずに自由な立場で信仰や修行を行なう僧を「聖《ひじり》」と呼んだが、彼らはこのような新しい運動の担い手となっていった。次代の院政期になると、再び仏教が強い政治性を帯びて国家と関わってくるが、この時代はその面は比較的薄かった。

この時代の浄土教を下級貴族の不安の反映と見るのは、井上光貞によって提唱された説で(『日本浄土教成立史の研究』)、修正されつつも今日でもその説を受け入れている論者が多い。しかし、じつは下級貴族だけでなく、頂点に立つ藤原道長(九六六―一〇二七)もまた、仏教に深く帰依し、さまざまな仏事を営んで、新しい仏教創造の先頭に立っている。この時代の仏教隆盛を生み出した中核の一人と言ってよい。道長の建立した法成寺《ほうじょうじ》は、壮大な伽藍《がらん》の中に金堂《こんどう》・阿弥陀《あみだ》堂・五大堂・薬師堂など多数の堂舎が並び、その複合的な信仰を示している。道長は晩年出家して主として法成寺で過ごし、最期はその阿弥陀堂の九品《くほん》の阿弥陀像の前で、五色の糸で弥陀と結ばれ、念仏を唱えながら亡くなった。

道長だけでなく、当時の信仰はこのような複合性を持っていたのであり、しばしば浄土教だけが焦点を当てられるが、それは適切ではない。道長の子息の頼通《よりみち》によって建立された宇治の平等院もまた、堂には密教の阿字《あじ》が書かれ、密教と複合した浄土教だということが明らかにされている。

道長の信仰を知る手掛かりとして、寛弘四年（一〇〇七）の埋経はよく知られている。この時、道長自ら吉野の金峰山《きんぷせん》に詣《もう》でて、自ら写経した経巻を埋経供養した。その時納めたのは、『法華経《ほけきょう》』『無量義経』『観普賢《ふげん》経』『阿弥陀経』『弥勒上生《みろくじょうしょう》経』『弥勒下生《げしょう》経』『弥勒成仏経』『般若心経《はんにゃしんぎょう》』などである。最初の三つは法華三部経として纏《まと》められるもので、弥勒関係のものは弥勒三部経とされるものである。それ故、『法華経』をベースとして、阿弥陀信仰と弥勒信仰がセットになっていると言うことができる。経筒の銘文には、修験の本尊である金峰山の蔵《ざ》王《おう》権現に対する誓願を述べ、そこで、死後阿弥陀仏の浄土に往生して、その後、弥勒菩薩《ぼさつ》が仏としてこの世界に現われるとき、その場に現前して説法を聞きたいと述べている。そのような複合的な信仰が、さらに修験の山の信仰と重層している。

道長の先例に従って、その後各地に経塚が作られ、埋経が盛んになる。道長はそのような新しい信仰運動を起こした旗手と言える。そうした場から『源氏』が生まれてきたのである。それ故、『源氏』に仏教的な色合いが濃く表れていたとしても、不思議ではない。

その後の時代、院政期に入ると、さらに政治も絡んで仏教の役割は一層大きくなり、また、宋《そう》から新しい仏教文化が伝えられる。それが鎌倉期の新しい仏教の導入へとつながっていく。

それ故、平安中期はそのような中世の仏教運動の出発点となる時代として、改めて見直さなければならない。

神と仏

明石《あかし》から戻った源氏は、住吉《すみよし》に願ほどきの参詣《さんけい》をする。それには、「世の中ゆすりて、上達部殿上人、我も我もと仕うまつりたまふ」大行列であった。住吉では、「まことに神のよろこびたまふべき事をし尽くして、来し方の御願にもうち添へ、ありがたきまで遊びののしり明かしたまふ」という大掛かりのものであった。そこに行き合わせた明石上は、あまりの身分違いに、そっと帰ろうとする。惟光《これみつ》からそのことを聞かされた源氏と歌のやり取りをするが、明石上は上京すべきかどうか迷う（澪標《みおつくし》）。

この時に願ほどきをしたのは、須磨《すま》から明石に移る際に、住吉の神の加護を祈り、無事に明石に着いたことを感謝するからである。激しい風雨に従者たちが怯《おび》える中、源氏は、「住吉の神、近き境を鎮め護りたまふ。まことに迹を垂れたまふ神ならば助けたまへ」と祈り、また、亡き桐壺院が現われて、「住吉の神の導きたまふままに、はや舟出してこの浦を去りね」と指示されるままに、無事に明石に着くことができた（明石）。住吉は海の神であり、海運を司《つかさど》るから当然ではあるが、そこには住吉を尊崇する明石一族との出会いが予兆されていた。源氏はまた、後にも紫上や明石女御たちを連れて住吉に参詣している（若菜下）。住吉は、源氏と明石一族とを結びつける重要な役割を果たしている。

こうした社寺への参詣は、この時代貴族たちの間で盛んに行われるようになっていた。それだけ神仏の加護や恩恵が大きく喧伝《けんでん》され、信じられていた。九州から逃れ出た玉鬘《たまかずら》は、初瀬《はつせ》（長谷）の観音に参籠《さんろう》して、そこで右近《うこん》に出会い、その縁で源氏の庇護《ひご》を受けるようになる（玉鬘）。初瀬の観音は、とりわけ女性たちに人気があった。

ところが、源氏は、この住吉参詣は特筆されるものの、他の神社への参拝はそれほど顕著でない。葵上《あおいのうえ》と六条御息所の車争いは、賀茂《かも》の新斎院の禊《みそぎ》の行列に源氏が加わっていたのを見ようとしてごった返した中で起こったが（葵）、それは公的行事に源氏が加わったのであって、特に個人的な信仰というわけではない。大原野行幸への随行も同様である（行幸《みゆき》）。六条御息所の娘（後の秋好中宮《あきこのむ》）が伊勢《いせ》斎宮になって、御息所も同行して伊勢に下ったこと（賢木《さかき》）、朝顔（槿）が賀茂の斎院になったこと（朝顔）など、いずれも物語の進行に重要な意味を持つが、やはり公的な職務である。

平安中期には、神祇《じんぎ》制度が次第に整備され、天皇の奉幣や参詣する神社が二十二社の制度などに結実される。三橋正は、神祇信仰の展開を「祭―参加型」から「祭―奉幣型」へ、さらに「神社―参詣型」への変化として定式化しているが（『平安時代の信仰と宗教儀礼』）、この時代は「祭―奉幣型」を中心に、「神社―参詣型」へと移行していく時期であった。同時にまた、御斎《みさい》会《え》・仁王会《にんのうえ》など、宮廷を中心とする仏教行事も確立していく時期でもある。

『源氏』には「神仏」あるいは「仏神」という言い方がしばしば見え、ごく大雑把《おおざっぱ》には両者はあまり区別されずに、祈願がなされる対象として捉《とら》えられていた。「明石」でも、嵐の中で供の者たちが「もろ声に仏神を念じたてまつる」と仏神両方を念じていた。その点では神と仏は同じように加護を垂れるものと見られていた。しかしそれならば、神仏がまったく同じレベルで捉えられていたかと言うと、そういうわけでもない。現世利益という点では神にも仏にも祈るが、死後に関わる問題は仏教の独占するところであった（三橋、前掲書）。このような分業的な使い分けは、現代にもつながるところがある。

神仏の関係は、後には本地垂迹《ほんじすいじやく》の観念によって確立するが、当時はその観念はまだ確立しておらず、神仏は必ずしも緊密には一体化していなかった。「明石」で、住吉に祈る際に、「まことに迹を垂れたまふ神ならば助けたまへ」とあり、一見本地垂迹的な言葉が出るが、これはそうではなく、神が現実にその霊験を現わすという意味に取るのが適当であろう（韓正美『源氏物語における神祇信仰』）。本地垂迹が一般化するのは、院政期から鎌倉期にかけてである。「本迹」の観念は天台教学に由来するものであり、神仏習合は理論面も含めて大きな進展を見せることになる。

もちろん神仏は早い時代から深く関係していて、神前読経などがなされていた。これは奈良時代から見られるもので、神は仏によって救われるという観念の表れである。概して、神仏関係は仏の優位のもとに形成されていった。しかしその一方で、伊勢や賀茂の神事のように、仏教を忌む形態も見られ、神仏隔離と呼ばれる。これは仏教の進展に対して、神祇信仰の独自性を守ろうとするものであった。六条御息所が重病に陥り尼となったとき、「罪深き所に年経つるも、いみじう思して」（澪標）と悔恨の情が示されている。「罪深き所」というのは伊勢のことで、娘の斎宮に付き添い、仏事に関わることができなかったことを意味する。伊勢では神仏隔離が厳格に守られていたので、それによって仏から離れてしまったことが罪とみなされるのである。

『源氏』と同時代で、ある点ではモデルともいえる藤原道長は、すでに触れたように、仏教信仰の篤いことで知られる。とりわけ壮大な法成寺の建立や、金峰山・高野山などへの参詣はよく知られている。それに較べるとき、源氏は神社のみならず、寺院に関しても、それほど顕著な参詣は見られず、壮大な寺院の建立も行っていない。源氏が幼い紫上を見出《みいだ》すのは北山であり、瘧《おこ》り病の治療のために評判の高い聖の加持を受けるために滞在中であった（若紫）。それはいわば優れた医者の治療を受けるようなものであり、もちろんそれも仏教の大きな役割ではあったが、信仰的な参詣とは少し異なっている。

それでは、源氏は仏教信仰に関心がないのかというと、そうではない。熱心に仏事を行っているし、しばしば出家したいという思いを起こしている。「絵合《えあわせ》」では、帝の御前での絵合せで、最後に源氏は自ら描いた須磨の絵巻を取り出して弘徽殿《こきでん》女御たちを打ち負かし、権力闘争に勝利を収める。こうして最高権力への道を確実にしたが、源氏はそれに不安を覚える。「昔のためしを見聞くにも、齢足らで官位高くのぼり、世に抜けぬる人の、長くえ保たぬわざなりけり。この御世には、身のほどおぼえ過ぎにたり」と、あまりに順調すぎることを警戒し、「静かに籠りゐて、後の世のことをつとめ、かつは齢をも延べんと思ほして、山里ののどかな

る。

そこに籠《こも》ったことが記されているを占めて、御堂を造らせたまふ」と、「御堂」を建立して、そこに籠《こも》ったことが記されている。

いささか虫が良すぎるようにも思われるが、単に権力に驕《おご》るのではなく、それを自省する重層的なところに、理想的な人間像としての源氏の姿が描かれる。もっとも、「いかめしき御堂ども建てて、多くの人なむ造り営みはべるめる」ので、「いとけ騒がしうなりにてはべる」（松風）というのであるから、相当規模の大きな寺院ではあったであろう。ただ、「山里ののどかなる」ところの「御堂」（絵合）であるから、道長の法成寺のような豪華で壮大さを誇る寺院ではない。「大覚寺の南に当りて、滝殿の心ばへなど劣らずおもしろき寺なり」（松風）とあるから、大覚寺をイメージすればよいのかもしれない。

『源氏』が仏教に求めているのは、現世の権力に匹敵するような巨大な力を彼岸でも発揮しようということではない。そうではなく、「なほ常なきものに世を思して」、「世を背きなん」という思いによるものであった（絵合）。現世を無常なるものとして相対化して、それを超えることであった。それ故、世俗的な繁栄をそのまま仏教の世界に持ち込もうという法成寺的な発想はそこでは成り立たない。ドロドロした権力や情念の世界とは無縁の「山里ののどかなる」ことこそ、そのために必須の設定であった。「若紫」に出る北山もまた、同じように理想化された清浄な世界であり、それ故、そこで見出される紫上も、世俗的な情念を超えた清浄さを付与されることになる。それは、仏道と無縁であった六条御息所の暗い情念の世界と対照をなすものであった。

死と葬送

「夕顔」の巻は『源氏』全体の流れの中では傍流の話だが、それだけでまとまった短編小説の趣があり、広く愛されている。物語の初めのほうにあって、人間関係もそれほどややこしくなく、若者の秘密ではかない恋物語として共感を呼びやすい。血の気の多い青年が、偶然見つけた女性に恋をし、友人の元彼女らしいと知ってますます燃える。男には別に恋人がいるが、年上で嫉妬深いので敬遠し、頼りなさそうで陰のある新しい恋人が新鮮だ。趣向が昂《こう》じて、十五夜に怪しげな廃屋じみたところに連れ込んだはいいが、急死して慌てる。隠れた交際だから、表に出すわけにいかない。秘《ひそ》かに埋葬し、狂わしい想いに悶絶《もんぜつ》する。——今でもありそうな話だ。物語作者の腕は確かで、サスペンスに満ちた急展開は息をもつかさない。

恋物語としても見事だが、ここで注目したいのは、彼女の頓死《とんし》以後の慌ただしい葬送である。「昔見たまへし女房の、尼にてはべる、東山の辺に移したてまつらん」という惟光の采配《さいはい》で、「上蓆に押しくくみて」雑なままに車に乗せたので、「したたかにしもえせねば、髪はこぼれ出《い》でたる」有様であった。それを何ともしようのないままに源氏は二条院へ匆々《そうそう》に帰る。諦《あきら》めきれず、翌々日の夜、秘かに葬地の鳥辺野《とりべの》に向かう。

十七日の月さし出でて、河原のほど、御前駆《さき》の火もほのかなるに、鳥辺野の方など見やりたるほどなど、ものむつかしきも何ともおぼえたまはず、かき乱る心地したまひて、おはし着きぬ。あたりさへすごきに、板屋のかたはらに堂建てて行へる尼の住まひ、いとあはれなり。御燈明の影ほのかに透きて見ゆ。その屋には、女ひとり泣く声のみして、外の方に法師ばらの二三人物語しつつ、わざとの声立てぬ念仏ぞする。寺々の初夜もみな行ひはてて、いとしめやかなり。清水の方ぞ光多く見え、人のけはひもしげかりける。

荒涼とした葬地の有様がきわめてリアルで、十七日の月影にいっそうすさまじい。京の葬地は東の鳥辺野、西の化野《あだしの》が有名で、『徒然草《つれづれぐさ》』に、「あだし野の露消ゆる時なく、鳥部山の煙立ちさらでのみ住み果つる習ひならば、いかに物の哀れもなからむ」とあるのがよく知られている。それに北の蓮台野《れんだいの》を加えて、京の街は三方に葬地があった。化野・蓮台野・鳥辺野という地名自体が葬墓と関係深い。鳥辺野の名は古い鳥葬・風葬の名残を留《とど》める。生者は死者たちに周囲を取り囲まれた中で暮らしていたのである。

平安時代は火葬がかなり普及し、土葬も行われていたが、死体の遺棄も当然のように行われていた（勝田至『死者たちの中世』）。大きな墳墓を築いた天皇家や摂関家は別として、通常の埋葬はきわめて簡略だった。火葬といっても、大量の薪を使わなければ火力はそれほど強くなかったであろうし、土葬も墓穴を深く掘るのは大変な労力を要するので、かなり浅いところに埋められたであろうから、その情景はすさまじいものだったと思われる。後に源氏は、「見し人の煙を雲とながむれば夕の空もむつましきかな」と詠んでいるから、夕顔はそこで火葬されたのである。

後に葵上の葬儀もまた、鳥辺野で行われている（葵）。「御枕などもさながら二三日見たてまつりたまへど、やうやう変りたまふことどものあれば」――ドライアイスも防臭剤もない当時、二、三日もすれば、遺体は相当に傷みが進む。あまり睦《むつ》まじいとは言えない仲ではあったが、亡くなってみれば思いがこみ上げる。しかし、そうもしていられず、いよいよ諦めて、「鳥辺野に率てたてまつる」ことになった。

しかし、夕顔の場合と異なり、正妻である葵上の葬儀は大規模で荘厳であった。「こなたかなたの御送りの人ども、寺々の念仏僧など、そこら広き野に所もなし」と、あたり一帯に貴族や僧たちが集まった。「夜もすがらいみじうののしりつる儀式なれど、いともはかなき御骨ばかりを御なごりにて、暁深く帰りたまふ」と言われるように、一晩かけた荘重な儀式のうちに茶毘《だび》に付された。源氏は暁に、「のぼりぬる煙はそれと分かねどもなべて雲ゐのあはれなるかな」と詠んで帰っていく。やはり火葬であったことは明らかだが、その遺骨の行方にはあまり関心がないようである。

鳥辺野は、京都の東山に連なり、清水寺近くの一帯を指す（勝田至『日本中世の墓と葬送』）。「清水の方ぞ光多く見え、人のけはひもしげかりける」という「夕顔」の記述は具体的で、清水寺は目と鼻の先の距離である。清水寺は、坂上田村麻呂《さかのうえたむらまろ》が観音を篤く信仰して、伽藍を大きく整備したとされる。鳥辺野に隣接して、死者の魂を鎮めるという役割も果たしたことであろう。平安中期には庶民の信仰も盛んになって、参籠することも盛んに行われた。そこで、夜でも賑《にぎ》わいを見せていたのである。それとの対比で、鳥辺野の荒涼が一層際立つことになる。

鳥辺野へ行く道は五条通（現在の松原通）で、洛中から東に進んで鴨川を渡る。そのまままっすぐ清水坂を上り、清水寺へと向かう。その周囲に鳥辺野が広がっていた。鴨川の東の一帯はすでに死者の地であった。その入り口が六道の辻《つじ》であり、そこに六道珍皇寺《ちんのうじ》や六波羅蜜寺《ろくはらみつじ》がある。珍皇寺は今日でもお盆の六道まいりで知られる。珍皇寺はまた、小野篁《おののたかむら》（八〇二―八五二）が地獄に通った入り口とされる。その出口は嵯峨野《さがの》にあったということで、京の地下はそのまま異界の地獄であった。ちなみに、篁は地獄に堕ちた紫式部を救ったとも言われ、紫野には紫式部と小野篁の墓が並んでいる。

「夕顔」に戻ると、源氏は夕顔の遺体に改めて感情がこみ上げ、まだ生前のままの姿の手を取って泣き嘆く。明け方になるので、無理やり惟光が連れて戻るが、鴨川の堤で馬からすべり落ちてしまう。死は穢《けが》れであるから、帰りには禊をしなければならない。惟光が「川の水に手を洗ひて、清水の観音を念じたてまつりて」というのは、そのためであるが、源氏はそれさえもできず、ようよう仏を念じて二条院へ戻る。

源氏にとって、物心つかないうちの母の死を別にすれば、はじめて身近に愛する人の死を体験したのである。それも突然、何の用意もないままの不意打ちで、その衝撃はあまりに激しいものであった。二日後に訪れた鳥辺野の情景は、死の異界性を一層強烈に印象付けた。源氏は夕顔によって、まさしく愛と死を深く刻印されることになった。

当時の死は、今と違ってむき出しのままであり、遺骸《いがい》は放っておけばどんどん腐敗が進み、ウジが湧き、異臭を放つ。九相図《くそうず》の通りである。『古事記』でイザナギが黄泉《よみ》にイザナミを訪れた時のイザナミの姿は、そのことを如実に示している。本居宣長が、「よみの国は、きたなくあしき所に候へ共、死ぬれば必ずゆかねばならぬ事に候故に、此の世に死ぬるほどかなしき事は候はぬ也」(『鈴屋答問録』)と言っているのは、そのイメージである。

火葬は仏教の影響でインド以来の習俗が導入されたものであるが、死のなまなましさから浄化するはたらきをなすものであった。火葬して一気に骨にしてしまうことで、腐敗の耐え難さから救われることになる。源氏の歌が遺骨ではなく、煙のほうに死者の魂の行方を見ているのは、当時の一般の貴族の想念であった。それによって、死はひたすら穢れた「きたなくあしき」ものから、煙とともに上っていく無常さと、来世の救いへと転換する。

七七日《しちしちにち》の法要は当時から行われていたが、とりわけ七七日が明ける四十九日はいわゆる中陰明けで、仏教的に言えば、死後の運命の定まる日であるから、重要な行事であった。源氏は夕顔のために、忍びやかではあったが、比叡山の法華堂できちんと定め通りに法要を行った。文《もん》章博士《じょうはかせ》による願文《がんもん》に、「阿弥陀仏に譲りきこゆるよし」とあるように、それは死に一区切りをつけ、死者には救いを、生者には日常への復帰を意味するものであった。

霊の跳梁

六条御息所は『源氏』の中でももっとも特異なキャラクターで、強烈なインパクトを与える。

生身よりも、霊としての存在のほうが躍動的で、夕顔、葵上、紫上、女三宮と、源氏に関わる主要な女性たちに次々と絡みついて苦しめ、スーパーヒーローである源氏の愛の成就を妨げる。当時の女性たちがその活動を制約されていた中で、霊であることによってかえって能動的、積極的に動き回り、いわば『源氏』の裏の主人公ともいえる。

御息所の霊がもっとも力強く活動するのは、何といっても「葵」の巻である。車争いで恥をかかされた御息所は、煩悶の中でついにその霊が肉体を遊離する。突然、葵上の声が変わって、「いで、あらずや。身の上のいと苦しきを、しばしやすめたまへと聞こえむとてなむ。かく参り来むともさらに思はぬを、もの思ふ人の魂はげにあくがるるものになむありける」と、御息所の声になって「なつかしげに」いうところなど、近世の怪談ものにも通じ、背筋が寒くなるような戦慄《せんりつ》を覚える。

生霊《いきりよう》は抑圧されていた潜在意識が勝手に飛んで行ってしまうのだから、自分でも制御できないし、自覚もない。しかし、御息所はおかしな夢をたびたび見て、もしかしてと思う。「御衣などもただ芥子の香にしみかへりたる、あやしさに、御泔参り、御衣着かへなどしたまひて試みたまへど、なほ同じやうにのみあれば」というあたりは、生霊がただ霊魂であるだけでなく、肉体にまで関わるものとして、あまりに生々しい。

生霊というのは当時の一般の史料に見えず、『源氏』の独創とされる（藤本勝義『源氏物語の〈物の怪〉』）。生者が他の人に害を及ぼそうとするときは、通常「呪詛《じゆそ》」という方法が用いられる。しかも、作者の紫式部は物の怪を必ずしも信じていない合理的な人であったという（同）。

これらの指摘はきわめて重要で、興味深い。物の怪《もののけ》を、受け取る側の「心の鬼」によるわずらいと見る冷徹な作者であってはじめて、逆に生霊となることによってしか己を解放できない側の「心の鬼」にまで分け入って描くことができたのであろう。

自らに絶望し、男に絶望した御息所は、娘の斎宮に従って伊勢に下る。都に戻った後は、病が重くなり、「罪深き所に年経つるも、いみじう思して」尼になって、亡くなる（澪標）。だが、それで終わらない。「降りみだれひまなき空になき人のあまかけるらむ宿ぞ悲しき」という源氏の歌は、まさしく「あまかける」他ない御息所の死後を予兆する。

死霊として紫上に憑《つ》いた時には、生霊として葵上を取り殺した強さはもはやない。一旦《いったん》は紫上は死んだかに見えたが、物の怪は調伏《ちょうぶく》されて童に移されて、源氏に向かって哀願の声を上げ、紫上は蘇生《そせい》する（若菜下）。もともと源氏への執心ゆえに物の怪として迷っているのであるから、源氏を憎みきれないし、紫上に対しては強烈な憎しみがあるわけでない。物の怪として徹底しきれない情を残すゆえに、中途半端で曖昧にならざるを得ない。源氏もまた、物の怪として拒否しながらも、「物の怪の罪救ふべきわざ」として『法華経』の供養などを行う。霊が女三宮に憑いた時にはさらに執心は薄くなり、彼女が出家したことで満足して、「今は帰りなん」と去っていく（柏木）。

こうして御息所の霊は消えていくのであるが、そのまま放置できなかったのは、娘の秋好中宮であった（鈴虫）。「いかなる煙の中にまどひたまふらん」というのは、御息所が地獄に堕ちているという認識であろう。それ故、「みづからだにかの炎をも冷ましはべりにしがな」と、母を救うために出家することを願う。しかし、源氏はそれを認めず、冷泉院《れいぜいいん》も許さない。結局、「功徳の事をたてて思し営み、いとど心深う世の中を思し取れるさまになりまさりたまふ」と、母のための功徳を積みながら、厭世の情を深めていくことになる。

一体御息所は救われたのかどうか、曖昧のままに幕が引かれる。この曖昧さは『源氏』のさまざまな場面に見られる。仏教世界に向かいながらも、その中にどっぷり入りこまずに境界を出入りするのが『源氏』の世界である。

ところで、ここで忘れてならないのは、『源氏』には、御息所といささか性格の異なる死霊の強力な活動が見られることである。それは、「明石」の巻に出る桐壺院の霊である。須磨で激しい風雨に遭った源氏たちは、住吉の神などに祈って、ようやく風雨が治まる。ふとまどろんだ源氏に、桐壺院が在りし日のままにお立ちになり、「住吉の神の導きたまふままに、はや舟出してこの浦を去りね」と命じる。無気力に沈む源氏を院は叱咤《しった》する。

いとあるまじきこと。これはただいささかなる物の報いなり。我は位に在りし時、過つことなかりしかど、おのづから犯しありければ、その罪を終ふるほど暇なくて、この世をかへりみざりつれど、いみじき愁へに沈むを見るに、たへがたくて、海に入り、渚に上り、いたく困じにたれど、かかるついでに内裏に奏すべきことあるによりなむ急ぎ上りぬる。

この院の言葉はなかなか興味深い。まず、「これはただいささかなる物の報いなり」というのは、これがもし源氏と藤壺の密通を指すのだとすれば、院がそれを知っていたことを示すとともに、それを「いささか」として許すところに、父としての複雑な情が籠められていよう。次に、「我は位に在りし時、過つことなかりしかど、おのづから犯しありければ」は何を指すか問題があるが、いずれにせよ、死後の世界で、「その罪を終ふるほど暇なくて」この世のことを顧みることができなかったという。

院のいる死後の世界は、罪の償いが必要のようだが、そこから現世を見ることはでき、源氏の愁いを見て、「海に入り、渚に上り」、ここにやってきたという。どうやら海の彼方《かなた》らしい。あるいは龍王と同一視されているのであろうか。いずれにしても仏教の通常の輪廻《りんね》の枠とは少し異なるようだ。それは、帝王の特権であろうか。

最後に、「かかるついでに内裏に奏すべきことある」というのは、後に朱雀《すざく》帝のところに現われるのを指している。それも源氏の許しに関することであり、院の源氏への深い愛情に起因している。しかし、帝王のもとに現われるとなれば、もはや個人的な問題では済まない。

その年、朝廷に物のさとししきりて、もの騒がしきこと多かり。三月十三日、雷鳴りひらめき雨風騒がしき夜、帝の御夢に、院の帝、御前の御階の下に立たせたまひて、御気色いとあしうて睨みきこえさせたまふを、かしこまりておはします。聞こえさせたまふことども多かり。源氏の御ことなりけんかし。

世間が「もの騒がしきこと」になり、雷雨が激しい中で、帝の夢に先帝が立ち、源氏のことで叱責する。やがてそれが源氏の赦免につながってゆく。ここでの先帝の出現は、物の怪としての御息所の出現と大きく異なっている。源氏をどう扱うかという問題は、個人的な問題に留まらず、王権と政治の問題である。それ故、帝個人を責めて眼病を起こしただけでなく、世間のもの騒がしさや、何よりも雷や風雨という社会的、自然的現象としても現われている。それによって政治の不正をただそうというもので、これは、天譴《てんけん》思想や御霊信仰の流れに立つ霊の出現である。それ故、仏教的な枠に入りきらない。御息所の霊が個人的な愛と嫉妬に発するもので、もっぱら個人に憑いて病気などで苦しめるのと相違する。後者は、完全に仏教と同化できないにしても、仏教的な方向を志向するものであった。

このように、『源氏』には二種類の霊が出現する。それは『源氏』における王権と仏法という両極の緊張に対応する。それは、政治と宗教ということとともに、公と私という問題も絡むのである。

罪と報い

『源氏物語』を一言で言ってしまえば、どうしようもないマザコン男が、亡き母の面影を追って遍歴する話だが、何しろチョー大金持ちの総理大臣で、イケメンで女たらしだから、あちらでもこちらでも女を漁《あさ》っていく。それならば、女を食い物にして不幸にしていくいやらしい悪役かというと、そうでもない。面倒見はいいし、きちんと冷静に計算していくから、誰もそれなりに満足度は高い。だからと言ってハッピーエンドになるかというと、まったくそうではなくて、ヒロインの紫上もまた源氏に翻弄《ほんろう》され、とりわけ晩年は幸福であったとは言いがたい。何となく中途半端で、曖昧で、煮え切らないままに時が過ぎて、老いて死んでゆく。フラストレーションが溜《た》まりそうだが、まあ、人生とはそういうものかと、半ば諦めつつ納得するしかない、厄介な物語だ。

仏教との関係にしても、一筋縄ではいかない。登場人物は多く、世を厭《いと》い、出家したいと願いながら、実際には何となくだらだらと現世を送っていて、それが決定的に批判されるわけでもない。物語全体に仏教は色濃く影を落としながら、どこまで本当に仏教的かというと、首を傾げざるを得ない。

主要な登場人物は誰も、迷い、躊躇《ちゅうちょ》し、心で葛藤《かっとう》しながら、行動に踏み出せない。しかし、不思議に社会はそれで動いていく。不健全極まりないが、貴族社会というのはそういうものだろう。その心の葛藤を表わすのに「心の鬼」という言い方がしばしば現われる。これは辞書には、良心の呵責《かしやく》とか、それとは逆の心の迷いや煩悩とかいう意味が書かれているが、要するに心の中に自分でも制御できない何者かがいて、自分の心を思わぬ方向に向けてしまうということであろう。「心の鬼」というのは、そのような人間の心理を見抜いた平安文学の見事な造語であった。

マザコン源氏の中心となる愛着は、母親の桐壺の早逝により、継母の藤壺から紫上へと移っていく。その過程で、物語を動かす最大の事件は藤壺との密通であった。その子が帝となることで、物語のスケールは俄然《がぜん》大きくなる。やがて因果は巡り、若い柏木が源氏の妻女三宮と密通し、源氏はその子をわが子として育てなければならなくなる。その子が薫《かおる》であり、宇治十帖へとつながっていく。こうして、源氏のマザコンと不倫が物語全体を貫く縦糸となる。

もっとも近代の一夫一妻制とは異なるから、不倫が直ちに悪もしくは罪となるわけではない。「わが罪のほど恐ろしう、あぢきなきことに心をしめて、生けるかぎりこれを思ひなやむべきなめり」（若紫）とは言われるが、それは父と帝という二つの権威を裏切ったということが問題だったのであろう。生まれた子供が源氏にそっくりであったことに対しても、藤壺が心配するのは、「さらぬはかなきことをだに、疵を求むる世に、いかなる名のつひに漏り出づべきにか」（紅葉賀《もみじのが》）と、世間に漏れてスキャンダルとなることである。藤壺が亡くなった後、源氏の夢に恨みがましく現われた時も、「漏らさじとのたまひしかど、うき名の隠れなかりければ、恥づかしう。苦しき目を見るにつけても、つらくなむ」（朝顔）と、密通が露《あら》わになってしまったことを責めるのである。

冷泉帝に出生の秘密を漏らしたのは、藤壺の祈禱《きとう》を行った僧都であるが、その秘密を語った理由は、「知ろしめさぬに罪重くて、天の眼恐ろしく思ひたまへらるる」（薄雲）からであった。帝が知らないままでいたならば、親を粗末に扱うことになってしまうのが「罪重く」なのである。そこで帝は愕然《がくぜん》として、親である源氏に帝位を譲ろうとする。つまり、親を重んじないことが罪であり、自分が不義の子供であることは問題にされていない。

このように、不倫はそれ自体ではなく、それに対する世間の目が問題であり、スキャンダルの種となる可能性は十分に秘めていた。それ故、源氏が朧月夜《おぼろづくよ》のもとへ忍んだことが露見した時、それが右大臣側に利用され、須磨流謫《るたく》を引き起こすことになった。帝位侵犯が追及されるかどうかはパワーバランスの問題であり、冤罪《えんざい》でライバルを陥れることは常套《じようとう》手段であった。しかし、そこまで徹しきれない朱雀帝に先帝の霊が出現して怖《お》じ畏《おそ》れ、ここに源氏への疑いは晴らされ、無事都に戻って、その権力を増すことになるのである。

源氏は、子供が生まれたのちも性懲《しようこ》りもなく藤壺のもとに忍んでいき、藤壺はその泥沼から逃れるために、御八講《ごはこう》の後、唐突に出家してしまう。それは、藤壺自身の身を守るとともに、後には帝位に即《つ》く我が子を守るためにも賢明な選択であった。いくら好色でも出家した尼には手を出しにくい。

確かに、源氏は「罪は隠れて、末の世まではえ伝ふまじかりける御宿世」を「口惜しくさうざうしく」思っていた（若菜下）。冷泉帝に子がおらず、その血統が断絶するのは、罪の故だというのである。だが、その「罪」は必ずしもそれほど深刻な問題ではなかった。ところが、柏木と女三宮の密通を知って立場が逆転したことは、さすがに大きな衝撃であった。「故院の上も、かく、御心には知ろしめしてや、知らず顔をつくらせたまひけむ。思へば、その世の事こそは、いと恐ろしくあるまじき過ちなりけれ」（若菜下）と、はじめて自らの過去を思い合わせて慄然とする。もっとも、それはコキュとして、自分のプライドが徹底的に傷つけられた屈辱を過去に投影したのであり、直ちに罪責感と言うわけではない。

だから、酒の席で生きた心地もなく恐怖におののく柏木に、いかにも皮肉な言葉を浴びせて無理に酒を飲ませ、嬲《なぶ》り殺しのように再起不能の病に追いやるという、手ひどい仕打ちができたのである。密通自体は「さして重き罪には当るべきならねど」とされる程度のことであるが、相手が悪かったのである。この頃の源氏は、かつての帝以上に強大な権力で、気に食わないこわっぱを自在に翻弄することができた。しかし、執拗《しつよう》で残酷な絡み方には、老齢に差し掛かり、自らの権勢にも不安を感じるようになった男の苛立《いらだ》ちと、若者への嫉妬が多分にうかがわれる。

この問題で、源氏が罪と報いに言及するのは、「わが世とともに恐ろしと思ひし事の報なめり。この世にて、かく思ひかけぬ事にむかはりぬれば、後の世の罪もすこし軽みなんや」（柏木）というところである。仏教で言われる三時《さんじ》業《ごう》で、報いには、現世で報いを受けてしまう順現業、来世で受ける順生業（順次業）、さらにその後になる順後業の三種類ある。現世で報いを受けてしまえば、後世の報いは軽くなるというのは、仏典に見られるところであるが、ここに来てもどうも打算がはたらいているようで、深刻な罪悪感というのとは、少し違うようである。どうやら不倫密通に仏教的な罪の意識をあまり強く重ねるのは無理そうである。そうではあるが、確かにその問題がずっと尾を引いて、源氏を蝕《むしば》んでいくのである。

それならば、もっとはっきりした仏教的な罪とはどのようなものだろうか。それは、要するにこの世に未練を残す煩悩を生じさせたり、あるいは仏事を妨げることである。その点で、男女の愛着は確かに罪を生ずることになるともいえる。「女の身はみな同じ罪深きもとゐぞかし」（若菜下）という源氏の感慨は、女性が直ちに罪深いということではなく、男から見て、女は何とも厄介だという身勝手な言い分と見るべきであろう。女人の五障は常識化されていたが、そのことは女性が仏教に関わることを否定するものではなかった。他方、斎宮として神に仕えることは、それだけ仏から離れることであり、罪深いことになる。後の本地垂迹になると、その問題を解決して、神に仕えることが仏に仕えることになるという理屈が可能になる。

『源氏』には「罪」という言葉が多数出てくるが、そこに直ちに決定的に悪質な「罪」があるわけではない。しかし、いわば人生そのものがさまざまな「罪」の蓄積であり、そこに否応《いやおう》なく現世離脱の志向が生まれることになるのである。

俗世と出家

藤壺中宮の出家は、強い意志と周到な計略によって成功したものであった。中宮主催の御八講の最後の日に、「わが御ことを結願にて、世を背きたまふよし仏に申させたまふに、みな人々驚きたまひぬ」(賢木)というのであるから、誰にも事前の相談をせずに、いきなり出家する旨を仏に申し述べたのである。仏に誓われてしまってはお終《しま》いであって、止めようがない。源氏や中宮の兄の兵部卿宮《ひようぶきようのみや》が慌てふためいて、おろおろする中、藤壺はひとり毅然《きぜん》とした態度で、どんどん進めて、あれよあれよと言ううちに、「御をぢの横川の僧都近う参りたまひて、御髪おろしたまふほどに、宮の内ゆすりて、ゆゆしう泣きみちたり」という事態になってしまった。恐らく僧都にだけは示し合わせていたのであろう。この僧都が後に藤壺の臨終にも立ち会い、冷泉帝に出生の秘密を教えることになる。藤壺にとって、信頼できる相談相手だった。

こうして藤壺は出家の本懐を遂げる。状況に流される『源氏』の主要登場人物の中で、数少ない意志を通した女性である。源氏のほうは、子供が生まれてもまだ関係を続けるつもりであったが、さすがに出家してしまうと、それはできない。ずるずると関係を続けていたならば、恐らく破滅的な結果になったであろうから、この藤壺の英断は、自らも源氏をも守ることになったし、それ以上に我が子が不義の子として追い落とされる危険から救い、見事帝位に即けるという深謀遠慮でもあった。

藤壺は、出家してもそのまま内裏に住み続ける。「常の御念誦堂をばさるものにて、ことに建てられたる御堂の西の対の南にあたりて、少し離れたるに渡らせたまひて、とりわきたる御行ひせさせたまふ」というのであるから、内裏に新たに御堂を建てて、そこで仏事に専念したのである。その後も源氏が地位を築くことになる絵合せで重要な役割を果たしたり、源氏と協力しながら宮中に隠然とした力を持ち続けた。

藤壺が源氏との関係に苦しみつつも、出世の本懐を遂げたのに対して、出家を阻まれ、涙を飲んだのが、紫上であった。源氏のたびたびの女遍歴に嫉妬しつつも耐えてきた紫上にも、女三宮が正妻として降嫁したことは、あまりに過酷であった。その中で、彼女は出家の思いを強めて、その心情を源氏に訴える。しかし源氏は、「あるまじくつらき御事なり」（若菜下）とそれを止め、「自分も出家の本意があるが、それではあなたが寂しいだろうから、俗世に留まっているのだ。自分が出家してから、あなたも出家なさい」と、相手にかこつけた都合のいい理屈で押しとどめている。結局、紫上は亡くなるまで出家することが許されなかった（御法《みのり》）。

　源氏周辺の女性たちは、藤壺以外にも何人も出家している。六条御息所、女三宮、朧月夜、朝顔、空蟬《うつせみ》などである。また、男性でも朱雀院を挙げることができる。源氏自身も、たびたび出家の本意を漏らし、最後は出家の準備を進めているところで、「幻」の巻が終わっている。物語の中で、「出家」が占める位置はきわめて大きい。

『源氏』の中心となる登場人物は、源氏自身をはじめ、多く未練がましく、その態度は曖昧で揺れ動いているが、だからといって、彼らの世界観そのものが曖昧模糊《もこ》としているわけではない。むしろその点ははっきりしていて、王法の支配する俗世と、それを超えた仏法の世界がはっきり対立し、後者が優越する。俗世ははかないものであり、仏法の支配する領域こそが真実である。仏法は因果応報の理法として世界に貫通していて、俗世もまたそれを免れることができない。俗世の苦しみは、無常のものごとにとらわれ、俗世に執着する煩悩から生ずる。それ故、俗世の執着を離れ、仏法の真実の世界に入ることで、苦悩から免れ、ひいては来世に極楽に往生して、悟りの世界に達することができる、というのである。俗世から仏法の世界に入ることが、出家に他ならない。

　このような世界観は、もともとの仏教の基本的な世界観を逸脱するものではない。この世界の苦悩から離脱するのが解脱・涅槃《ねはん》・悟りなどと呼ばれる状態で、それに達するためには修行が必要とされる。その修行に専念するためには、世俗の活動から離れなければならない。世俗生活から離れ、仏の教えに従って修行する人たちの集団が僧伽《そうぎや》（僧、サンガ）である（後に、

「僧」は個人の出家者をも意味するようになる）。その集団の構成員は、男性は比丘《びく》、女性の場合は比丘尼と呼ばれる。比丘・比丘尼となる前段階の見習い期間中は、男性は沙弥《しゃみ》、女性は沙弥尼であり、女性の場合、もう一段階、式叉摩那《しきしゃまな》を経る必要がある。また、在家信者は優婆塞《うばそく》・優婆夷《うばい》と呼ばれる。これらを総称して七衆と呼ぶ。

比丘・比丘尼は戒を守った生活を行ない、禅定《ぜんじょう》によって心を統御し、智慧《ちえ》を獲得していくことによって悟りに近づく。それが戒・定・慧の三学である。戒の条目を集めたのが律であり、東アジアでは法蔵部という部派で編集された四分律が用いられる。ただし、日本の天台宗では、梵網戒《ぼんもうかい》を用いる。これは『梵網経』という偽経（中国撰述《せんじゅつ》経典）に出るもので、もともと出家・在家共通に用いられたが、最澄が純粋な大乗戒として採用したのである。それだけに、出家者の出家性という点からは弱いところがある。

見習いの沙弥・沙弥尼は十戒を保つ。これは、不殺生《ふせっしょう》・不偸盗《ふちゅうとう》・不淫《ふいん》・不妄語・不飲酒《ふおんじゅ》・不《ふ》塗飾香鬘《ずじきこうまん》（香水や装飾具を身に着けない）・不歌舞観聴（歌や踊りを見聞しない）・不《ふ》坐高広大牀《ざこうこうだいしょう》（高く広いベッドで寝ない）・不非時食《ふひじじき》（決まった時以外に食事をしない）・不《ふ》蓄金銀宝《ちくこんごんほう》（金銀財宝を蓄えない）の十である。在家の優婆塞・優婆夷はこのうちはじめの五戒を保つが、不淫ではなく不邪淫で、夫婦関係以外の性的な行為を禁止している。

沙弥・沙弥尼になる時に、剃髪《ていはつ》して一般社会から籍を抜いて寺院に入ることになるが、それが得度である。通常、出家というのはこの段階を指している。得度したうえで、見習い期間を経て正式に受戒して（授ける側からは授戒）、一人前の比丘・比丘尼になる。もともとは国家によって厳しく統制されていたが、すでに早い段階から勝手に得度する私度僧が横行し、次第にその形態も多様化していった。『源氏』でも、貴族が出家受戒するというのは沙弥・沙弥尼となることであり、通常、比丘・比丘尼まで進むことはない。藤壺に見られるように、必ずしも寺院の集団に入るのではなく、自分の財産をもって自分の邸宅内に堂を持つこともありえたので、制限はありながらも、俗世間との交流は可能であった。

源氏が、それでも紫上の出家を許さなかったのは、「同じ山なりとも、峰を隔ててあひ見たてまつらぬ住み処にかけ離れなんことをのみ思しまうけたる」（御法）と説明されている。これは、実際の住処《すみか》が離れることになるというのではなく、同じところに生きても、精神的に離れてしまうということであろう。出家するということは、たとえ場所は近くても、まったく違う世界に生きることになるのである。

源氏は、紫上が亡くなった直後に、はじめて出家を許さなかったことを後悔して、慌てて「仏の御しるし、今はかの冥き途のとぶらひにだに頼み申すべきを、かしらおろすべきよしものしたまへ」と、そこに残っていた僧たちに紫上を剃髪させるようにと依頼する。それを見ていた夕霧は、とんでもない乱心で、「後の御髪ばかりをやつさせたまひても、ことなるかの世の御光ともならせたまはざらんものから、目の前の悲しびのみまさるやうにて、いかがはべるべからむ」と批判する。死後に形ばかり髪をおろしても、向こうの世界のためには何の役にも立たず、悲しみが増すだけだというのである。

しかしその後、そこに残っていた僧の「その人かの人など召して、さるべき事ども、この君ぞ行ひたまふ」と書かれている。この箇所は文脈が分かりにくいが、批判しつつも夕霧が僧たちに出家の儀式を行わせた、ということであろう。もう少し時代が下ると、死後授戒が重視されるようになり、今日まで続いている。その際に授けられるのが戒名である。この頃はまだそれが十分に確立していなかったが、その萌芽《ほうが》的なやり方が見られる点で、注目される。

聖／僧都／入道

『源氏』は華麗な皇子の物語として、文字通り王朝絵巻と言うべき絢爛豪華な世界が展開する。それはとりわけ六条院の創建に結実する。王権と関わりつつ絶頂に達した現世での栄華である。それがやがて崩壊していくところに第二部が展開する。柏木と女三宮の密通によって、過去の自らの藤壺との密通が復讐《ふくしゅう》され、失意のうちに最愛の紫上を失い、源氏自身も死を迎える。栄華から衰微への変転は、現世の無常を如実に知らしめる。それは確かに仏教的と言えるかもしれない。しかしまた、次の夕霧の世代へとつながっていくという世代交代の目で見れば、現世の秩序の循環的な継続と見ることもでき、必ずしも無常のうちに消滅するわけではない。ただ、源氏から夕霧の世代へ、そして次の薫たちの世代へと、次第にその強烈な「色好み」の現世的エネルギーが弱くなり、戯画化され、ひいては裏返しのネガとなっていく。それは、例えば悟りとか救いとかいう仏教的な観念では、容易には捉えきれない。

そのことは、もちろん『源氏』のなかで仏教の果たす役割が小さいということではない。すでに見てきたように、それは王権を極点とする現世の秩序に対して、それと対極の価値を持つものとして緊張関係にある。現世の栄誉が激しい権力闘争と男女の愛欲の葛藤から成るのと異なり、俗世の欲望を離れた清浄な世界として描かれる。実際の仏教界はもっとドロドロした世俗的な争いに満ちていたが、物語の中ではかなり理想化されている。

それがよく表わされている箇所として、「若紫」の巻が挙げられる。源氏は、瘧り病を患い、北山の聖の加持を受けに行く。老齢の聖の住む寺は、「峰高く、深き岩の中にぞ、聖入りゐたりける」と言われるように、山深いところにあった。「いとたふとき大徳」であり、源氏はその加持を受ける。「若紫」の本題はその後であり、「このつづら折の下に、同じ小柴なれど、うるはしくしわたして、きよげなる屋廊などつづけて、木立いとよしある」住居に気が付く。それは「なにがし僧都の、この二年籠りはべる方」だという。そこで僧都の妹の尼の孫娘である紫上と出会うという、物語展開の発端となる重要な場面が展開される。

ここで注目されるのは、「聖」と「僧都」の区別である。「聖」は霊験あらたかであるが、僧位僧官を持たず、苦行的な生活によって強力な験力を身に付けている。それだけ強く世間から隔絶されている。「峰高く、深き岩の中」という険しい山奥に住み、それだけ強く世間から隔絶されている。源氏はその験力を頼りにして、実際に病が癒《い》やされ、たくさんの褒美を与えるが、それ以上親しむべき存在ではない。このように、苦行によって尋常でない宗教的な力を身に付けるのは、民間の山林修行者としての性格が強く、その様子は『法華験記《ほっけげんき》』などに描かれている。

それに対して、「僧都」は僧正・僧都・律師という僧位の体系の中にいて、秩序の内側の存在である。山上から見下ろした時、「ここかしこ、僧坊どもあらはに見おろさるる」中の一つで、「つづら折の下」に住んでいる。それだけ世俗に近いところで、そこには妹の尼や子供たちも一緒にいて、ほっと心和むことになる。

僧都の出自は明らかでないが、妹の尼は按察《あぜち》大納言の妻であった人で、その娘は兵部卿宮の妻であったが、早く亡くなって、遺児の紫上を引き取って育てているという設定である。兵部卿宮は藤壺の兄であり、そこから紫上に藤壺の面影を見るというつながりになっていく。即ち、かなり高位の貴族の出身であり、出家してつつましい生活をしていても、源氏が立ち寄っても不自然でないだけの風流な暮らしぶりである。「聖徳太子の百済より得たまへりける金剛子の数珠の玉の装束したる、やがてその国より入れたる箱の唐めいたるを、透きたる袋に入れて、五葉の枝につけて、紺瑠璃の壺どもに、御薬ども入れて、藤桜などにつけて、所につけたる御贈物ども」を源氏に土産として差し上げたというのであるから、なかなかに豪勢である。

源氏が自ら出家を願うときに思い描くのは、程度の差はあるが、このような種類の僧であろう。即ち、隠棲《いんせい》をして、世俗を離れて仏事にいそしみながらも、世俗にいた時の生活水準を保ってのどかで風流に暮らすというのである。源氏の周辺の女性たちが出家をした時も、多くはもともとの生活の場を変えずに、近くに堂を造り仏事にいそしむことになる。それに対して、宇治十帖に出る横川の僧都は、比叡山でも奥の横川に住んでいるのであるから、もっと隠遁《いんとん》的な性格が強いが、尼である母の病気に妹尼とともに付き添って宇治にいるという設定である。

また、宇治の三姉妹の父である八宮《はちのみや》は、出家しない俗人のままで山寺に籠って仏事に専念して、

「俗聖」と言われるような生活をしている。このように、『源氏』の中に出てくる僧尼や俗人の仏教者のあり方は多様であり、当時の仏教が次第に個人の修行を中心として多様化しつつあった実情を反映している。

『源氏』には、さらに印象深い出家者が描かれる。それは明石入道である。明石入道については、「若紫」の巻で良清《よしきよ》の噂話として語られ、後の伏線となる。それによると、大臣の子孫で近衛中将《このえのちゅうじょう》であったが、世間嫌いで地位を捨て国司となった。そこでも人にあなどられて、出家した。しかし、山に籠らず、海辺のところに住まいしているという。それは、「深き里は人離れ心すごく、若き妻子の思ひわびぬべき」という理由で、出家しながら妻子を伴った生活を続けている。「入道」というのは、厳密には皇族か三位以上で出家した場合であるが、必ずしもそれに限定されないようであり、多くは出家しながら、世俗に近い生活をしている場合を指す。

この入道が源氏を明石に迎えることになる。入道の最大の関心は娘のことで、何とか都の高位の貴族に嫁入りさせたい。「昼夜の六時の勤めに、みづからの蓮の上の願ひをばさるものにて、ただこの人を高き本意かなへたまへとなん念じはべる」(明石)というのであるから、それこそ煩悩の塊のようなもので、仏道の妨げではないかと思われるが、別に矛盾は感じないらしい。そこへ源氏がやってきたのだから、千載一遇のチャンスだった。早速に源氏を迎え入れ、娘と契らせる。源氏の帰京は辛《つら》いところであるが、幸いに娘は女児を出産し、入道は意を決して、娘母子に妻の尼をつけて上京させ、ひとり明石に残る(松風)。

娘の明石上は源氏の庇護を受け、彼女の娘が東宮（後の帝）の女御となったのであるから、これ以上ない本望の達成である。入道は、いよいよ深い山に分け入っていく（若菜上）。娘に宛てた最後の手紙が、異例なほど長く引かれているのは、そこに作者の思いが籠められているからであろう。妻の尼君にあてた手紙は短いながらも、「この月の十四日になむ、草の庵まかり離れて深き山に入りはべりぬる。かひなき身をば、熊狼にも施しはべりなん。そこにはなほ思ひしやうなる御世を待ち出でたまへ。明らかなる所にて、また対面はありなむ」と、極楽浄土での再会を誓った強い覚悟がうかがわれる。

このように、明石入道は世間的には奇人変人とされながらも、確固とした信念と断固たる行動力を持った人物として描かれ、その生き方は中央の貴族たちと一線を画している。娘の結婚に関しては強い執着を持って実現させるが、それ以外の世俗の執着はなく、最期は仏に身を捧げる。現実の世界でも、藤原道長は晩年出家しながら、入道として権力を維持し続けた。後には、上皇が出家して法皇として実権を持つ院政が展開され、また、平清盛のように入道として権力を振るった。彼らは仏の力を身に付けることで、世俗の社会でもより大きな力を振るうことができたのである。

それと較べるとき、源氏自身は嵯峨《さが》に御堂を造り、仏事を営みながらも、出家すること自体は躊躇し、紫上の出家を認めることもできない。出家ということにそれだけ強く現世との断絶を意識していたのであろう。そのあたりに作者の出家観がうかがわれる。

女たちの生きざま

仏教の女性観と言うと、まず五障説が挙げられる。『法華経』提婆達多品《だいばだったほん》などに説かれるもので、女は梵天王《ぼんてんおう》・帝釈天《たいしゃくてん》・魔王・転輪聖王《てんりんじょうおう》・仏身の五種になることができないというものである。とりわけ仏になることができないというのは、悉有仏性《しつうぶつしょう》説にも反することになり、仏教の根本教義からしてもおかしいことになる。そこで、提婆達多品では龍女の成仏の話を使って変成男子《へんじょうなんし》説が立てられる。提婆達多品では悪人の提婆達多の成仏も説かれ、『法華経』信仰の一つの眼目となる。法華八講は追善供養などで行われ、『法華経』八巻を四日間、朝夕二回ずつ講説していくもので、そのうち第五巻の提婆達多品を講ずる三日目はとりわけ重視された。『源氏』の中でも法華八講はしばしば行われていて、このような女人の障礙《しょうがい》の説は周知のことだった。ただ、それをどれだけ積極的に受け入れているかどうかは、意外とはっきりしない。

例えば、「夕霧」の巻に、律師が一条御息所に対して、娘の落葉宮と夕霧の関係を告げる中で、「女人のあしき身を受け、長夜の闇にまどふは、ただかやうの罪によりなむ、さるいみじき報をも受くるものなる」と述べているが、この律師はあまり好意的に描かれていない。また、「女の身はみな同じ罪深きもとゐぞかし」（若菜下）も、前述のように、必ずしも女性が直ちに罪深いという意味には取れない。「匂宮」の巻に「五つの何がし」というのも、男（薫）の側の言葉だ。本来仏教的な罪障観は男女を問わず当てはまるもので、女だけに限らない。仏教教理の固定的な観念が必ずしも決定的な意味を持つわけではない。

『源氏』は、もともと「女の、女による、女のための物語」であった。確かにあらゆる面で男性優位の時代ではあったが、『源氏』の中の女たちは、その中で真剣に生き抜こうとしている。物語の中にはきわめて多数の女たちが、それぞれの魅力的な生き方を展開している。源氏が交渉を持った女性だけでも、葵上、六条御息所、藤壺、夕顔、紫上、明石上、花散里《はなちるさと》、末摘花《すえつむはな》、軒端荻《のきばのおぎ》、女三宮などの名前が挙げられる。こうして帝を頂点とした上流貴族たちの間で、華やかで優雅な王朝絵巻が繰り広げられる。南東に紫上、南西に秋好中宮、北東に花散里、北西に明石上を割り当てた六条院の完成（乙女）は、その頂点となる。

だが、身分も高く、贅《ぜい》を尽くして暮らす彼女たちが、それで幸福であったかというと、そうは言えない。彼女たちの人生を決める最大の分岐点となる結婚は、父親や相手の男の意向に任され、自由にならない。そして結婚後も、今度は女たちの間を渡り歩く男の浮気に嫉妬の炎を燃やすことになる。六条御息所は、生霊として、また死霊として、はじめて抑圧していた暗い情念を解放し、物語の裏の主役と言ってもよいほどの強力な個性を発揮する。しかし、彼女が苦しめ責めるのは源氏自身ではなく、相手の女のほうであり、結局、女の戦いに帰着する。

限られた枠の中で、女たちは単に受け身に終わらないそれぞれの生きる道を模索する。不器量を自覚して、控えめに源氏の相談役に徹した花散里、受領《ずりよう》の後妻として、源氏の求婚をどこまでも逃れた空蟬など、脇役的な女性にも作者の目は行き届いている。中でも唯一、幼馴染《おさななじみ》の相思相愛の恋愛を貫いた夕霧と雲井雁《くもいのかり》は目を引く。雲井雁の父大臣の思惑で一度はその仲を裂かれたが、それに屈することなく心を変えなかった二人は、ついに結ばれる（藤裏葉《ふじのうらば》）。多くの子供に恵まれて、彼女は世帯じみたおばさんになっていく。まじめ一方の夕霧とともに、物語の中ではもっとも平穏で、温かな家庭を築く。そのまま行けば、一つの理想的な夫婦像になったであろうが、作者の辛辣《しんらつ》な筆はそれを許さない。夕霧は柏木の未亡人落葉宮とその母一条御息所に心が動き、雲井雁は嫉妬のあまり家出する（夕霧）。

現実の世界が思い通りにならない女性にとって、選択しうる道は出家しかなかった。それは現実の不如意に対する駆け込み寺的な逃避の道であったが、しかし仏の道は俗世を離れる厳しい道であった。高位の女性の場合、出家しても生活はそれほど大きく変わらないが、出家と在家では意識は大きく隔絶している。それだけに大きな決意を必要とした。それも多くは周囲の理解を必要としたのであり、その抵抗を排除するためには、藤壺のような周到な準備と断固たる実行が必要であった。

物語の女主人公とも言える紫上の後半生は悲劇的である。幼いうちに源氏に見初《みそ》められ、引き取られて理想的な女性となるべく教育された彼女は、源氏が須磨に流謫の身となったときには、財産や荘園の管理まで含めてすべての家の業務を任され、それをきちんと成し遂げる優れた実務能力をも持っていた。後には六条院の女主人としての矜持《きょうじ》を持って女たちのまとめ役を果たし、明石上の娘を養女として育てて入内《じゅだい》させる。

こうして彼女は源氏の理想通りにその能力を発揮し、たびたびの源氏の浮気に焼餅《やきもち》を焼きながらも、最愛の妻として最後は自分のところに戻ってくるという自信を持っていた。それが大きく崩れたのが女三宮の降嫁であった。皇女である彼女は正妻としての地位を得て、紫上の上位に立つことになる。紫上は病に倒れ、二条院に移り、その間に柏木と女三宮の密通がなされて、物語の世界は一気に瓦解《がかい》へと向かう。結局、源氏の愛とは何だったのか。

「今は、かうおほぞうの住まひならで、のどやかに行ひをも、となむ思ふ。この世はかばかりと、見はてつる心地する齢にもなりにけり。さりぬべきさまに思しゆるしてよ」（若菜下）と、出家を願う紫上の訴えは、悲鳴と言ってもいいほど切実だ。「この世はかばかりと、見はてつる」という言葉には、「見るべき程の事をば見つ。今はただ自害せん」と海に身を投げた平知《とも》盛《もり》（「碇《いかり》知盛」）にも、どこか通ずるところがある。「この世」を超える出家しか、彼女に残された道はない。だが、源氏の身勝手な愛は、それさえも許さない。

物語の前半においては、若き源氏の色好みは王権につながるものとして輝かしい光を放っていた。しかし、後半になると、中年から老境に至る源氏は、男のエゴイズムのマイナス面が次々と暴かれて、その醜悪さを曝《さら》す。振り返ってみれば、源氏の母恋しさが継母藤壺への執着となり、藤壺の身代わりとして姪《めい》の紫上が愛された。はじめから紫上は身代わりの身代わりでしかなかったのではないか。これ以上ないように見えた源氏の紫上へ向けられた愛は、所詮《しょせん》男の身勝手さに由来するものではなかったか。柏木と女三宮の密通という痛打は、藤壺との密通に由来する因果応報というよりも以前に、男の身勝手な一方通行の愛の報いが、結局自分の身に降りかかってきたということではなかったのか。作者は容赦なく、男社会の男の横暴を白日の下に曝していく。源氏の前半生を描いていた頃と較べて、作者の現実認識は格段に鋭く、裏の裏まで抉《えぐ》り出す。

だが、源氏自身が自ら報いを受けるのはやむを得ないとして、なぜその前に紫上が苦しまなければならなかったのだろうか。出家も許されずに、「乱り心地いと苦しくなりはべりぬ。言ふかひなくなりにけるほどといひながら、いとなめげにはべりや」（御法）と、苦しみの中に死にゆくその姿は、あまりに痛々しい。男の願望をそのまま受け入れ、ひたすらそれに沿うことを理想としてきたことが、はたして本当によかったのかどうか。それは作者の厳しい問いかけであり、女主人公にまで刃《やいば》が向けられなければならなかった。

男社会の中で、男のエゴイズムを見据えながら、それでも愛は可能なのか、作者はそれを女の立場から問い詰めていく。問い詰めれば問い詰めるほど悲観的になる中で、それでもそれを超えていく道として、仏の世界が浮かび上がってくる。それならば、紫上を出家させてきれいな結末を付ければ、仏教文学として完結したかもしれない。だが、作者はそのような解決をよしとしなかった。女主人公は出家できないままに、苦しみの中にこと切れる。そしてその後、慌てて死後出家の儀式が行われる。それはまったく空しいことなのだろうか。救いはあるのか、ないのか。答えではなく、問いだけが後まで残される。

物語のネガ

これまで、宇治十帖（以下、十帖と略す）についてはあまり立ち入らなかった。それは、源氏を主人公として展開していく巻（本編と呼ぶことにする）と十帖の間にはかなり大きな断絶があり、一括して論じることができないからである。単なる続編という以上に、本編の設定を裏返した、いわば別バージョン、裏バージョン、あるいはポジに対するネガとも言うべきものになっている。もしかしたら作者が異なる可能性もないわけではない。

そもそも主人公がずれている。源氏の後継者ということであれば、孫に当たる匂宮が主人公になるべきであろう。匂宮は今上帝の皇子であり、その点でも源氏と近く、性格的にも源氏の色好みを受けている。しかし、十帖の主人公はその源氏の子孫ではなく、薫である。薫は表向き源氏の子であるが、実は血のつながりはなく、柏木の子で、頭中将《とうのちゆうじよう》の血を引く。本編が源氏と頭中将のセットから成るのと同様に、十帖も薫と匂宮のセットで展開するが、その血縁関係がねじれている。薫は偽装的な後継者であることによって、源氏の裏側を照らし出す役割を果たす。

源氏は、光君《ひかるのきみ》と呼ばれる通り、光という視覚に強烈に訴えるところにその存在感があった。後半生はいささか破綻《はたん》しつつも、王権と仏法の緊張の中で巧みにバランスを取りながら一生を終えた。それに対して、薫は「香のかうばしさぞ、この世の匂ひならず」（匂宮）と言われるように、その体臭がこの世ならぬ芳香を持つところに特徴がある。

人が死んで次の転生に至るまで、四十九日間さまよう状態が中有（中陰）であるが、その間は乾闥婆《けんだつば》（ガンダルヴァ）と呼ばれて香を食すという。即ち、薫の身体の特徴が芳香で表わされることが、すでにその存在が死者の世界と密接に関わっていることを示している。視覚から嗅覚への転換は、そのまま生から死への逆転を意味する。本編が生の物語であるとすれば、十帖は死の物語である。

舞台が宇治という、京から離れたところに設定されるのも、そのためである。宇治は、横川の僧都の母尼が病に倒れて宿るように、京から初瀬への道の中途として、もっとも寂れた土地として描かれる。京の世俗世界から見れば、その文化圏のいちばん外れの境界的なところに位置する。

本編の登場人物の中には、自ら死を求める人はいなかった。それに対して、十帖はその全体が死への願望に満ちている。父八宮を喪《うしな》った娘たちは、「いづくにもいづくにも、おはすらむ方に迎へたまひてよ」（総角《あげまき》）と歎《なげ》く。大君《おおきみ》も亡くなり、中君は「世にとまるべきほどは限りあるわざなりければ、死なれぬもあさまし」（早蕨《さわらび》）と、死ねないことの辛さを訴える。そしてついに、浮舟は二人の男たちの間に翻弄されて、入水《じゆすい》することになる。そこでは、死こそ憧れであり、現世とは死ねないことに耐え続ける状態でしかない。

副主人公の匂宮は人工の香で擬似的に薫の死の世界に近づこうとするが、その本質は生の世界に身を置き、王権と関わる。しかし、源氏に較べれば光は弱く、その戯画的存在でしかない。それに較べるとき、薫的な人物は本編には現われない。王権と仏法の緊張関係という基本的な図式からすれば、王権のほうがきわめて弱体化して、仏法の側に強力に引き寄せられながら、しかしそこに完全に入り込むわけではなく、危ういままに現世的なものとの間を揺れ動く。

本編では、仏法は必ずしも直ちに死と結びつくわけではなく、現世プラス来世という枠組みを保持していた。ところが、十帖では仏法が強く死に引き付けられ、現世否定の方向へと著しく傾いていく。薫の人物設定は、「この世の人とはつくり出でざりける、（神仏の）仮に宿れるかとも見ゆることそひたまへり」（匂宮）とされていて、「この世の人」と隔絶した神仏の世界に親近している。薫自身、八宮に対して、「世の中に心をとどめじとはぶきはべる身にて、何ごとも頼もしげなき生ひ先の少なさになむはべれど」（椎本《しいがもと》）と自己紹介していて、二十代の前半でありながら、「生ひ先の少なさ」を感じ取り、係累をなくそうという特異な生き方をしている。

　薫が八宮に親近感を抱くのもそのためである。八宮はもともとは俗世で不如意であり、「世に数まへられたまはぬ古宮」（橋姫）となり、そこから仏道にのめりこむことになった。そののめりこみ方は尋常でなく、娘たちを気にしながらも、邸を離れて阿《あ》闍梨《じゃり》の山寺に籠ることが多く、「俗聖」と呼ばれるような日を送っている。そして、ついに邸に戻ることのないままに山寺で亡くなり、娘たちはその遺骸との対面も許されない。

　このように、並の出家者以上の厳しい修行に明け暮れるにもかかわらず、八宮は出家しないで、俗のままに留まる。むしろ本編であれば、出家するという道が選ばれたであろう。出家することにより、俗世の苦悩は癒やされ、それによって俗世と新しい関係を結ぶことが可能となる。出家して俗世を離れることができないのは、娘たちへの執着の故であるが、その場合でも、本編であれば明石入道のように、出家と娘への執着は両立しえた。しかし、十帖ではそのような重層的で曖昧な形は否定される。

同じことは薫にも言える。薫もまた、「いはけなかりしより、（出家を）思ふ心ざし深く」（夢浮橋）持っていたが、母の女三宮に頼りにされて出家できないまま、位も上がり、結婚もして、俗世の煩《わずら》いが増えてしまった。しかし、「心の中は聖に劣りはべらぬものを」と、横川の僧都に告白する。薫もやはり、俗ながら心は聖だというのである。このように、仏道に深く傾倒しながら俗世間で生きる生き方が、十帖で問われているのである。

その中で、唯一出家を実現したのが浮舟であった。浮舟もまた、幼い頃から物思いにふけりがちで、親から「尼になしてや見まし」（手習）と言われていた。入水したものの僧都に命を救われ、懇願してついに出家を実現する。ところが、薫からいきさつを聞いた僧都は、彼女に手紙を書いて還俗《げんぞく》を勧める。それは、「もとの御契り過ちたまはで、愛執の罪をはるかしきこえたまひて、一日の出家の功徳ははかりなきものなれば、なほ頼ませたまへ」（夢浮橋）というものであった。薫との深い契りがあるのならば、出家してそれを離れるのはかえってよくない。もとの契りを大事にして、還俗して薫と一緒になるのがよい。短期間でも出家した功徳は十分にある、というのである。

「愛執の罪をはるかしきこえたまひ」（薫の愛執の罪を晴らしてあげなさい）というところが、この手紙の眼目である。世俗の絆《きずな》を断ち切って出家するよりも、世俗の世界で愛執で結ばれているのであれば、それを全うするほうが仏の心にかなっているというのである。ここには、「愛執の罪」を否定して、そこから離脱するのではなく、その罪を進んで引き受けることのほうを価値高いとする独特の仏教観が見られる。これは、少し後の時代に本覚《ほんがく》思想として展開する煩悩即菩提《ぼだい》論と同質の思想であり、それがこの時代にこれほどはっきりと表明されているのは、驚くべきことである。十帖において、「俗ながら聖」であることがテーマとなる思想的な根拠はここにある。

だが、その思想がそのまま認められるかというと、そうではない。浮舟は、手紙を持ってきた異父弟の小君《こぎみ》を懐かしく思いながら、会うことを拒否し、一緒に届けられた薫の手紙に返事を書くことを拒む。小君からいきさつを聞いた薫は、「人の隠しすゑたるにやあらむ」と疑うところで、十帖は、そして『源氏』の長い物語は終わる。

最後の薫の心の動きは卑しい猜疑《さいぎ》であり、浮舟が還俗して一緒になったところで、うまくいくはずがないことを暗示している。薫と匂宮との間で翻弄されたところに、浮舟の入水の動機があったのだから、薫側の一方的な話を信じて浮舟に還俗を勧めた僧都の態度は、いささか軽率であろう。そもそも薫にとって浮舟は大君の身代わりであり、それは紫上が藤壺の身代わりであったのとパラレルである。十帖は本編のデジャヴュの中で動いていたのである。「俗ながら聖」という理想は、所詮は表面だけの綺麗事《きれいごと》に過ぎないと、作者はいわばクールに突き放しているようだ。

本編では、光源氏が王権と仏法の緊張の中に燦然《さんぜん》と輝いたが、その晩年は必ずしも幸福とは言えなかった。そこで裏バージョンである十帖では、主人公の薫をぐっと死と仏法の側に引き寄せて、その理想を世俗の中に実現できるかという問題設定に変えてみた。しかし、それもまた難しそうだ。一体救いはどこにあるのか。『源氏』はその答えを出さない。答えのないことによって、その問いは千年問い続けられることになるのである。

仏教／物語／ジェンダー

『更級日記《さらしな》』は僕の好きな作品の一つだ。ひたすら物語に憧れ、あらゆる物語を読ませてくださいと薬師仏に祈る少女が、上京しておばから『源氏』五十余巻を櫃《ひつ》に入れてもらったときの思いは、如何《いか》ばかりであっただろう。少女はひたすら読みふけり、大人になったら夕顔や浮舟のようになりたいと願う。やがて宮仕えをして、結婚し、子供が生まれ、夫が死ぬ。平凡すぎる人生の積み重ねに、彼女はようやく物語が現実と違うことに気付く。歴史の中に消えてしまって不思議でない一人の女性の繊細な心の動きが、これほどリアルに等身大に今の時代に伝わってくることに感動する。

それにしても、『源氏』を何の注釈もなしに、少女がすらすら読んで共感できたというのは、何とも羨《うらや》ましいことだ。それがもともと物語のいちばん素直な受容であっただろう。もっとも彼女も、物語に完全にはまりこんでしまうことには、いささかの後ろめたさを感じていたようだ。夢に出てきた坊さんに、「法華経五の巻をとく習へ」と訓戒されるほどであった（「五の巻」は女人成仏を説く提婆達多品を含む）。今ならば、勉強そっちのけで少女マンガやゲームに耽《ふけ》るようなものだろう。マンガ罪悪論と同じように、物語罪悪論が生まれても不思議ではない。叱るのが親でも先生でもなく、坊さんが『法華経』を学べというところに、その時代の物語と仏教の緊張関係が暗示される。

それならば、物語と仏教はまったく相反するかと言うと、それも微妙なところがある。『更級日記』の作者は、物語世界を渇望するとともに人一倍信心深く、しかもたびたび夢で神仏のお告げを得ている。いちばん有名なのは、天喜三年（一〇五五）十月十三日の夢に阿弥陀仏を見て、「この度は帰りて、後に迎へに来む」と告げられた場面であり、阿弥陀仏の姿はきわめて具体的に描かれている。考えてみれば、物語と宗教の世界は、いずれも現実を離脱するという方向で一致するから、『更級日記』の作者が、その両方に鋭い感性を持っていたのはそれほど不思議ではない。しかし、両者は同じように現実を離脱しつつも、相対立する。物語の世界が虚構の「非現実」であるとすれば、仏の世界は現実を超えた「超現実」とも言うべきものである。現実と仏の世界と物語の世界の三者の関係は、上の図のように示すことができよう。

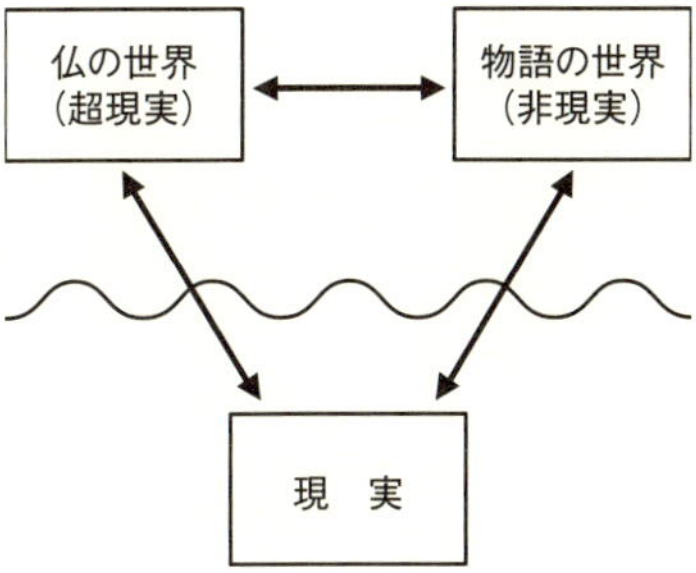

『更級日記』の作者は、全体として現実を離脱する方向を志向しながら、年齢とともに非現実から超現実へとベクトルをずらしていくのである。一般に超現実が現実の世界より高い価値を付与されるのに対して、非現実の世界は基本的には現実よりも低く見られながらも、現実の人間の嗜《し》好《こう》と深く結びついているために、否定しきれないという不安定な位置づけを持っている。『更級日記』の作者も、物語を捨てたはずなのに、宇治を通る

と、浮舟のことを思わないわけにはいかない。

中世の仏教からする物語の位置づけは、このような図式から理解される。即ち、超現実の仏教の立場から現実を見据えながら、物語的非現実をどのように位置づけるかという問題である。そこで、一方で紫式部堕地獄説のような物語（＝非現実）否定論を展開させながら、他方で紫式部観音化身説のような形でその世界を肯定するとともに、超現実の仏教世界の中に吸収しようという両面作戦を取ることになる。もっともそれを超現実の仏教の勝利と見るべきか、仏法の力でも消滅させることのできない物語の強靭《きょうじん》な力を認めるべきかは、必ずしも一義的に決定できない重層性を持ち続ける。

このような中世的な物語と仏教の葛藤は、十二世紀の後半には源氏供養としてははっきりとした形を示してくる（伊井春樹『源氏物語の伝説』参照）。そのもっとも古い資料は「源氏一品経」であるが、そこでは、『源氏』を「虚誕を以て宗と為す」とか「皆唯男女交会の道を語る」などという否定的な捉え方をして、制作者の亡霊も読者もともに「定めて輪廻の罪根を結び、悉く奈落の剣林に堕つ」と、地獄行きだとする。その上で、『法華経』二十八品を書写し、それに『源氏』の各巻を加えることで、「煩悩を転じて菩提と為す」という救済が示される（本文は、日向一雅編『源氏物語と仏教』所収の袴田光康校訂本による）。ここには紫式部観音化身説は出ないが、やはり十二世紀後半成立の『今鏡』には紫式部の堕地獄説が取り上げられ、それに対して著者は観音化身説を提示している。

このような両義性を持った源氏供養の発展には、唱導と女性と和歌という契機の重層が大きな役割を果たす。和歌的伝統の中に『源氏』を取り込んでいくことは俊成に始まるが、「源氏一品経」は、その妻の藤原親忠女《ちかただのむすめ》（美福門院加賀）の発願により、安居院《あぐい》の澄憲《ちょうけん》の作とされる（上掲、袴田の解題）。女性の発願によるのは、もともとの『源氏』の受容層を継承し、それに対して仏教側は、もっとも文学に接近した唱導家が関わる。そのようにして超現実の仏教から非現実の物語が位置づけられ、それが俊成以後の和歌の伝統という現実の中に再構成されて伝えられていくのである。能の「源氏供養」もその流れの中で、新たな展開を示したものと考えられる。

ところで、ここで注目したいのは、女性という契機である。『源氏』が女性によって作られ、女性によって享受され続けたのであるから、『源氏』をめぐる議論は仏教対物語という抽象化された問題軸に収まり切れず、そこに男性対女性というジェンダー的問題がどこまでも付きまとうことになる。それ故、仏教が『源氏』をその支配下に置くことは、そのまま女性の世界が男性優位の世界の中に包摂されることを意味する。

そう考えると、時代を下って、本居宣長の「もののあはれ」論の持つ画期性も新たな目で見ることができる。「もののあはれ」論は、単に仏教的（あるいは儒教的）な『源氏』解釈を否定したというに留まらない。そこには仏教（あるいは儒教）の持つ男性優位の擬似普遍的価値観への否定ということが内含されていた。このことは、ややもすれば見逃されがちである。

宣長は、男女の恋愛にこそ「もののあはれ」の典型を見たが、それだけに留まらなかった。『紫文要領』の中で、「源氏の君をはじめとして、其の外のよき人とても、みな其の心ばへ女童のごとくにして、何事にも心弱く未練にして、男らしくきつとしたる事はなく、たゞ物はかなくしどけなく愚かなる事多し。いかでそれをよしとはするや」と問い、「おほかた人の実の情といふ物は女童のごとく未練に愚かなる物也。男らしくきつとして賢きは、実の情にはあらず。それはうはべをつくろひ飾りたる物也」と答えている。

女童《めのわらわ》を「未練に愚かなる物」と決めつけるのは、いかにも露骨な女性差別のように見えるが、よく読んでみれば、実はその逆であることが分かるだろう。その「未練に愚かなる物」を人間の本質と見て、逆に、「男らしくきつとして賢き」ことを「うはべをつくろひ飾りたる物」として、否定するのである。これまで女性に結び付けられて軽蔑《けいべつ》的に見られてきた弱さや愚かさこそ、本来の人間の姿である。男性的な強さは、所詮は虚勢を張った表面だけの偽物に過ぎない。強さよりも弱さ、男性よりも女性こそが、本当の人間のあり方だ。これが宣長の「もののあはれ」論の核心である。

「もののあはれ」論は確かにさまざまな点で不備があり、批判されるのももっともである。しかし、男性優位の価値観を完全に逆転させ、女性優位の人間観を高らかに宣言した点で、まさしくコペルニクス的転回とも言うべきであり、驚嘆すべき先駆性を持っている。宣長によれば、その「もののあはれ」をもっとも典型的に示しているのが『源氏』だというのである。それは、『源氏』を男の手から、再び女の手に奪還する第一歩であった。

もっとも、近世の『源氏』解釈においては女性は十分にその力を発揮できなかった。野口武彦によれば、『源氏』の影響をはっきりと示す江戸時代の女性の作品としては、正親町《おおぎまち》町子の

『松蔭《まつかげ》日記』しかないという（野口『『源氏物語』を江戸から読む』）。それがようやく実際に女性の手に渡るのは、実に与謝野晶子を待たなければならなかった。そこから『源氏』の新しい歴史が始まる。近代を経て、『源氏』が今後どのように読まれていくかは、また改めての課題である。

参考文献

秋山虔『源氏物語』（岩波新書、一九六八年）
秋山虔編『源氏物語必携』（『別冊国文学』、学燈社、一九七八年）
荒木浩『かくして『源氏物語』が誕生する』（笠間書院、二〇一四年）
伊井春樹『源氏物語の伝説』（昭和出版、一九七六年）
井上光貞『日本浄土教成立史の研究』（山川出版社、一九五六年）
上野勝之『夢とモノノケの精神史』（京都大学学術出版会、二〇一三年）
折口信夫「源氏物語における男女両主人公」（『折口信夫全集』八、中公文庫、一九七六年）
勝田至『死者たちの中世』（吉川弘文館、二〇〇三年）
勝田至『日本中世の墓と葬送』（吉川弘文館、二〇〇六年）
工藤重矩『源氏物語の結婚』（中公新書、二〇一二年）
倉本一宏『藤原道長の日常生活』（講談社現代新書、二〇一三年）
倉本一宏『紫式部と平安の都』（吉川弘文館、二〇一四年）
小町谷照彦・倉田実編『王朝文学文化歴史大事典』（笠間書院、二〇一一年）
重松信弘『源氏物語の仏教思想』（平楽寺書店、一九六七年）
島内景二『大和魂の精神史』（ウェッジ、二〇一五年）

島内景二・小林正明・鈴木健一編『批評集成・源氏物語』全五巻（ゆまに書房、一九九九年）
中井和子『源氏物語と仏教』（東方出版、一九九八年）
中村真一郎『色好みの構造』（岩波新書、一九八五年）
野口武彦『『源氏物語』を江戸から読む』（講談社学術文庫、一九九五年。元版一九八五年）
原岡文子『源氏物語の人物と表現：その両義的展開』（翰林書房、二〇〇三年）
林田孝和他編『源氏物語事典』（大和書房、二〇〇二年）
韓正美『源氏物語における神祇信仰』（武蔵野書院、二〇一五年）
日向一雅『源氏物語の世界』（岩波新書、二〇〇四年）
日向一雅編『源氏物語と仏教』（青簡舎、二〇〇九年）
藤井貞和『源氏物語の始原と現在』（岩波現代文庫、二〇一〇年）
藤本勝義『源氏物語の〈物の怪〉』（笠間書院、一九九四年）
丸山キヨ子『源氏物語の仏教』（創文社、一九八五年）
三橋正『平安時代の信仰と宗教儀礼』（続群書類従完成会、二〇〇〇年）
三田村雅子・川添房江編『夢と物の怪の源氏物語』（翰林書房、二〇一〇年）

＊『源氏物語』のテキストは日本古典文学全集版（小学館）に拠った。

2　平家物語と仏教

中世の仏教

『平家物語』が色濃く仏教思想を反映していることはよく知られている。そこに描かれた時代はだいたい十二世紀の後半で、その後、十三―十四世紀に次第に物語が現在の形に成長していった。それ故、そこに反映されている仏教は、一面では源平時代のものであるとともに、もう一面ではその後で物語が形成される過程のものでもある。もちろん両者は渾然《こんぜん》としていてきちんと分けられるものではないが、この頃、中世の仏教はかなり大きく変転しているので、その進展をある程度頭に入れておく必要がある。

かつては、中世の仏教というと、いわゆる鎌倉新仏教だけに光が当てられた。新仏教というのは、法然《ほうねん》・親鸞《しんらん》・道元・日蓮《にちれん》など、後の日本の大宗派の祖師とされる思想家たちとその門流のことである。それに対して、従来からあった諸宗は旧仏教と呼ばれ、一部に改革運動が起こったものの、概して新仏教によって克服されたと考えられた。

『平家』は法然の時代の話であり、実際、法然はその中に姿を見せる（巻十）。その他の祖師たちが出てこないのは時代的に当然ではあるが、そこに見られる仏教は、祖師だけに光を当てる新仏教中心の仏教史観では捉《とら》えられないものがある。むしろ旧仏教に属する寺院や僧侶《そうりょ》の活動が生き生きと描かれている。そうとすると、新仏教中心論とは異なる仏教史観が必要になってくる。

新仏教中心論は長い間、仏教史研究の主流であったが、一九七五年に黒田俊雄によって提唱された顕密体制論によって覆された（黒田『日本中世の国家と宗教』）。「顕密」という語は、『平家』の中でも、天台座主《ざす》明雲《みょううん》が「顕密兼学」と言われているが（巻二・座主流）、顕教（密教以外の諸宗）と密教を指す言葉である。密教には、真言宗の東密《とうみつ》と天台宗の台密《たいみつ》という二つの流れがあり、顕教には、南都の諸宗と天台宗が含まれる。「顕密」は、これらを総称するものであり、それを顕密仏教と呼ぶ。南都諸宗は奈良時代の後半に確立して南都六宗とされ、それに平安初期に天台宗・真言宗が加えられて、八宗体制が確立した。これら諸宗が仏教界の総体を形作り、中世に至る。『平家』でも、これら顕密の諸寺の僧が活躍する。

黒田の理論によると、中世においても仏教界の主流は新仏教ではなく、依然として顕密仏教であったという。顕密の寺院は単に仏教界の主流というだけではなかった。これらの寺院は広大な荘園を所持して、朝廷や大貴族と並んで圧倒的な経済力を持っていた。黒田は、このように顕密仏教寺院が巨大な経済力、そして政治力を持っているような社会体制を顕密体制と呼んで、中世の大きな特徴と見た。このような黒田の理論を顕密体制論と呼ぶのである。

顕密体制論によると、従来中世仏教の主流と考えられていた新仏教の勢力はきわめて小さいもので、主流の顕密仏教に対する、少数の異端派であったとされる。新仏教の法然の教団は法難に遭って、法然やその弟子の親鸞らが流罪に処されたが、これはまさに主流である顕密仏教による異端派の弾圧に他ならないと考えられる。そして、異端派の新仏教が公認されるためには、主流派に妥協し、異端性を薄めて顕密化していくことが必要であったとされる。こうして顕密体制論によると、中世の仏教は、少数の異端派が対抗したものの、顕密仏教の優位は終始揺るがず、異端派も結局は妥協して顕密仏教の中に取り込まれていくと見るのである。

このような見方は、確かに新仏教中心論よりは中世仏教の実態を適切に捉えていると思われるが、それでもなお問題はある。第一に、はたして顕密仏教対異端派という鋭角的な二項対立が成り立つか、ということである。例えば、法然の教団は異端派の集団とみなされるが、『平家』の中の法然の姿を見ると、それほど異端的とは見えない。もちろんそれは、『平家』の成立が異端派も顕密化してからの時代であるから、その時代の法然像だと言われるかもしれないが、そもそもはじめからそれほど極端に相容《あいい》れない対立であったのかどうか、いささか疑問である。

第二に、中世仏教といっても、院政期から戦国期まで、非常に長い変遷を持つのであるから、それを顕密体制という一言で括《くく》ってしまうのは困難ではないか、という問題が指摘される。異端派が顕密化するといっても、それはもともとの天台・真言などの顕密仏教とは異なった思想や教団組織を持っているはずで、必ずしも一概に論ずることはできない。

顕密体制論に対しては、それを修正するさまざまな説が提示されているが、完全にそれに取って代わるだけの決定的な図式は認められていない。以下、私の最近考えている中世仏教の展開を略説してみよう。

確かに平安初期以来院政期まで、日本の仏教は顕密仏教と総称することが可能な状況であった。しかし、院政期には、それまでの顕密仏教の固定化を嫌い、山深く独自の修行に打ち込んだり、逆に民衆の中に積極的に入って教えを説くような僧が現われるようになった。彼らは「聖《ひじり》」と総称される。『平家』の中にも、しばしば徳高い「聖」が出てきて、尊敬を集めている。彼らは確かに顕密仏教の枠の中にいて、それを逸脱するものではない。しかし、顕密仏教の中核的なところを外れて、その周縁に自由な活動を求めたと見ることができる。こう見るならば、当時の仏教は、正統対異端が正面からぶつかる二項対立的な構造というよりも、中核となる顕密仏教の周縁に新しい「聖」の仏教が生まれるという、中心─周縁的な構造で捉えるほうが実態に適《かな》っている。

建久九年（一一九八）に、仏教史の大きな転換点となる二つの著作が著わされた。法然の『選択本願念仏集《せんちゃくほんがんねんぶつしゅう》』と栄西《えいさい》の『興禅護国論』である。これらの著作の中で、法然は浄土宗の立宗を宣言し、栄西は禅宗を標榜《ひょうぼう》した。新しい「宗」の成立である。これらはいずれも顕密諸宗からの激しい反発を招いた。ただ、禅宗については、顕密八宗に加えて九宗とする見方がすでに九世紀から見られるから、やや風当たりは弱かったが、浄土宗については、これまで独立の宗として立てることがなかったことから、きわめて強い反発を惹《ひ》き起こした。それがやがて、建永二年（承元元年、一二〇七）の法難を招くことになった。

しかし、法然の教団が「異端派」として、決定的に顕密諸宗に対立するものであったかというと、必ずしもそうは言えない。法然は確かに顕密諸宗に対して新しい仏教の思想体系を提示しようとしたが、そのやり方はあくまで顕密諸宗のやり方に倣っている。法然の言う「浄土宗」は、今日の宗派としての「浄土宗」と同じではない。顕密の八宗と同じレベルで並ぶものとして、「宗」の独立を要求したものである。つまり、学ぶべき教学的な体系を持ち、それを学ぶ人が保証されるような、言ってみれば、大学の中に新しい学部の創設を求めるようなものである。その点から言えば、法然もまた、必ずしも決定的に顕密の枠を外れたとは言いがたい。

法然の運動は、院政期の「聖」たちが顕密の周縁で起こした運動を引き継ぎ、それを思想的に表現したものとも見ることができる。実際、法然の一派には、「聖」たちが大勢集まり、「聖」の共同体のような性質を持っていた。その点から見れば、顕密の周縁の運動が自覚化され、統合されてきたものと見ることができる。そして、それだけに顕密の周縁にありながら、従来よりも一層、その中核から自立していく方向性を持っていたことは事実である。

後世の新仏教のイメージからすると、鎌倉時代の仏教は諸宗に分かれ、それぞれが閉鎖的、排他的な独自の教団組織を発展させていたかのように思われがちであるが、実はそれは間違っている。「宗」といっても排他的なものではなく、諸宗を兼学し、また諸行を併修することが可能であった。寺院を中心としたグループはあったとしても、今日のような宗派的な意味での「宗」ではなく、もっと流動的なものであった。『平家』もそのような状況の中で形成されていったものであるから、そこに描かれる仏教が特定の宗派的な立場に限定されていないのは当然である。

このような展開の中で、次第に顕密の中核的な力が弱まり、周縁の運動の自立性が強まっていく。鎌倉時代の終わり頃から室町時代にかけてのことであり、そうなると、必ずしも顕密を意識せずに、例えば禅ならば禅だけ学べばよいとなっていく。顕密の中核性が失われて、中核―周縁構造が崩壊していく。こうして、やがて一向宗（浄土真宗）のように、強い紐帯《ちゅうたい》で結ばれた宗派的な「宗」が確立し、本山―末寺の体系も作られ、近世以後の仏教へと連なっていくことになるのである。

顕密仏教の力

『平家物語』の時代、顕密の巨大寺院が大きな軍事力を保持し、政治的な圧力団体として無視できない権力を持っていた。いわゆる僧兵であり、白河法皇をして、「賀茂河の水、双六の賽、山法師、是ぞわが心にかなはぬもの」（巻一・願立）といわせたほど、山法師（比叡《ひえい》山の僧兵）の力は統御しがたいものであった。比叡山延暦寺《えんりやくじ》（山門）のほか、三井寺園城寺《おんじようじ》（寺門）、南都の興福寺なども同じように軍事力を蓄えていた。それらの勢力は、ある時は互いに連合し、ある時は互いに対立し、微妙なバランスを保っていた。二条上皇の葬儀の際に、延暦寺と興福寺の額のどちらを先に打つかで大騒動になり、山門の衆徒によって清水寺が焼き討ちされたように（巻一・額打論、清水寺炎上）、些細《ささい》なことで乱暴狼藉《ろうぜき》に及んだ。

とりわけ以仁王《もちひとおう》（高倉宮）の挙兵の際には、これらの寺院の軍事力が頼りであった。以仁王は三井寺に入り、三井寺からは山門と南都に牒状《ちようじよう》が送られ、平家討伐のために立ち上がることが呼びかけられた。しかし、平家と関係の深い山門は平家側について動かず、南都も立ち遅れた。三井寺も延々と議論しているうちに出遅れ、宮は南都を頼って行く途中、宇治で戦死した（以上、巻四）。寺院の軍事力を危険視した平家は三井寺を焼き討ちし、遂には南都をも攻め立てて炎上させた（巻五）。これによって、巨大寺院の軍事力は大きく衰退することになった。

これらの寺院が大きな力を持ったのは、もちろん軍事力の故もあるが、それだけではない。中世の社会においては、神仏の力は世俗の力と拮抗《きっこう》する意味を持っていた。世俗の権力が「顕」の力を持つものとするならば、神仏は「冥《みょう》」の力を持つもので、物理的な力を超えた異次元から現世を支配するという点で、より強力なものであった。しかも、仏教寺院は単なる宗教施設というに留《とど》まらず、最高の文化を所有し、教養から娯楽まで扱うことのできる巨大な文化センターでもあった。

その中でも、「冥」の力がもっとも強力に働くのは祈禱《きとう》を通してである。巻三・赦文、同・御産では、清盛の娘で高倉天皇の中宮である建礼門院徳子の懐妊と出産の様子が語られる。もし皇子が生まれ天皇となれば、清盛は外戚《がいせき》として絶大な権力を持つことになるのであるから、皇子誕生は平家一門の悲願である。徳子は安徳天皇を産むのであるが、その時の祈願のさまはじつに仰々しい。

懐妊と分かるや、高僧たちが秘法を修したが、中でも御着帯（腹帯を巻く儀式）の時には、御室仁和寺《おむろにんなじ》の守覚法親王《しゅかくほっしんのう》（後白河法皇の第二皇子）が孔雀経の法を修し、天台座主覚快法親王（鳥羽上皇の第七皇子）が変成男子《へんじょうなんし》の法を修した。変成男子の法というのは、もし胎児が女児であった場合、男児に変えるという秘法である。しかし、政治的陰謀に巻き込まれて亡くなった崇徳《すとく》天皇らの死霊や、鬼界が島に流された俊寛《しゅんかん》らの生霊《いきりょう》たちが中宮を苦しめ、その怨霊《おんりょう》たちを慰めながらいよいよ出産を迎える。その時の様子は、こう描かれている。

仁和寺御室は孔雀経の法、天台座主覚快法親王は七仏薬師の法、寺（三井寺）の長吏円恵法親王は金剛童子の法、其外五大虚空蔵・六観音・一字金輪・五壇の法・六字加輪・八字文殊・普賢延命にいたるまで残る処なう修せられけり。護摩の煙御所中に満ち、鈴の音雲をひゞかし、修法の声、身の毛よだッて、いかなる御物の怪なり共、面向ふべしとも見えざりけり。（巻三・御産）

出産のために命を落とす女性が少なくなかった時代、無事男子を出産するのがいかに大変であったか、分かるであろう。次代の天皇が生まれるのであるから、顕密仏教総がかりの国家事業であった。それはどんな権力を持っていても、世俗の力ではどうしようもないことであり、仏法の「冥」の力に頼るより他なかった。

王法と仏法はしばしば車の両輪に喩《たと》えられるが、両者を同次元で対等のものと考えるならば、適当でない。たとえ現世的な力では劣っても、「冥」の論理の貫徹は、人知を超えて恐ろしいものである。東大寺には、聖武《しょうむ》天皇の宸筆《しんぴつ》で、「我寺興福せば天下も興福し、吾寺衰微せば天下も衰微すべし」（巻五・奈良炎上）と記されていたというが、仏法の興隆は国家興隆の前提条件なのである。だからこそ、奈良の炎上は、「天下の衰微せん事も疑なしとぞ見えたりける」（同）という深刻な大問題となったのである。

南都側にも、安徳天皇の母方の祖父に当たる清盛に対して粗暴な態度をとったという、「天魔の所為」（同）とされるような落ち度があったが、南都を炎上させた罪はその何倍にも当たるものであり、それがやがて清盛の悶死《もんし》ともなった。とりわけ直接の指揮者であった重衡《しげひら》の罪悪の大きさと、それでもなお救われることは可能かという問題は、『平家物語』の底を流れる仏教教理上の最大の課題となったのである。

寺門・山門・南都は相互に対立していたが、同時にもともと一体のものという強い連帯感が根底にあった。「玉泉・玉花、両家の宗義を立といへども、金章・金句おなじく一代教文より出たり。南京・北京、ともにもッて如来の弟子たり」（巻四・南都牒状《ちようじよう》）と言われる所以《ゆえん》である。これが前項に述べた顕密仏教の実態である。日本の仏教教学は、奈良時代中期に南都六宗として体系化された。これら諸宗は年分度者として国家から承認された人員の配分を受け、南都の大寺院で研究が進められた。もっともすべての諸宗が対等なわけではなく、法相《ほつそう》・三論・華厳《けごん》などが中心であり、律は諸宗に通ずる実践的な基盤であり、倶舎《くしや》・成実《じようじつ》は基礎学として学ばれながらも、小乗として付随的なものとされた。

その後、平安初期に天台宗・真言宗が加えられて、八宗の体制が整えられた。天台宗は比叡山延暦寺（山門）が中心であるが、平安中期以後、円珍門徒の拠《よ》る三井寺園城寺（寺門）と対立するようになった。いずれも天台の教学だけでなく、密教の進展が著しく、真言宗系の東密に対して、台密と呼ばれるようになった。真言宗は、高野山・東寺などを中心としたが、御室仁和寺など、院と緊密な関係を結んで実力を蓄えていった。これらの諸宗は、相互に争い、対抗しながらも、国家を支える宗教権力としては全体としてまとまって協調し、一体のものであった。だから、法然が新しい浄土宗を主張したとき、旧来の八宗は同調して反対したのである。

これらの顕密の寺院は、もちろん学僧たちだけで維持できるわけがないから、その下には大勢の雑事に従う下級の僧や、労務に従う労働者たちも所属した巨大組織へと発展した。そこにおのずから階層の差別ができ、利害関係や意識の上でも一枚岩とは言えないことになる。そこで寺院内での対立も激化し、相互の抗争も生ずることになった。比叡山では、学問修行に従事する学生《がくしょう》（学侶）の下に、堂衆《どうしゅ》と言われる下級の僧侶がいて、互いに武力で争うまでになった。その結果、「毎度に学侶うち落されて、山門の滅亡、朝家の御大事とぞ見えし」（巻二・山門滅亡堂衆合戦）と言われるほどの惨状を呈することになった。

このような堂衆は、「堂衆に語らふ悪党と云は、諸国の窃盗・強盗・山賊・海賊等也」（同）と言われるように、一般社会の底辺で武力をもって立ち上がる「悪党」と呼ばれる階層に連なるのであるから、学生たちの力の及ぶ相手ではなかった。寺院内でも、堂衆のような下層の武装勢力は「悪僧」とも呼ばれ、先に述べたように、侮れない軍事力となっていた。このような場合の「悪」というのは、倫理的な意味合いだけでなく、規格を外れた強い力を持った存在ということをも意味する。親鸞も、比叡山で堂衆であったという説もある。

その中には、武士と同じような見事な戦いぶりを示す者もいた。例えば、以仁王に従った筒井の浄妙《じょうみょう》明秀という三井寺の堂衆は、「かちの直垂に、黒皮威の鎧着て、五牧甲の緒をしめ、黒漆の太刀をはき、廿四さいたるくろぼろの矢おひ、塗籠籐の弓に、このむ白柄の大長刀とりそへて」（巻四・橋合戦）といういでたちで、弓を射、長刀《なぎなた》を振るい、最後は腰刀《こしがたな》ひとつで川に飛び込んで、大暴れする。義経《よしつね》の従者として伝説化される弁慶は、このような堂衆や悪僧をモデルにして理想化したものということができる。

　このように顕密の大寺院が荒廃した中で、末法思想が喧伝《けんでん》された。永承七年（一〇五二）に末法に入ったといわれ、貴族社会は不安に覆われた。このような末法説は、顕密寺院が危機感を煽《あお》って、その力を強めようという意図があるとされるが、それが受け入れられるような寺院と社会の実情があったことも事実である。

　そのような状況で、教学は当然停滞することになった。もっとも比叡山の証真のように、学問に打ち込むあまり源平の合戦を知らなかったと伝えられるほどの学僧もいて、天台三大部に対する大部の注釈書を残している。しかし、この時代の特徴とされるのは、そのような文献的な研究よりも、浄土念仏をはじめとするさまざまな信仰や実践であり、思想面では本覚《ほんがく》思想の進展であろう。本覚思想は、現世の煩悩や無常、悪などをそのまま肯定し、仏の世界と見る思想である。主として天台宗で口伝を通して発展し、恵心《えしん》流と檀那《だんな》流の二流に分かれると言われるが、天台宗以外でも類似の思想動向が見られ、日本の中世仏教の特徴となる思想である。それについては、また別に考えてみよう。

聖たちの活躍

『平家物語』を読むと、「聖《ひじり》」と呼ばれる高僧たちが大きな力を発揮している。それについては既に触れたが、もう少し具体的に彼等の活動を見てみたい。物語の終わりのほう、巻十以後では、敗れた平家の武将たちに対して、聖が最期を看取るなど、指導的な役割を果たしている。主要な例を挙げよう。

「黒谷の法然房」という聖が、重衡の懺悔《さんげ》を聞き、悪人往生を説く（巻十・戒文）。言うまでもなく、浄土宗を開いた法然であるが、法然の浄土教については改めて考えてみたい。

高野山の滝口入道という聖が、屋島から戻った維盛《これもり》に付き添い、維盛が那智で入水《じゆすい》するのを見届ける（巻十・横笛〜維盛入水）。ここでは、滝口自身についても、横笛との悲恋から出家する物語が語られている。後に高山樗牛《ちよぎゆう》の名作『滝口入道』はこの話を素材としている。「入道」と言われるように、出家社会に束縛されない隠遁者《いんとん》であり、その姿は「老僧姿にやせおとろへ、こき墨染に、おなじ袈裟」（横笛）と描かれている。いわゆる高野聖と呼ばれる隠遁修行者であり、維盛の先達として高野山の堂塔を巡礼して、空海の廟《びよう》である奥院へと導く（高野巻）。そこでは、空海が禅定に入って弥勒の出世を待っているという高野山の由来が語られている。このように、高野山の案内は高野聖の重要な役目である。

高野聖は各地を勧進して回り、高野山の宣伝役ともなり、資金集めの手兵でもあった（五来重『高野聖』）。歌人西行もまた、このような高野聖として各地を旅したと考えられている。滝口はその後、熊野を参詣《さんけい》して那智《なち》へと維盛に同伴するが、旅の達人としての高野聖の面目が躍如としている。宗教空間とも言うべき紀伊《きい》半島の山地を踏み分け、ネットワークを形成していく修験者的な側面をも持っていたことが知られる。

「大仏の聖」俊乗房については、重衡の没後に遺骸《いがい》を遺族に返したり（巻十一・重衡被斬）、重盛の末子宗実《むねざね》をかくまったこと（巻十二・六代被斬）などが記されている。俊乗房重源《ちょうげん》（一一二一―一二〇六）は、重衡による南都焼き討ちの翌養和元年（一一八一）、東大寺大勧進職に就き、南都復興の先頭に立った。その後、大仏鋳造、大仏殿再建をはじめとする東大寺再建、南都再興のために一生を捧《ささ》げた。このような立場にあったからこそ、源氏や南都の僧たちの圧力の中で、恩讐《おんしゅう》を超えて平家の一族へも慈悲ある行為をなしえたのである。

重源は入宋《にっそう》三度と自称し、実際に東大寺再建に当たって当時の宋の最新の技術を活用している。そのように、時代の最先端を担う仏教界のリーダーであったが、寺院組織内部で出世し、僧官などの役職に就くような位置にはいなかった。松尾剛次は、顕密寺院の組織内で役職に就く僧を官僧、そのような組織を外れた僧を遁世僧と呼んでいるが（『鎌倉新仏教の成立』）、重源はじめ、聖と呼ばれるような僧は、この分類で言えば遁世僧に属している。各地に費用集めに奔走する勧進のような仕事は、それまでの顕密寺院には必要なかったことであり、従来の組織内の僧では十分に役立たず、周縁にいて自由な活動が可能な聖の役目となったのである。

重源の後、東大寺大勧進を引き継いだのは栄西（一一四一―一二一五）であるが、栄西も当時の顕密の枠に入りきらない禅を宋から伝えた聖的な僧である。法然は直接勧進の仕事はしていないが、重源とも親しく、復興中の東大寺で浄土三部経を講義している。このように、当時の顕密の周縁に新しい仏教を興したのはいずれも聖的な僧で、彼らが宗派を超えたネットワークを持って活動していたことが知られる。重源・法然・栄西らは後世に大きな影響を与えることになった指導的な立場に立つ僧であったが、その周囲には、滝口入道のような聖たちが多数いて、中世の新しい仏教を作っていく力となった。

そのような構造を見れば、新仏教対旧仏教とか、顕密仏教対異端派というような単純な二項対立になっていないことは明白であろう。顕密仏教の周縁に活動する聖たちが、一方で南都復興のように顕密仏教再建の方向を志向しながら、もう一方では彼らの活動は従来の顕密僧の枠では捉えきれず、外へと広がっていく遠心力を持っていたのである。

もう一人、『平家物語』で大活躍する聖がいる。高雄《たかお》神護寺《じんごじ》の文覚《もんがく》（文学）である。文覚と言えば、ためらう頼朝《よりとも》に父義朝《よしとも》のされこうべを示して、挙兵を促したこと（巻五・福原院宣）で有名であるが、その前のところには、この破天荒の荒法師の逸話がずいぶん長く紹介されている（巻五・文学荒行・勧進帳・文学被流）。

文覚はもと遠藤武者盛遠《もりとお》という僧であったが、十九歳の時に道心を起こして出家。山中に七日間伏して毒虫たちに身体中取り付かれながら、「修行などこの程度のことか」と嘯《うそぶ》いたという。那智の滝をはじめ、日本中を修行して回り、遂に高雄神護寺に入った。荒廃した神護寺を復興するために勧進し、後白河院へも強引な勧進をしたため伊豆《いず》に流され、頼朝と出会ったのである。

文覚は物語の最後のところにも現われ、六代の命乞いをしたり、さらには後鳥羽院の政治の乱れを正すべく謀反を起こそうとして隠岐に流され、その怨念によって承久の乱の後に後鳥羽院も隠岐に流されることになったという（巻十二・六代被斬）。『平家物語』の結末を作る重要な役割を果たしている。

このような文覚の事績を見ると、政治に口を出して横槍を通そうとする例外的な悪僧のように見える。しかし、道心によって出家し、必ずしも正統的な出家ではないこと、修験者的な修行を積んでいること、勧進を行っていることなど、滝口入道などと共通する聖的な性格を強く持っていることが分かる。突出はしていたかもしれないが、決して聖としての基本は外れていない。その自由さゆえに、政治にまで嘴をはさむことになったと考えられるのである。

さらにもう一人、聖とは呼ばれていないが、ほぼ同類のおもしろい僧が出てくる。清盛がただの悪人でなく、慈恵僧正の生まれ変わりだと主張したという慈心房尊恵という僧である（巻六・慈心房）。慈恵《じえ》僧正というのは、平安中期に荒廃していた比叡山を復興した良源（九一二―九八五）のことであるが、元三《がんざん》大師とも呼ばれて、庶民の信仰を広く集めた。尊恵は、もとは叡山の学侶であったというから、官僧に当たる正式の僧であったが、道心を起こして離山したという。大寺院が世俗化する中で、心ある修行者は遁世して大寺院を離れることになった。

尊恵は叡山にいたころから「法花（華）の持者」であったという。「法華《ほっけ》の持者《じしゃ》」は持経者と呼ばれ、『法華経』を暗唱したり、読誦する修行を積んだ人で、しばしば山林に籠《こも》って苦行を行い、呪術《じゆじゆつ》的な力を身に付けていることも稀《まれ》ではなかった。大寺院を離れ、山林で修行するような持経者は、聖と性格がきわめて近く、聖的な持経者ということができる。尊恵も道心によって叡山を離れたところは、きわめて聖的である。

尊恵はそのような修行で、特殊な霊的能力を身につけていたらしい。閻魔《えんま》の庁に呼ばれ、閻魔王から、清盛が持経者を集めて勤行を行ったことを称賛され、清盛がじつは慈恵僧正の生まれ変わりだと教えられたというのである。もっとも尊恵はそのことを清盛に伝えて、律師の位を得たというから、いささか眉唾なところがあり、詐欺的なところがないとはいえない。そうではあるが、他面で清盛の超人性を語る逸話であり、こうした説話的な物語によって人々を教化するのも、聖の活動の一つであった。

聖は多く本寺を離れて別所といわれる従属的な小寺院に住んで、修行や民衆教化に当たった。彼らを別所聖という。そのような聖は必ずしも先に挙げたような指導的な人ばかりとは限らない。俗聖といわれ、妻帯して在俗に近い生活を送っている場合もあるし、尊恵のようにいささかいかがわしいところのある人もいる。そのようなタイプの聖の活動が活発化するのは平安中期頃からであり、「市の聖」と呼ばれた空也（九〇三―九七二）は、民衆に広く念仏を広めたことで知られる。そうかと思うと、増賀（九一七―一〇〇三）のように、もともとは顕密の学問を積んでいながら、世俗の名利を嫌い、わざと奇怪な振舞をしたり、おかしなことを口走って、貴顕の招きを断るような聖もいた。『往生要集』を著わした源信（九四二―一〇一七）もまた、僧都に任じられながらすぐに辞退して、横川で隠遁の生涯を終えた聖である。『源氏物語』でも聖たちが大活躍していた。

院政期には多様な聖が、顕密教団の周縁でさまざまな活動を展開するようになった。その活動が、一方では顕密仏教に吸収されていくとともに、他面ではその枠組みの中で捉えきれない新しい仏教を生むエネルギーともなったのである。『平家物語』には、そうした聖たちの活動が、武将たちの活躍を支える精神的なバックボーンとして描かれているのである。

浄土の希求

『平家物語』の後半になると、「驕《おご》れる人も久しからず」という言葉通り、かつて栄華を極めた平家一門の滅びの物語となる。総崩れになり、次々と武将たちが討ち取られ、血生臭い阿鼻《あび》叫喚《きょうかん》の中で女たちが逃げまどう。都で権力の頂点を極めただけに、堕《お》ち行く平家の末路は悲しい。頼朝の追及は徹底を極め、「平家の子孫は、去文治元年の冬の比、ひとつ子ふたつ子を残さず、腹の内をあけて見ずといふばかりに、尋とッて失てき」（巻十二・六代被斬）という有様であった。最後に残った六代も文覚の命乞《いのちご》いもかなわず切られ、「それよりしてこそ、平家の子孫はながくたえにけれ」（同）という文句で、『平家物語』の本編は終わっている。

戦闘の場で討ち取られたり、自害した武将は、あっぱれ覚悟の上であったであろうが、生け捕りにされ、京を引き回され、さんざん辱めを受けた上、斬首《ざんしゅ》に処せられた武将こそ哀れであった。とりわけ物語の中で大きく扱われているのは、宗盛《むねもり》・重衡である。内大臣宗盛は、清盛没後の一門の長であったが、清盛のようなスケールはなく、その無能が平家没落の一因となった。『平家物語』では、その武将ともいえぬ小心で凡庸なさまが、ほとんど戯画的に扱われている。壇ノ浦でも、他の武将たちが入水して果てる中、飛び込むこともできずにうろうろして、侍たちに海に突き落とされたが、それでも死に切れずに、息子の右衛門督清宗《うえもんのかみきよむね》とともに捕えられてしまった（巻十一・能登殿最期）。

宗盛は義経に引き連れられて鎌倉まで行ったが、頼朝と義経の不和から鎌倉に入れず、都に戻る途中、近江《おうみ》国篠原《しのはら》の宿で斬られた。義経の好意で、大原の本性房湛豪《ほんしようぼうたんごう》という聖を召し、その勧めで刑場で念仏を始めた。ところが、いよいよ斬ろうとすると、「右衛門督もすでにか」と息子を気遣い、念仏もままならないまま、首を斬られた（巻十一・大臣殿被斬）。

戦場など緊急の場合はさておき、通常臨終の際には善知識（指導者となる僧）が必要とされる。その役割を果たすのは、顕密の僧ではなく聖であった。彼らは戒を授け、説法して雑念を防ぎ、死にゆくものを念仏に専念させて、極楽往生を果たさせる。戒を授けるのは、戒には滅罪のはたらきがあるから、それによって生前の罪障を滅して、往生しやすくするのである。それは今日の死後授戒や戒名授与につながっている。

湛豪は宗盛に向かって、「かゝる御目にあはせ給ふも、先世の宿業なり」と運命を忍受すべきことを説き、「善も悪も空なり」と観じながら、弥陀如来の願に思いを寄せて念仏に専念するように勧めている。このような考え方は天台浄土教の発想に合致しているから、大原の聖の説法にふさわしいといえよう。平安中期に天台宗では源信が現われて『往生要集』（九八五）

を著わし、浄土教の隆盛を招いた。また、源信は二十五三昧会《にじゆうござんまいえ》を結成して、仲間同士の助力で往生を期した。臨終の際には雑念を防ぎ、心を集中して念仏する臨終正念《しようねん》が重視された。雑念が生ずれば、その煩悩に引きずられて往生できない恐れもある。それ故、宗盛のように俗念に惹かれてはいけないのであるが、夫婦や親子の恩愛の情は断ちがたく、その葛藤《かつとう》が読者あるいは聴者の涙を誘うことになる。

宗盛よりも深刻なのは三位中将重衡である。重衡は南都焼き討ちの責任者として、仏法破壊の極重悪人である。その重衡でも救われるのか。それは『平家物語』を仏教書として読むとき、最大の主題である。重衡は一ノ谷の戦いで捕らわれ（巻九・重衡生捕）、三種の神器返還交渉の際に人質とされるが（巻十・八島院宣）、交渉は決裂する（同・請文）。覚悟を決めた重衡は、「年ごろ契ッたりし聖」である法然に会って、南都炎上の罪を懺悔し、「かゝる悪人のたすかりぬべき方法候はば、しめし給へ」（同・戒文）と訴える。

それに対して法然は、「出離の道まち〳〵なりといへども、末法濁乱の機には、称名をもッて勝れたりとす」として、「十悪五逆廻心すれば、往生をとぐ。功徳すくなければとて、望をたつべからず」（同）と励ました。併せて、重衡は受戒の意向を示し、出家しないでも戒をたもつことはできるかと問うたのに対して、法然は、「出家せぬ人も戒をたもつ事は、世のつねのならひなり」と答えて、戒を授けた。

重衡は一旦《いつたん》鎌倉に送られるが、南都焼き討ちの張本人ということで、戻されて南都の大衆の手に渡された。南都の大衆も詮議《せんぎ》したが、彼らも仏教者の立場上、殺生することはできないというので、再び武士の手に戻され、粉津《こつ》（木津）川のほとりで処刑されることになった。重衡は日頃召し使っていた知時という侍に、近くで仏を探させ、ちょうど阿弥陀《あみだ》仏だったので、河原に立て、知時の狩衣《かりぎぬ》の袖《そで》の括り紐《ひも》を五色の糸の代わりに仏の手に結び、その一端を手にとって処刑された（巻十一・重衡被斬）。

善知識となる僧もなく、阿弥陀仏も急仕立てであった。しかし重衡は、仏に背いた調達（提婆達多）もかえってそれを逆縁として成仏することになったという話を引いて、「一念弥陀仏、即滅無量罪、願《ねが》わくは、逆縁をもッて順縁とし、只今の最期の念仏によッて、九品詫生をとぐべし」と、高声に十念仏を唱えて斬られた。重衡は南都を焼き払い仏法を滅ぼそうとした罪に自ら怯《おび》えつつ、しかし、最後はどうやら救いを得られたようである。遺骨も最後は北方に返され、骨は高野山に埋葬し、墓は日野に作って供養された。

「重衡のような悪人も救済されうるか」という、『平家物語』最大の思想的課題は、こうして肯定的に答えられた。重衡の焼き討ち後、仏教界は危機感をもって団結し、重源らの努力もあって南都は復興され、むしろ活発化した。重衡の焼き討ちはまさしく逆縁が順縁となったのであり、その罪が赦《ゆる》されるという結末も、そのような事情を反映していよう。また、重衡自身も、「生を受くる物、誰か父の命をそむかん」と、その最終責任を清盛に帰しており、清盛の問題がもう一度クローズアップされることになる。これは次項に取り上げることにしたい。

ここで注目されるのは、南都の教学自体には重衡を赦す理論はなかったことである。それ故、南都側では重衡を渡されても対応できず、その救済は聖系の念仏による他なかった。巻十では法然の教えが示され、そこでは、「「一声称念罪皆除」と念ずれば、罪みなのぞけりと見えたり」（巻十・戒文）と、念仏によって罪が滅して往生できるという論を展開している。それに対して、巻十一の重衡の言葉は、「一念弥陀仏、即滅無量罪」といいながらも、逆縁を順縁とするというのは、中国天台六祖湛然《たんねん》の言葉「逆即是順」（逆縁がそのまま順縁である）に拠っており、天台系の思想をベースにしている。

もっとも延慶本《えんぎょうぼん》にはこのような天台的な文句はなく、「弥陀如来ニ四十八ノ願マシマス。第十八ノ願ニハ『欲生我国』ト『乃至十念、若不生者、不取正覚』ト誓アリ。重衡ガ只今ノ十念ヲ以テ、本誓誤セ給ハズ、早引接シ給へ」（巻六本）と、阿弥陀仏の本願に根拠を求めている。このほうが法然的である。じつは『無量寿経』に出る阿弥陀仏の本願では、この後に、「唯、五逆と正法を誹謗したものを除く」と除外条件が付されていて、それでは重衡のような五逆や誹謗正法《ひほうしょうぼう》にも当たる重罪人は救済対象から除かれることになる。ところが、善導や法然は、その除外条件を外してしまい、そのような悪人でも弥陀は救い取ると解釈するのである。次項にもう少し検討するが、延慶本は浄土宗には比較的好意的で、それに対して禅を敵視している。こうしたところも、それに関係あるかもしれない。

『平家物語』によれば、法然の浄土宗は何よりも悪人往生を保証するものであり、称名念仏だけで往生できるとはっきり説いているところに特徴が見られる。ただし、授戒も認めている。法然の浄土宗開宗をどのように評価するかは、はなはだ難しいところがある。法然は重衡の師であっただけでなく、熊谷直実《くまがいなおざね》の出家の師でもあり、九条兼実《くじょうかねざね》のもとにも戒師として出入りしていたし、後白河の皇女である式子《しょくし》内親王とも親交があった。貴顕の世界に広いネットワークを持っていたことが知られる。戒律に関する専門家であり、天台の黒谷流の戒律は、法然を通して後世に伝えられた。

しかし他方、法然の主著『選択本願念仏集』はかなり過激な内容で、末法の世には聖道門（自力の修行で悟りを開く道）はほとんど不可能で、称名念仏以外の行は無意味であるかのように書かれている。法然自身は戒律を広く説きながらも、『選択集』によれば、往生には持戒も破戒・無戒も関係ないと論じている。こうした矛盾した態度から、法然は「内専修、外天台」であったとも言われる。内面的には専修念仏を信じていながら、外面的には天台僧として活動したというのである。

院政期には、法然に限らず念仏は広く行なわれ、天台・真言だけでなく、南都でも三論宗を中心に盛んに行なわれた。法然の教団は、いわばこのような念仏聖たちの集合体であった。既成の教団に深く関わっている僧から、そうでない者まで、また穏健派から過激派まで、顕密仏教の周縁をもっとも広く糾合し、一大勢力となっていった。それに対して既成諸派が危機感を抱き、その結果、建永二年（承元元年、一二〇七）に念仏停止の院宣《いんぜん》が下され、門下の二人が死罪、法然自身は流罪となった。『平家物語』には、そのような過激な面よりもむしろ、聖的な法然の姿が印象深く描かれている。

悪の両義性

重衡をめぐって悪人の救済が問題となったが、その悪の元凶は、南都焼き討ちを指示した清盛である。清盛は『平家物語』の前半で死んでしまうが、その強烈な個性は物語の全体を覆っている。清盛こそが『平家物語』の主人公であると言っても過言ではない。平家の滅亡は、「入道相国、一天四海を掌ににぎッて、上は一人をもおそれず、下は万民をも顧ず、死罪・流刑、思ふさまに行ひ、世をも人をも憚られざりしがいたす所」であり、「父祖の罪業は子孫にむくふといふ事、疑いなしとぞ見えたりける」と言われている（灌頂《かんじよう》巻・女院死去）。その悪辣《あくらつ》さは、温厚で道徳的な長子、小松内大臣重盛の諫《いさ》めによってようやくセーブされていたが、重盛の死によって歯止めが利かなくなり、暴走する。

その報いは、死病の時に顕現する。清盛はとてつもない熱病に襲われる。水を飲むことさえできず、身の内に火を焚《た》いているようであった。比叡山の清水を汲《く》んでその中に浸《つ》ければたちまち湯になってしまうし、筧《かけひ》の水をかけると、灼熱《しやくねつ》の石や鉄のように、水をはじいてしまう。「くろけぶり殿中にみち〳〵て、炎うづまいてあがりけり」（巻六・入道死去）という有様であった。「せめてもの事に板に水をいて、それに臥しまろびたまへども、たすかるこゝちもしたまはず。悶絶躃地して、遂にあつち死にぞしたまひける」（同）と言われるほど、その死もただごとではなかった。

　このような死の有様は、当然ながら地獄を思い起こさせる。清盛の北の方（二位殿）は、夢に猛火の燃え盛る車が門の内に入ってくるのを見た。その前後を牛頭《ごず》・馬頭《めず》が護《まも》り、車の前には「無」と書いた鉄札が立っている。閻魔の庁からの迎えである。「無」という立て札は何かと問うと、「南閻浮提金銅十六丈の盧遮那仏焼ほろぼしたまへる罪によッて、無間の底に堕給ふべきよし、閻魔の庁に御定め候が、無間の「無」をばかゝれて、「間」の字をばいまだかゝれぬ也」（同）という返事である。南都の大仏破壊の罪が無間《むけん》地獄堕ちということで返ってきたのである。無間地獄は、焦熱地獄よりももっと恐ろしく、表現のしようがないほどの最悪の地獄である。ただし、「無間」の「間」がまだ書かれていないというところが微妙である。つまり、もしかしたらそれが書かれないままで終わるかもしれない。ということは、無間地獄堕ちにならない可能性がわずかであるが示唆されている。

　じつはこれほどの大罪を犯しているにもかかわらず、『平家物語』では、清盛の弁護とも取れるような書き方がなされているところがある。南都焼き討ちの際も、そもそもが南都の大衆が、大きな毬《まり》を作って清盛の首に喩《たと》え、「うて」「踏め」などと狼藉を尽くしたことに発している。「かけまくもかたじけなく、当今の外祖にておはします」清盛を、「かやうに申しける南都の大衆、凡は天魔の所為とぞ見えたりける」（巻五・奈良炎上）と、作者は南都の大衆を非難している。その上、南都の狼藉を治めようとして清盛が送った役人も斬ったというのであれば、清盛が怒るのも無理ないというニュアンスである。

　先にも触れたように、『平家物語』には清盛が慈恵僧正の生まれ変わりという説も引用されている。これは慈心房尊恵の創作であろうが、物語の中には、「さてこそ清盛公をば慈恵僧正の再誕也と、人知りてヽげり」（巻六・慈心房）と、事実のように受け入れいている。なぜ慈恵僧正は清盛として生まれ変わったのであろうか。閻魔王の言葉に、「示現最初将軍身　悪業衆生同利益」（最初に清盛として将軍の姿を示し、悪業の衆生にも同じく利益を与えたのである）と言われている。即ち、悪業の清盛の姿を示して、どんな悪業の衆生でも救われるということの実例としたというのである。その上さらに、止《とど》めを刺すように、「清盛は忠盛が子にはあらず、まことには白河院の皇子也」（巻六・祇園女御）という説をも挙げているのであるから、清盛は到底ただの悪人とはいえない存在となってくる。

延慶本は、慈恵再誕説についてもう少し詳しい説明を加えている。仏・菩薩《ぼさつ》が衆生を救うために仮に姿を現わすのを権者というが、清盛もそのような権者である。権者はあくまで衆生救済のためにはたらくから、「人ノ為ニ益アルベキ時ニハ、罪ヲ作リテモ利益ヲマス」（巻三本）というわけで、人のために益があるのであれば、罪を作ることもあるというのである。例えば、仏に背いて地獄に堕ちた提婆達多もやはり権者であって、そのような様子を示すことで、人々が仏に従順になるようにしたのである。清盛もまた、「仏法ヲ滅シ王法ヲ嘲ル、其ノ悪業現身ニアラワレテ、最後ニ熱病ヲウケ、没後ニ子孫滅シ、善ヲス、メ、悪ヲコラスタメシニヤトオボヘタリ」というわけで、身をもって人々に勧善懲悪の見本を示したのである。

結局のところ、「善悪ハ一具ノ法」であり、「釈尊ト調達ト同種姓」なのである。「清盛ハ功徳モ悪業モ共ニ功ヲカサネテ、世ノ為、人ノ為、利益ヲナスト覚ヘタリ」と言われるように、その超人的なパワーの故に善悪というレベルを超えて、歴史を作り、人々に利益する存在たりえたのである。当時、「悪僧」というのは、必ずしも悪い意味ではなく、むしろ褒め言葉でさえあった。俗な言い方をすれば、悪に強いものは善にも強いのであって、その反対にどうしようもないのは、宗盛のような凡庸さということになる。こうして清盛の場合は、重衡の悪人往生というのとは違い、むしろ「権者」としての積極的な悪の評価とでも言うべきところにまで至っている。

「善悪ハ一具」というのは、きわめて本覚思想的な発想である。覚一本は、必ずしも正面から本覚思想を説いたり、論じたりしていない。教理的な性格の強い延慶本のほうに、この箇所のように、本覚思想的なところがみられる。しかし、本覚思想を肯定するかというと、必ずしもそうでもなく、それに批判的なところもある。それは、鬼界が島における俊寛の場合である。

鹿谷《ししがたに》の密議によって鬼界が島に流されたのは、藤原成経《なりつね》・平康頼《やすより》・俊寛の三人であったが、成経と康頼は熊野を信じて帰洛を祈願していたが、「俊寛僧都は、天姓不信第一の人にて、是をもちゐず」（巻二・康頼祝言）という有様で、この信心の有無が赦免されたか否かにつながった、というのが『平家物語』の仏法の論理である。ところで、覚一本では俊寛の不信心についてこの程度しか書かれていないが、延慶本では俊寛はかなり長い教理論を展開している（巻一末）。

俊寛は、「抑浄土宗ノ事ハ俊寛未ズダ心得侍リ」として、俊寛の理解する仏法の大綱を披露する。即ちそれは、「顕教モ密教モ凡聖不二ト談ジテ、自心ノ外ニ仏法モナク神祇モナシ。三界唯一心ト悟レバ、欲界モ色界モ外ニハナク、地獄モ傍生モ我心ヨリ生ズ」というもので、すべて森羅万象「我性一心ノ法ニ非ト云事ナシ」とされるのである。それが「邪正一如ノ妙理」に他ならない。

俊寛はさらに、それこそ禅の教えであるという。彼は、法勝寺《ほっしょうじ》の本空《ほんぐう》という入唐《にっとう》の禅僧の場合を引く。本空は、「念仏モ申サズ。経ヲモヨマズ」、坐禅《ざぜん》さえもしなかった。そして、「五辛酒肉　檀《ほしいまま》ニ服シ、懈怠無慚ノ高枕打シテ、臥ヌヲキヌシ侍ル也」という日々を送ったという。すべての人為的努力を捨て、あるがまま、なるがままの修行不要論である。俊寛もその説に共鳴するというのである。康頼はそれを、「一代聖教ヲ皆破滅スル大外道」と非難している。康頼の立場は、「真言教ニハ加持ノ即身成仏、浄土宗ニハ他力ノ往生、此ヲ信テ候也」というものであった。

本空という僧は知られず、架空と思われるが、当時同じような批判に曝《さら》されたのは、後に達《だる》磨《ま》宗と呼ばれた能忍一派であった。天台宗出身の能忍は、自らは入宋しなかったが、弟子を宋に遣わし、栄西以前に独自の禅宗を打ち立てた。その実態は十分には分かっていないが、本覚思想的な戒律無視の修行不要論のレッテルを貼られて、後々まで禅が批判される場合に最初に俎上《そじょう》に上げられた。この場合もまさしくその例に当たる。

それに対して、康頼の立場は、真言と浄土の行を認めるというものである。じつは法然の浄土宗もまた、阿弥陀仏によって救われた以上はいかなる悪もなし放題とする造悪無礙《むげ》説が、禅の場合と並べて当時批判の対象となった。ところが、延慶本は康頼の口を借りて、浄土宗のほうは認め、禅を全面的に悪者視するという独自の立場を示している。延慶本は根来寺《ねごろでら》に伝えられたもので、新義真言系に属するが、その流れでは覚鑁《かくばん》以来浄土教を摂取する一方、頼瑜《らいゆ》が禅宗を厳しく批判したことが知られている。そのような動向がここにも反映しているとも考えられる。「加持ノ即身成仏」と言われる加持身説も新義真言宗の特徴である。

覚一本は、このように教理を生のままで論ずるところはほとんどなく、文学としてこなれているということができる。本覚思想も直接の論題とはなっていない。ただ、悪人も最終的に救われ、平家滅亡の現実をそのまま受け入れようという全体の構想には、ある意味で当時の本覚思想的な発想が生きているとも言うことができよう。

無常と因果

「祇園精舎の鐘の声、諸行無常の響あり。娑羅双樹の花の色、盛者必衰のことわりをあらはす」(巻一・祇園精舎)。あまりに有名すぎる『平家物語』の書き出しである。「祇園《ぎおん》」は釈尊が説法を行った舎衛《しやえい》城の園林で、釈尊の頃には精舎というほどの建物はなかった。従って、「祇園精舎」というのは後世できた話であるが、『中天竺舎衛国祇洹寺図経《ちゆうてんじくしやえこくぎおんじずきよう》』によれば壮大な伽藍《がらん》があったことになっている。「祇園精舎の鐘」は、その無常院にあって、比丘《びく》が亡くなる時に鳴り、諸行無常を告げたという。娑(沙)羅双樹はクシナガラ郊外で、その下で釈尊が亡くなり、その時、時ならぬ花を咲かせて、釈尊の死を悼んだという。

仏教では生・老・病・死が四苦とされ、それらの苦を脱することこそが目標とされた。これらの苦は、万物が時間の中で変化することによって起こるのであり、そのことが諸行無常と呼ばれる。「諸行無常、是生《ぜしょう》滅法、生滅滅已《めつい》、寂滅《じゃくめつ》為楽」（あらゆるものは無常であり、生滅する存在である。生滅することがなくなり、寂まることが涅槃《ねはん》の楽しみである）は、雪山偈《せっせんげ》と呼ばれ、釈尊が前世で雪山童子として修行していたとき、帝釈天がその志を試そうとして羅刹《らせつ》（鬼神）になり、童子は羅刹に身を投じてその偈を教えてもらったという。

このように、諸行無常は仏教の根本真理であるが、『平家物語』での使い方は、ニュアンスが微妙にずれている。仏典で問題にする無常は、基本的に個人の死である。『平家物語』でも多くの個人の死が語られるが、そのような個人の死を総合する形で、全盛を誇った平家一門が衰退して滅亡することが、総体として無常と捉えられている。物語の本編が、最後に六代が処刑され、「それよりしてこそ、平家の子孫はながくたえにけれ」（巻十二・六代被斬）の言葉で終わっているのは、冒頭の「諸行無常」云々と響きあって、本書の首尾一貫した主題を示している。

さて、生・病・老・死の人生の苦をいかに脱することができるか、ということが仏教の課題であるが、それに対して原始仏教はきわめて論理的に探求を進める。それが縁起（因果）の法則である。即ち、苦の原因を求めて次第に因果の鎖をたどっていくと、最終的に無明《むみょう》（根本の真理に暗いこと）に行き着く。それを十二段階の因果の連鎖で説明したのが十二縁起である。そこで今度は逆に考えれば、無明を滅し、次第に原因となるものを滅していくことにより、最後には老死の苦もまた滅することができる。そこで、無明を滅して正しい智慧《ちえ》を獲得するために、仏道修行が要請されることになる。

このように、因果の理法は仏教のもっとも根本をなす理論である。それはもっとも端的には、「善因楽果、悪因苦果」と言われる。よい行為をすれば幸福が得られ、悪い行為をすれば苦しみが得られるという非常に端的で分かりやすい教えである。ただし、仏教はインド一般の世界観に従うから、生はこの現世一回限りのものではなく、輪廻《りんね》を繰り返すと考えられ、その輪廻の領域が六道（地獄・餓鬼・畜生・修羅《しゅら》・人・天）である。「善因楽果、悪因苦果」はその輪廻の枠内で、行為（業と呼ばれる）によって次の生でどのような状況に生まれるかを決める法則である。

「業にさま〲〵あり。順現・順生・順後業と言へり」（巻三・有王）と言われるように、業によってその果報に遅速があり、現世で受ける順現業、来世で受ける順生業、もっと後で受ける順後業があるとされる。俊寛の苦難は、寺に布施された物を勝手に用いたことの報いが現世で現われたのだという。宗盛の最期について、「か〻る御目にあはせ給ふも、先世の宿業なり」（巻十一・大臣殿被斬）と言われているのは、その運命が前世の業の結果だという見方によるものである。

もっともこの場合も、因果はあくまで個人に関して言われるのであり、平家全体の滅亡の原因を清盛の悪業に帰し、「父祖の罪業は子孫にむくふといふ事、疑いなしとぞ見えたりける」（灌頂巻・女院死去）というのは、仏教の因果説とずれている。仏教では、父祖の業が子孫に及ぶということはありえないからである。

ところで、広い意味では因果の中に収められるが、やや特殊な場合として、神仏の加護ということが注目される。そもそも平家繁栄の原因は、「熊野権現の御利生」（巻一・鱸）とされている。清盛が熊野に参詣したとき、船の中に飛び込んだ鱸《すずき》を吉事として、皆に食べさせたことによって、その加護を受けることになったのだという。このように、神仏の加護は、直接自らの行為の結果が自分に戻ってくるのではなく、その間に神仏のはたらきが介在するところに特徴がある。平家最後の生き残りである六代が、最後は斬られることになったが、それでも三十歳を超えるまで生きられたのは「ひとへに長谷の観音の御利生」（巻十二・六代被斬）だと言われている。神仏の冥の力が人々の運命に大きな役割を果たすのであり、自らの業の結果を直接自ら受ける自業自得の原則とは必ずしも合致しないところが出てくる。

ところで因果説は、本来苦の原因を尋ねることで善を行うことを勧める倫理や、苦の原因を抜去する宗教的実践に向かうことを求めるものであるが、本書の場合、そのような志向は必ずしも強くない。全盛を誇った平家が滅亡に向かうのを全面的に清盛の悪業に帰するという倫理主義よりは、どんなものも時間的に変化して衰退するという諸行無常の世界のあり方をそのまま受け入れ、その中で精一杯生き抜くことをよしとする世界観、人間観がその底流をなしている。それは本来の仏教そのものというよりは、きわめて日本的に変容した仏教の発想であり、中世文学全体の大きな特徴となっていく。

物語の最後の秘巻とされた灌頂巻は、そのような世界観をもっとも凝縮して表現している。

清盛の娘で、安徳天皇の母という最高の栄誉に輝いた建礼門院が、今は髪をおろし、大原寂光院のかたわらに庵室《あんしつ》を結んで住んでいる。「昔は玉楼・金殿に錦の褥をしき、たへなりし御すまひなりしかども、今は柴引むすぶ草の庵、よそのたもともしをれけり」（灌頂巻・大原入）。

しかし、それは必ずしも否定的に描かれているのではない。むしろそこにこそ隠者文学的な風情が見出《みいだ》される。「甍やぶれては、霧不断の香をたき、枢落《とぼそ》ちては、月常住の灯をかゝぐ」（同・大原御幸）と言われるように、朽ち果てたわび住まいは単なる悲惨な状態ではなく、むしろ隠者的理想世界であり、そこに最高権力者後白河法皇が訪れるというところに、最大の妙味が見出される。

現世のあるがままを最高の浄土と見るのは、天台の仏土観の最上位である常寂光土の思想であり、寂光院の名もそこからきている。灌頂巻では、その思想をさらに六道を観見することによって儀礼的、象徴的に示している。六道とは、この生の外にあるものではなく、女院自身が経てきた過去に他ならない。清盛の娘で、国母として、栄華をほしいままとしたのが天道、戦乱の中に愛別離苦・怨憎会苦《おんぞうえく》を体験したのが人道、大海を逃げまどいながらその水を飲むことができなかったのが餓鬼道、戦の声が絶えなかったのが修羅道、壇ノ浦の悲劇が地獄道、安徳天皇たちが海底の竜宮に住むということが畜生道に当たるというのである。

六道に聖人の世界である声聞《しょうもん》・縁覚・菩薩・仏を加えたものが十界《じっかい》と呼ばれるが、その十界は心の中に具《そな》わっているというのが天台の根本思想である。人の心の中には地獄の要素もあり、仏の要素もある。延慶本には、「只地獄モ極楽モ、我心ノ内ニ備ル事トコソ承リ候へ」（巻六末）と言われている。同じように、地獄の心にも仏の要素が宿り、仏の心にも地獄の要素が含まれる。十界がそれぞれ十界を含んでいることを十界互具《ごぐ》と呼ぶ。そのことを正しく知ることが悟りである。修験道でも、十界すべてを象徴的に体験することで即身成仏に達するとされる。

ここでも、女院は六道すべてを体験することで、その六道の苦しみの中にある仏の世界を体得することになる。その女院の体験は平家の歴史そのものであり、ここに『平家物語』の全巻が集約されることになる。女院の一生を辿《たど》り、平家の運命を辿ることにより、その場で六道をすべて体験し、それが仏の世界につながることになる。それ故、延慶本では、法皇はじめ聞いていた人たちは涙を流し、「昔釈迦如来ノ霊山浄土ニテ法ヲ説《とく》、伝教智証ノ四明、園城ニシテ被二経釈一《きやうしやくせられ》ケムモ、是程ニヤハ哀レニ尊カリケム」（巻六末）と讃歎《さんたん》したという。女院の語りは仏の説法よりも尊いとさえ言われている。覚一本で灌頂巻が秘伝とされるのも、まさしくその故である。

それが前提となって、女院の往生が果たされる。本尊の阿弥陀仏の手にかけた五色の糸を引きながら、念仏して果てれば、「西に紫雲たなびき、異香室にみち、音楽そらに聞ゆ」（灌頂巻・女院死去）と往生が確証されたという。最後は女院に仕えた女房たちもまた往生することで、『平家物語』全巻の幕が閉じられる。

女たちの『平家物語』

平安文学が女たちの世界であるのに対して、『平家物語』をはじめとする中世文学は、男優位の世界のように見える。実際、『平家物語』で表面に描かれるのは男たちの戦いである。しかし、男たちの身勝手な戦いの美学の陰で、犠牲となって泣くのは女たちだ。『平家物語』はそのような女たちの姿にも目をつぶっていない。

もともと仏教は女性に対して微妙な態度を取っていた。釈尊ははじめ女性の出家を認めなかった。後になって養母ゴータミーの懇請でようやく尼僧教団を認めたものの、男性よりも厳しい戒律を課した。また、女性の出家を認めたために、正しい教えの存続が難しくなったと仏は歎《なげ》いたという。仏教でははじめから性的欲望を煩悩として克服すべきものと見ていたから、教団の中に性の問題が持ち込まれることは望ましいことではなかった。その後の仏教の展開においても、男性の優位が維持され、女性は差別されたが、その一方で女性の入団や信者の増加から、女性を無視することはできなかった。『勝鬘経《しょうまんぎょう》』のように女性が活躍する経典もある。

日本においても、この両面性が顕著に見られる。日本でもっとも大きな影響を与えた経典は『法華経』であるが、その提婆《だいば》達多《だった》品《ほん》によれば、五障と言われ、女性は梵天王《ぼんてんおう》・帝釈天《たいしゃくてん》・魔王・転輪聖王《てんりんじょうおう》・仏身になれないという。中でも最大の問題は仏身になれないということである。悉有仏性《しつうぶつしょう》説によれば、すべての衆生は仏になれるはずであるから、男女の別を付けることはいささかおかしいことになるが、比叡山について、「五障の女人跡たえて、三千の浄侶居しめたり」（巻二・座主流）と言われるように、女人禁制の理由づけにもされた。仏教のこのような思想が、日本の女性差別を強めたのではないかとも言われている。

その一方で、女性の救いは『平家物語』でも大きな課題であった。覚一本の最後の灌頂巻の、そのまたいちばん最後で、女院の往生の後、女院に仕えた女房たちの往生を伝えている。長大な物語の最後は次の言葉で巻を閉じる。

此女房達は、むかしの草のゆかりもかれはてて、よるかたもなき身なれ共、をり〳〵の御仏事営給ぞあはれなる。遂に彼人々は龍女が正覚の跡を追ひ、韋提希夫人の如に、みな往生の素懐をとげるとぞ聞えし。（灌頂巻・女院死去）

ここで、龍女と韋提希夫人《いだいけぶにん》の例が挙げられているのは、この二つが女性の救いという点でもっとも中核的な役割を果たしたからである。このうち、龍女というのは、『法華経』提婆達多品に説かれる龍女成仏の話である。八歳になる龍王の娘が仏に宝珠を献上し、その信仰の力によって、たちまち男性に姿を変え、成仏したという話である。この際、五障説を前提とするから、仏となるためには男性に変わることが必要とされる。これが変成男子と呼ばれるもので、女性が女性のままで仏となることができないという女性差別を露《あら》わに示していることで悪名高いが、ともかくその制限の中で女性の救いを説いたという点で重要であり、平安期以来、『法華経』の教えの中でももっとも重んじられてきた。

韋提希夫人というのは、『観無量寿経』の主人公である。マガダ国の王子阿闍世《あじゃせ》は、父王頻婆娑羅《びんばしゃら》を殺し、王を助けようとした王妃《おうひ》の韋提希を幽閉する。夫を失い、わが子に背かれた韋提希の懇請で、仏が浄土の有様を説いたのが『観無量寿経』である。『観無量寿経』も平安期以来、もっとも重視された経典のひとつである。

このように、『平家物語』は女性の救いによって幕を閉じるが、その幕開けでも女性の姿はきわめて印象的に現われる。「日本秋津島は、纔に六十六箇国、平家知行の国卅余箇国、既に半国に超えたり。其外庄園・田畠いくらといふ数をしらず」（巻一・我身栄華）という平家のこの上ない栄耀《えいよう》栄華を描きながら、ただちにその栄華の裏側を女性たちをめぐる挿話によって描いている。祇王《ぎおう》と仏御前の話である（巻一・祇王）。

祇王・祇女は清盛に愛された白拍子であったが、仏御前の出現で、その寵愛《ちょうあい》を奪われ、退出しなければならなくなる。その上、仏御前のなぐさめに、その前で舞うという屈辱まで受けなければならなかった。自害しようというのを母と妹に止められ、祇王は二十一歳で尼となり、嵯峨《さが》の奥の山里に庵《いおり》を結んで念仏に専念する。十九歳の妹の祇女と四十五歳の母も祇王に従って、ひたすら後世を願った。ところがある夜、竹のあみ戸を叩《たた》く人がいる。恐る恐る開いてみると、そこに立っていたのは何と仏御前であった。寵愛を失った祇王の姿を「いつかわが身のうへならん」と悩み、十七歳の花の盛りの身を尼となして祇王たちを訪れたのであった。

つく〲物を案ずるに、娑婆の栄花は夢のゆめ、楽み栄えて何かせむ。人身は請がたく、仏教にはあひがたし。此度泥梨に沈みなば、多生曠劫をばへだつとも、うかびあがらん事かたし。年のわかきをたのむべきにあらず。老少不定のさかひなり。

仏御前がしみじみと語る言葉は、まさしく物語全体の主題を提示している。男たちが傲慢《ごうまん》にも栄華の夢に酔いしれている時、いちはやく目覚めたのは、その男たちに翻弄《ほんろう》される女たちであった。いずれは男たちも没落していく。しかし、愚かな彼らは現世の快楽を貪《むさぼ》ることにすっかり心奪われ、ずたずたにされて滅亡するまで真実に気付かない。女たちは弱者であることによって、飽くなき欲望の底の真実をしっかりと見すえている。その逆説を、物語はまざまざと見せつける。

それ故、彼女たちにとって出家は逃避でもなければ、敗北でもない。そうではなく、自らの手で主体的に選び取った真実の生であり、輝かしい栄光であった。「遅速こそありけれ、四人のあまども、皆往生の素懐をとげけるとぞ聞えし」という結末は、男たちが遥《はる》かに遅れてやってくる道を先取りしている。彼女たちの話を巻一に置き、最後を建礼門院とその女房たちの往生で結んでいるという構造を見れば、一見男たちの物語のように見える『平家物語』の真実の主人公は、その奥に隠れた女たちであったと言っても過言でない。

それにしても、この頃の女性の生は決して容易なものではなかった。身分が上であれば上であるだけ、さまざまな困難を背負わなければならない。清盛の娘で高倉天皇の中宮（後の建礼門院）は安徳天皇を産んだが、皇子誕生に平家の繁栄がかかっているのであるから、そのお産の様子はなかなか大変である。先にも触れたように、懐妊が分かると、御室仁和寺の守覚法親王（後白河天皇の皇子）、天台座主覚快法親王（鳥羽天皇の皇子）をはじめとして、高僧たちが競って皇子誕生の祈禱を行なう（巻三・赦文）。

中宮の身体が弱ると、恐ろしい物《もの》の怪《け》たちが取り付く。よりまし（霊媒の童子）を不動明王の呪で縛りつけると、崇徳天皇をはじめとする死霊や鬼界が島の流人の生霊などが現われた。そこで、それらの霊を慰めるべく、死者を弔ったり、罪人の恩赦を行なったりした。だがその際、俊寛一人は赦されなかった。「か様に人の思歎きのつもりぬる、平家の末こそおそろしけれ」（巻三・僧都死去）と、俊寛らの恨みがやがて生まれてくる安徳天皇の悲劇の結末を招き、平家の滅亡につながることが予見される。げに恐ろしいのは怨念である。

いよいよ産気づくと、ありとあらゆる修法を行なって、「いかなる御物の気《け》なり共、面を向ふべしとも見えざりけり」（巻三・御産）という有様で、最後は法皇自ら珠数《じゆず》をもんで怨霊たちを退散させ、ついに男子の出産に至った。死と生がせめぎあう出産の場こそ、恐ろしい物の怪たちの活躍の場であり、仏法の力をしても、油断すれば母体さえも危うくなるぎりぎりの攻防がなされる。「をんなはさやうの時、とをにこゝのつはかならず死ぬる」（巻九・小宰相身投）と言われるように、当時の出産術ではそのために命を落とすことも稀ではなく、まさしく出産は女性にとって命をかけた大仕事であった。

物語の後半になると、平家の公達《きんだち》は次々と戦死したり、生け捕られて刑死してゆく。それはそのまま妻たちの悲劇でもあった。一の谷で戦死した越前三位《えちぜんさんみ》通盛《みちもり》（教盛《のりもり》の長男）の北の方（小宰相）は、身重の身でありながら、「南無西方極楽世界教主弥陀如来、本願あやまたず浄土へみちびき給ひつゝ、あかで別れしいもせのなからへ、必ひとつはちすにむかへたまへ」とかきくどきつつ、舟から身を投げる（巻九・小宰相身投）。

小宰相の一段は、彼女の身投げの後で、若き通盛と小宰相のなれそめが追憶シーンのように語られて、哀れを添える。彼女は上西門院（鳥羽天皇の皇女）の女房であったが、通盛に見初められ、女院の仲立ちで二人は結ばれる。その二人であればこそ、「西海の旅の空、舟の中、波上のすまひまでもひき具して、つひにおなじみちへぞおもむかれける」と、悲劇の結末が涙を誘う。

「あはれ人の身に、妻子といふものをばもつまじけるものかな。此世にて物を思はするのみならず、後世菩提のさまたげと成ける口をしさよ」（巻十・維盛入水）という維盛の述懐は、男の側からのものであるにしても、束縛でありながら、それなしにはありえない男女の情の機微を見事に言い当てている。

神と仏

日本の宗教は、しばしば神仏がごっちゃでいい加減であるかのように思われている。神道と仏教は別の宗教なのに、それを混乱させたのが神仏習合である、というような非難が今でもなされることがある。しかし、それはまったく間違っている。そもそもはじめから仏教と別に神道という宗教があったわけではない。もちろん、仏教到来以前にもなんらかの宗教はあったであろう。『魏志倭人伝《ぎしわじんでん》』は、邪馬台国《やまたいこく》の卑弥呼《ひみこ》がシャーマン的な宗教的な指導者であったことを伝えている。しかし、それが後に言う神道の原形と言えるかというと、それは疑問であろう。

日本の神の信仰は、仏教が到来してから、仏教をモデルにしながら、仏教の理論を借りて形成されたのであり、その意味では最初から神仏習合である。古代に仏教の影響を受けない純粋な神道があったというのはまったくのフィクションである。さらに、院政期頃には、日本の神は仏が日本の人々を救済するために仮に姿を取ったものだという本地垂迹説《ほんじすいじゃく》が広まった。それ故、神仏は一体化して信仰されるのがふつうであり、それは奇妙でも何でもない。本地垂迹説は理論的には本体的なもの（本）がさまざまな現象（迹）として現われるというもので、もともとは中国の老荘思想から天台宗の理論に採用され、それが仏と神の関係に応用されたものである。

平家と言えば、ただちに厳島《いつくしま》神社が思い浮かぶ。海神であるイックシマヒメ（イチキシマヒメ）を祀《まつ》った神社は、いまも平家の時代そのままに華麗な神殿が海上に浮かび、あたかも現世の浄土さながらの優雅さである。豪華でありながら繊細美麗な平家納経は、平家の神仏信仰の姿をよく留めている。

平家と厳島の関係に付いては、巻三・大塔建立に詳しい。清盛が安芸守《あきのかみ》だった頃、安芸国の収入で高野山の大塔を修理せよという命令で、修理をした。それが終わって、清盛が高野に上った時、神が老僧の姿を取って現われ、安芸の厳島と越前の気比は両界曼荼羅《まんだら》の大日の垂迹であるが、気比が栄えているのに、厳島は荒れ果てているので、「修理せさせ給へ。さだにも候はば、官加階は、肩をならぶる人もあるまじきぞ」と告げた。そこで、鳥居・社殿を修理したところ、清盛の夢に天童（神の使いの童子）が現われ、銀で巻いた小長刀を与えた。夢が覚めたところ、実際に刀が与えられていた。神は、清盛の栄誉を保証するとともに、「但悪行あらば、子孫まではかなふまじきぞ」と誡《いまし》める。このことは、清盛の悪行で、その繁栄が一代で終わったことの伏線となっている。ただし、延慶本では、「官位、一門ノ繁昌、肩ヲ並ル人有マジ。ソモ一期ゾヨ」と、はじめから一代限りのものと限定している。

　この小長刀については後日譚《たん》がある（巻五・物怪之沙汰）。福原に遷都し、平家の運命が傾いてきた頃である。妖怪たちが盛んに現われ、不吉な夢見が続いた。その中でも、源中納言雅頼《まさより》に仕えていた青侍が奇怪な夢を見た。大内裏の神祇官に束帯を着けた上臈《じょうろう》たちが何か儀定しているようだったが、平家に味方していたらしい末座の人がそこから追い立てられた。青侍が、「あれはいかなる上臈にてましますやらん」とある老翁に尋ねると、「厳島の大明神」と答えた。その後、ある宿老が、「この日来平家のあづかりたりつる節斗（節刀）をば、今は伊豆国の流人頼朝にたばうずる也」と仰《おお》せになると、さらに別の宿老が、「其後はわが孫にもたび候へ」と仰せられたという。そこで、そのことをさきの老翁に尋ねると、最初が八幡《はちまん》大菩薩で、後が春日大明神、答えた老翁自身は武内の大明神（武内宿禰《たけうちのすくね》）と答えた。八幡は源氏の氏神であり、春日《かすが》は藤原氏の氏神である。即ち、この夢見は、平家が没落し、その後を源氏が襲い、さらに藤原摂関家から将軍が出ることを予言したものということになる。その後、不思議なことにかつて霊夢によって清盛に授けられた小長刀が消失したという。

　このことはいかにも作り話めいているが、夢が現実以上の奥深い世界を顕現させると考えられていた時代であるから、十分にリアルな話として通用したであろう。神々の約束が歴史を動かすというのは、『愚管抄』にも現われ、当時の歴史観として通用していたことである。それ故、神々が談合することもありうることで、歴史の必然性を説明する一つの理論であった。もちろん、神々も勝手に理不尽なことをするわけではなく、現実の平家の驕《おご》りや理不尽な振る舞いが、神々にそのような決定を取らせたのである。

この話の後には、厳島は沙羯羅竜王《しゃがらりゅうおう》の第三の姫君であるのに、青侍の夢に男性の姿で現われたのはおかしいではないか、といういささか理屈っぽい疑問が提示され、「夫神明は和光垂跡の方便まち〳〵にましませば、或時は俗体とも現じ、或時は女神ともなり給ふ」と説明している。本地垂迹説に基づいて、神はさまざまな姿を取って現われ、仏より身近な存在となっているのである。ちなみに、沙羯羅竜王は『法華経』に現われる竜王で、厳島が海神であることを考えると結びつきやすいが、もう一方で、先にも触れたように、胎蔵界の大日の垂迹とも考えられていた。

厳島以外にも、さまざまな神が『平家物語』の中で活躍している。比叡山延暦寺の守護神である日吉大社は比叡山と一体で、比叡の悪僧たちは日吉の神輿《みこし》を担ぎ出しては強訴を繰り返した。「賀茂河の水、双六の賽、山法師、是ぞわが心にかなはぬもの」（巻一・願立）と白河法皇を歎かせた「山法師」である。比叡山の麓、坂本の地に社殿を構える日吉大社は山王権現と呼ばれ、大宮（西本宮、釈迦《しゃか》の垂迹）、二宮（東本宮、薬師）、聖真子《しょうしんし》（宇佐宮、阿弥陀）、八王子（牛尾宮、千手観音）、客人（白山宮、十一面観音）、十禅師（樹下社、地蔵）、三宮（三宮、普賢）の山王七社を中心としている。早くから天台の教理を用いて理論武装し、本地垂迹説を発展させていた。

巻一の終わりのほうで、鹿谷の謀議で反平家の最初の策謀が動き出して緊迫した場面を迎え、やがてその謀議は発覚して厳しい処罰が下されることになるが、その中間に叡山の騒動の話が割って入っている。一見、話が逸《そ》れて興醒《きょうざ》めのように思われるかもしれないが、実は二つの話は深く絡んでいる。後白河の側近で謀議にも加わった西光《さいこう》（藤原師光《もろみつ》）の子の師高《もろたか》が、加賀の荘園をめぐって白山神社を怒らせる。それが発端となって、叡山は白山に味方して院に公然と歯向かい、戦乱で京は火事となって内裏が炎上するに至る。「山王の御とがめとて、比叡山より大なる猿どもが二三千おりくだり、手々に松火をともいて京中を焼くとぞ、人の夢には見えたりける」（巻一・内裏炎上）。猿は山王の使いである。神仏に背けば神罰を逃れられない。

その後、天台座主明雲が責任を取らされて流罪に処せられることになる。怒った僧徒は明雲を奪回して、対立は深まる。西光は僧徒たちを厳しく取り締まるように奏状して、「山王大師の神慮」をはばかることもない。多田行綱の密告で鹿谷の謀反が発覚したとき、西光とその子供たちが斬られることになったのもやむを得ないことであった。「いろふまじき事にいろひ、あやまたぬ天台座主流罪に申おこなひ、果報や尽きにけん、山王大師の神罰・冥罰を立どころにかうぶッて、かゝる目にあへりけり」（巻二・西光被斬）と、物語の作者は冷たい。そもそも謀議の時、藤原成親《なりちか》に対して、八幡や上賀茂の神が警告していたのに、それを無視したことからして、この謀反が成功するはずもなかった。げに恐ろしいのは、神仏に背くことである。こうして鹿谷の謀議の哀れな結末には、叡山と山王が深く関わっていたのである。

他に重要な神としては、熊野が挙げられる。熊野は、本宮・新宮・那智の三神の集合体で、紀伊半島の先端に当たる部分を占めている。紀伊半島は吉野・大峰・高野・伊勢《いせ》などを含み、半島全体が聖なる領域を形成している。熊野の三宮は、それぞれが阿弥陀・薬師・千手観音の垂迹とされ、紀伊半島の山地を分け入っての苦行に近い巡礼は、功徳も大きいとされた。「蟻の熊野詣《もうで》」と言われ、後白河法皇が三十四回も参詣するほど、院政期に人々の信仰を集めた。

平家の繁栄は、厳島だけでなく、熊野の加護でもあった。清盛が安芸守だった頃、船で熊野に参詣したが、大きな鱸が船に躍り入ったのを、清盛は吉事として、精進潔斎中ではあったが、この魚を調理して、家の子、侍たちに食べさせた。そこで熊野の加護を得て、吉事が続いたというのである（巻一・鱸）。

熊野は、鬼界が島に流された成経・康頼・俊寛の三人の運命をも左右する。成経と康頼は熊野を信仰していたので、島に熊野の三宮を勧請して帰洛を祈願したが、「天姓不信第一の人」（巻二・康頼祝言）である俊寛はそれを拒んだ。康頼は千本の卒都婆《そとば》を作って海に流すと、そのうちの一本が厳島に流れ着いて、康頼とゆかりのある僧に拾われた。僧はそれを都の康頼の家族に齎《もたら》し、そのことは法皇はもとより、清盛の耳にも達した。熊野と厳島の連携である。

物語では、とりわけ卒塔婆に書き付けられた二首の歌が、人々に深い感動を与えたことを記している。

薩摩潟おきのこじまに我ありとおやにはつげよ八重の潮風

思ひやれしばしと思ふ旅だにもなほ古郷はこひしきものを

「もろ〳〵の神明・仏陀も、彼詠吟をもッて百千万端の思ひをのべ給ふ。入道も石木ならねば、さすがに哀げにぞの給ひける」（巻二・卒都婆流）と、和歌の功徳が神仏にも関わることと、それが清盛を動かして二人の赦しにつながることが暗示されている。

王権と歴史

「顕密仏教の力」の項に触れたように、中世には、我々が生きているこの世界はそれだけで自立しているものとは考えられなかった。現象している世界を「顕」と呼び、そこには現われないが、その裏で働いている神仏の領域を「冥」と呼ぶ。「冥」の秩序まで考え合わせて、はじめてこの「顕」の世界の動きが理解できるのである。人知でははかりしれない歴史の流れも、「冥」の神仏の働きかけを考えれば納得がいくことになる。前項に触れたように、平家の興亡もじつは裏で働く神々の力による。仏法が王法に対してその力を誇示できるのも「冥」の力によるのであり、それ故に「仏法・王法牛角なり」（巻二・一行阿闍梨之沙汰）ということが成り立つのである。

「顕」と「冥」で歴史を説明することは、源平時代を生き抜いた天台座主慈円の歴史書『愚管抄』にもっともよく理論的にまとめられている。慈円は日本の歴史を七段階に分ける（同、巻七）。第一段階は、「冥顕和合シテ道理ヲ道理ニテトヲスヤウハ、ハジメナリ」という段階で、神武から第十三代成務《せいむ》までの理想状態である。「冥」と「顕」が和合して道理の通りに働いていた理想状態である。第二段階は、「冥ノ道理ノユク〳〵トウツリユクヲ、顕ノ人ハヱ心得ヌ道理」で、「冥」の道理を「顕」の人が理解できなくなる段階である。仲哀から欽明まで、継承関係が乱れ、安康・武烈のような悪王も現われた。第三段階は、「顕ニハ道理カナトミナ人ユルシテアレド、冥衆ノ御心ニハカナハヌ道理」で、「顕」で道理と思っても、「冥」の神仏の心に適わなくなっている。敏達《びだつ》から御一条の御堂関白の時までに当たる。このように、次第に「顕」が「冥」から離れ、人々が道理を理解できなくなっていくという、下降史観を取っている。

こうした下降史観は末法説と関わり、天皇が百代まで続いて終わりになるという百王説とも関わる。百王説は、宝誌《ほうし》作とされる『野馬台詩』という未来記に見えるもので、当時かなり広く流布していた。『平家物語』にも「昔、天照大神、百王をまぼらんと御ちかひありける」（巻十一・鏡）と見えている。もっとも『愚管抄』が書かれた頃、順徳天皇で八十四代となり、かなり残りが少なくなっているが、「イマ十六代ハノコレリ」（同、巻七）と、まだそれほど危機感は強くない。むしろこのような時こそ、臣下も心を一つにして主上を補佐する必要があるという方向へと向かっている。

『愚管抄』では、「日本国ノナラヒハ、国王種姓ノ人ナラヌスヂヲ国王ニハスマジト、神ノ代ヨリサダメタル国ナリ」と、天皇の種姓の一貫性を主張する。それと同時に、摂関家出身の慈円だけに、臣下の藤原氏もはじめから補佐役として決まっているという。それを決めたのが、皇室の祖先天照大神《あまてらすおおみかみ》と藤原氏の祖先アメノコヤネの契約である。即ち、「アマノコヤネノミコトニ、アマテルヲオン神ノ、「トノ、ウチニサブライテヨクフセギマモレ」ト御一諾ヲハルカニシ」（巻七）と、繰り返し述べられている。『平家物語』で、神々の相談によって権力の移動が決められたのと、よく似ている。ギリシア神話で神々の争いが人間界に反映されたり、中国の『封神演義』で仙界と人界が重層化して戦いを展開することなどが思い合わされる。

『平家物語』が源氏による武士の時代への推移を認めているのと同様、『愚管抄』ももはや摂関家だけでは時代は動かせないことを十分に認識している。頼朝による天下平定は、「人ノシワザトハヲボヘズ」と、人間を超えた力が働いていると見ている（巻六）。それだけではない。「顕ニハ武士ガ世ニテアルベシト、宗廟ノ神モ定メ思食タル事ハ、今ハ道理ニカナイテ必然ナリ」と、武士の支配はあくまで「顕」のレベルのことだという。それでは、「冥」はどうか。「其上ハ平家ノヲホク怨霊モアリ。只冥ニ因果ノコタヘユクニヤゾ心アル人ハ思フベキ」と、「冥」のレベルでは平家の怨霊も働いているのだという。「顕」の因果だけでは不十分であり、そこに現われない「冥」の領域も考えあわせなければ歴史の必然性は見えてこないというのである。歴史の重層性が、今日よりよほど深く考えられていたと言うことができる。

ところで、天皇の種姓の一貫性が神国論と結びつくと、南北朝期の北畠親房《きたばたけちかふさ》による『神皇《じんのう》正統記《しょうとうき》』の国家論となり、後の日本中心の国家主義へと発展する。神国論はそれ以前の時代から見えるが、実は当初は日本優越論とは結びついていなかった。本地垂迹説に基づけば、仏は辺地である日本の人々を憐《あわ》れんで、神に姿を変えて垂迹したのであるから、それで日本は神々が人々を救う神国だということになる。「神国」という言葉は、『平家物語』にも見える。後白河院の頼朝に対する平家追討の院宣（治承四年、一一八〇）には、こう記されている。

頃年より以来、平氏王皇蔑如して、政道にはゞかる事なし。仏法を破滅して朝威をほろぼさんとす。夫我朝は神国也。宗廟あひならんで神徳これあらたなり。……然則且は神道の冥助にまかせ、且は勅宣の旨趣をまもッて、はやく平氏の一類を誅して、朝家の怨敵をしりぞけよ。（巻五・福原院宣）

このように、仏法の尊重と神国ということとは、本来同じ趣旨のことなのである。安徳天皇入水の時、付き添っていた二位の尼（清盛の妻時子）は、「この国は粟散辺地とて、心うきさかひにてさぶらへば、極楽浄土とて、めでたき処へ具しまゐらせさぶらふぞ」（巻十一・先帝身投）と説いて、「浪のしたにも都のさぶらふぞ」とばかり、天皇もろとも海に沈んでしまう。『平家物語』のクライマックスとも言うべき、涙を絞る場面であるが、ここでは日本のことが「粟散辺地」と言われている。

仏教の世界観からすると、人間が住むのは須弥《しゅみ》山《せん》の南海にある大陸南閻浮州《みなみえんぶしゅう》であり、その東海に粟粒のように散在するのが粟散《ぞくさん》国である。南閻浮州はブッダ出現の地であるインドをモデルにしており、そこから離れた東海上の小島に過ぎない日本は粟散国に比定される。それは当然、世界の中央であるインドから遠く離れた「辺地」である。「神国」がもし日本中心主義を意味するのであれば、辺地説と矛盾することになるが、そうではなく、日本は辺地であるからこそ、神が教化する神国であることが必要とされる。

天皇は辺地の王ではあるが、凡人とは異なっている。そこには天照大神に由来する種姓の一貫性という貴種性とともに、「十善の君」という捉え方がある。それは、「先世の十善戒行の御ちからによッて、いま万乗のあるじとむまれさせ給へども」（巻十一・先帝身投）と言われているように、前世に十善を行なった果報で現世に王と生まれるという説で、『仁王《にんのう》般若経』に見られる。十善は、不殺生《ふせつしょう》・不偸盗《ふちゅうとう》・不邪淫《ふじゃいん》・不妄語・不両舌・不悪口《ふあっく》・不綺語《ふきご》・不貪欲《ふとんよく》・不瞋《ふしん》恚《に》・不邪見の十善戒を持つことである。これは天皇の仏教的な意味づけとして、当時常識化されていたものである。

ところで、安徳天皇の入水は天皇位の継承に大きな問題を残すことになった。それは、神璽・宝剣とともに入水して、神璽は浮かんでいるのを回収できたが、宝剣は海に沈んでしまったことである。言うまでもなく、宝剣はスサノオがヤマタノオロチの尾から得たという天叢《あめのむら》雲剣《くものつるぎ》（草薙《くさなぎ》の剣）で、神璽（八尺瓊勾玉《やさかにのまがたま》）と鏡（八咫鏡《やたのかがみ》）とともに三種の神器として、皇位継承の正統性を証するものである。その剣がなくなったことは、その後の皇位継承の正統性が疑問視されることになってしまう。

しかし、『平家物語』では、宝剣の消失がそれほど決定的なものと見られているわけではない。その時の有識の人々（故事に詳しい知識人）の言うことには、天照大神と石清水《いわしみず》八幡《はちまん》の守護がある以上、「末代澆季なりとも、帝運のきはまる程の御事はあらじかし」(巻十一・剣)と、かなり楽観的である。また、ある儒者は、「素戔烏の尊にきり殺されたてまつりし大蛇、霊剣ををしむ心ざしふかくして、八のかしら、八の尾を表事として、人王八十代の後、八歳の帝となッて、霊剣をとりかへして、海底に沈み給ふにこそ」(同)とまで言っている。つまり、安徳天皇はヤマタノオロチの生まれ変わりで、霊剣を取り返して海に沈んだと言うのである。こうなれば、天皇も蛇の生まれ変わりに過ぎないことになる。こうして神剣は海に沈み、「千いろの海の底、神竜のたからとなりしかば、ふたゝび人間にかへらざるもことはりとこそおぼえけれ」と、剣は本来あるべきところに戻って、これでよかったという結論に至っている。

『愚管抄』の解釈は少し違う。「宝剣ウセハテヌル事コソ、王法ニハ心ウキコトニテ侍レ、是ヲモ心得ベキ道理定メテアルラン」と、宝剣がなくなったことにも道理があるという。「武士ノ君ノ御マモリトナリタル世ニナレバ、ソレニカヘテウセタルニヤト覚ユル也」(巻五)というのである。何故ならば、剣は「兵器ノ本」であるが、「武士ノ君ノ御マモリトナリタル世」になったのであるから、もはや「宝剣モムヤク(無益)ニナリヌル也」というのである。武士の時代になった以上、「国主武士大将軍ガ心ヲタガヘテハ、ヱヲハシマスマジキ時運」なのである。即ち、慈円によれば、宝剣が失われたのは武士の世への移行を示すという必然性のあることなのである。

このように、『平家物語』と『愚管抄』では、理由付けは異なるものの、三種の神器は後世ほど重要視されておらず、なくなるのにはそれなりの必然性があると認められている。後世の偏狭な天皇論をもって中世王権論の自由な発想を見誤ってはならない。

能の世界へ

『平家物語』は、その後の文化のさまざまな方面に大きな影響を与えることになる。とりわけ、能の世界は『平家物語』と縁が深い。手許にある『能楽手帖』(権藤芳一、駸々堂出版、一九七九)を繰ってみると、取り上げられた百三十曲のうち、出典として『平家物語』が挙げられているのは二十四曲に及ぶ。

敦盛《あつもり》、箙《えびら》、大原御幸《おはらごこう》、鉄輪《かなわ》、清経《きよつね》、玄象《げんじょう》、小督《こごう》、鷺《さぎ》、実盛《さねもり》、俊寛、正尊《しょうぞん》、千手、忠度《ただのり》、土蜘蛛《つちぐも》、経正《つねまさ》、巴《ともえ》、鵺《ぬえ》、藤戸、船弁慶、通盛《みちもり》、盛久、屋島、熊野《ゆや》、頼政《よりまさ》

これ以外に、『源平盛衰記《じょうすいき》』『義経記《ぎけいき》』などが出典となっているものもあるから、源平絡みの曲の数はさらに多いことになる。いわば『平家物語』の延長上に能の世界が展開されていると言うことさえできる。その内容は多岐に亘《わた》るが、やはり物語の性格上、平家の武将の悲劇を主題にした、いわゆる修羅物がいちばん典型的と考えられるであろう。

先のリストには入っていないが、「重衡」という曲がある。これは廃曲として長い間演じられなかったが、一九八三年に浅見真州によって復元されて好評を得、その後しばしば演じられ

ている。復曲に尽力された国文学者松岡心平氏のお誘いで拝見したが、真州の力強い所作と相俟って、その印象があまりに鮮烈で、その後、能というと「重衡」がまず思い浮かぶようになってしまった。

「重衡」は日本古典文学大系(岩波書店)『謡曲集』下に、「笠卒都婆《かさそとば》」の名で活字翻刻されているので、それによって見てみよう。シテはもちろん平重衡で、『平家物語』巻十一・重衡被斬を下敷きにしている。諸国一見の旅の僧が、南都の寺院に参詣して京に戻る途中、奈良坂で一人の老人に出会う。老人は、そこにある墓標に向かって廻向《えこう》するように勧め、それが重衡の墓標であることを告げる。後場で老人は重衡の姿を現わし、その最期の様子を物語る。そこでは、『平家物語』の重衡被斬《きられ》の箇所をほとんどそのまま引いている。重衡があり合わせの阿弥陀仏像に向かって合掌し、罪を懺悔する箇所である。

ところが、いよいよ頸《くび》を斬られるところから、少し違っている。『平家物語』では、「高声に十念となへつゝ、頸をのべてぞきらせられける」として、死後のことへと移っている。それに対して、「笠卒都婆」では、「只今称ふる声のうち、涼しき道に入る月の、光は西の空に、至れども魄霊は、なほ木のもとに残り居て、ここぞ闍浮の奈良坂に、帰り来にけり三笠の森の、花の台は、これなれや重衡が、妄執を助け給へや」と、重衡が僧に供養を求めている。『平家物語』でははっきりとは述べていないものの、ひとまずは重衡が救いを得たと考えられるのに対して、ここではもう少し複雑である。即ち、魂と魄とで行方が異なっている。もともと、中国では魂は天に、魄は地に行くと考えられていたので、ここでもそれに則《のっと》り、前半の、

「涼しき道に入る月の、光は西の空に、至れども」は、魂が浄土に至ったという救いの面を表わしている。それに対して、「魄霊は、なほ木のもとに残り居て」と、魄のほうは地上に留まって修羅の苦しみを受け続けているというのである。古典大系本頭注が、「傾く月の光のみは西の空へ至ったけれど、重衡は西方浄土へ至り得ず」とするのは誤解で、魂は救われたが、魄は救われていないという二重性がここの眼目である。重衡は、極楽の安楽と修羅の苦難の両方を受けるという宙吊り状態に置かれているのである。類似の表現は、「朝長」にも、「魂は善所に赴けども、魄は修羅道に残つて、しばし苦しみを受くるなり」と見える。

ここから修羅道の戦闘の場面に入るが、「笠卒都婆」の特徴は、「山河を動かす修羅道の、苦しみの数は重衡が、瞋恚を助けて賜び給へ、瞋恚を助けて賜び給へ」と、重衡が救いを求める声で終わっていることである。ここでは、最後に救いが示されたり、あるいは夢が醒めるという修羅物の一般的なパターンになっておらず、結局のところ、重衡の魄は救われないままに修羅の苦しみを受け続けているようである。

もっともそのあたりが曖昧《あいまい》で、救われないままに収束するという、そのこと自体が救いと見ることもできる。一般的な修羅物の場合、救いが示されることが多いが、その場合でも演能は繰り返され、その度ごとに修羅の苦難を受けて、また救われるということが繰り返される。どこまで行っても救済と苦難とは一方に落ち着くことがなく、救われつつ救われないという重層性が続いていく。『平家物語』が語られ続け、能が演じられ続けるのは、その鎮魂に終わりがないからである。

「笠卒都婆」が最後の救いを示さないのに対して、救いについての進んだ思想を示すものもある。世阿弥《ぜあみ》の作である「敦盛」は、『平家物語』巻九の敦盛最期に素材を取り、その後日譚として熊谷が敦盛の霊を弔うという趣向になっている。よく知られているように、熊谷次郎直実は、十七歳の少年平敦盛を一の谷の合戦で討ち取る。それが機縁となって熊谷は出家の希求を深め、法然のもとで出家して蓮生《れんじょう》と名乗った。

能の「敦盛」は、蓮生が敦盛の菩提《ぼだい》を弔うために一の谷を訪れるという設定になっている。蓮生の前にやって来た草刈の里の男の正体は敦盛であった。念仏する蓮生に正体を現わした敦盛は、管弦を愛した風流の日々を振り返り、やがて熊谷に討ち取られる最期の戦を演じる。そして、「仇をば恩にて、法事の念仏して弔はるれば、終には共に生まるべき、同じ蓮の蓮生法師、敵にてはなかりけり、跡弔ひて賜び給へ、跡弔ひて賜び給へ」と終わっている。

ここに示されているように、敵同士であった二人はいまや敵ではなく、「同じ蓮」に「共に生まるべき」友となっているのである。別のところには、「日頃は敵、今はまた、まことの法《のり》の友なりけり」とも言われている。恩讐を超え、高い次元で二人は「法の友」として固く結び合う。それは、『平家物語』の中には見えなかった発展であり、能が宗教的にも深められていることをよく示している。

「怨親平等」は仏典の中にしばしば見える言葉であるが、日本では南北朝頃から多く用いられたようである。後醍醐《ごだいご》天皇の菩提を弔うために、夢窓疎石は足利尊氏《あしかがたかうじ》に勧めて天竜寺を建立させたが、その理念が怨親平等であったと伝えられる。もちろんそこには、敗者の怨念を鎮めるという古くからの発想があり、『平家物語』も基本的にはその流れに立つものであるが、「怨親平等」はそれをさらに理念化したものと言えよう。能の「敦盛」もそのような発想に基づいていると考えられる。

勝者も敗者も平等ということであれば、勝者だからといって修羅の苦悩を免れるわけにはいかない。「八島」（屋島）は、屋島を訪れた旅の僧に対して、老人が源平の合戦の様を説いて聞かせ、後場でその老人が義経の正体を表して、弓流の場面を演ずるというもので、『平家物語』巻十一・弓流などを素材としている。弓流は、義経が弓を海に取り落として敵陣近くまで流してしまったのを、危険を冒して取り返したという話である。そんなに危険を冒すことはないのに、という家来の忠告に、義経は、貧弱な弓を敵に取られて、義経の非力さが嘲笑《ちようしよう》されるのが口惜しかったからだ、と答えて、皆のものを感歎させたという。

勝者である義経もまた、「われ義経の幽霊なるが、瞋恚に引かるる妄執にて、なほ西海の波に漂ひ、生死の海に沈淪せり」と、その妄執ゆえに修羅の苦悩から免れることができない。しかし、それに続いて、「おろかやな、心からこそ生き死にの、海とも見ゆれ真如の月の、春の夜なれど曇りなき、心も澄める今宵の空」と言われるように、煩悩の心から見れば「生き死にの海」であっても、本当は「真如の月」が真実の心に澄み渡っているという。ここでも、迷妄の世界が同時に真如の悟りの世界だという二重性を持っている。裏返していえば、真如の世界であるにもかかわらず、修羅の苦悩に沈みこんでいるのである。

敵味方入り乱れての闘いの場面は、最後に「春の夜の波より明けて、敵と見えしは群れ居る鷗、関の声と聞こえしは、浦風なりけり高松の、浦風なりけり高松の、朝嵐とぞなりにける」と舞い納められる。修羅の戦と見えたのは、実は穏やかな春の海の情景に他ならない。夢が覚めてみれば、すべての苦悩を超越した悟りの世界が開けている。しかし、それでも夢の中の苦悩はどこまでも続くのである。

以上、いくつか例を挙げて見たように、能の修羅物は『平家物語』に素材を取りながら、舞踏劇という別のジャンルに移したものであるが、単にジャンルの相違というだけでなく、宗教的に深めているところに特徴がある。それは、単純な救済ではなく、救済が実現しているにもかかわらず、苦悩が続く、あるいは逆に言えば、苦悩の中にありながら、救済が実現しているという性質のものである。これは、基本的に言えば、中世の本覚思想の発想である。迷いは迷いのままで仏の姿だというのが、本覚思想の基本的な考え方である。それが単なる抽象的な理論としてでなく、きわめて具体的な戦争という現世の悲劇に即して語られ、演じられるところが、時代を超えて共感を呼ぶことになるのである。

参考文献

大橋直義編『根来寺と延慶本『平家物語』』（勉誠出版、二〇一七年）
川合康編『平家物語を読む』（吉川弘文館、二〇〇九年）
黒田俊雄『日本中世の国家と宗教』（岩波書店、一九七五年）
五来重『高野聖』（角川ソフィア文庫、二〇一一年）
末木文美士『中世の神と仏』（山川出版社、二〇〇三年）
末木文美士『日本仏教入門』（角川選書、二〇一四年）
栃木孝惟・松尾葦江編『延慶本平家物語の世界』（汲古書院、二〇〇九年）
牧野和夫『延慶本『平家物語』の説話と学問』（思文閣出版、二〇〇五年）
松尾剛次『鎌倉新仏教の成立』（新版、吉川弘文館、一九九八年）

＊『平家物語』のテキストは梶原正昭・山下宏明校注『平家物語』全四巻（岩波文庫、一九九九年）に拠った。これは、覚一本と呼ばれる語り本であり、この系統が広く読まれてきた。しかし、近年の研究では、延慶本と呼ばれる読み本系のテキストが、それより古い原形を伝えるものとして注目されている。延慶本は十四世紀初めに根来寺大伝法院で成立したと考えられている。延慶本のテキストは、北原保雄・小川栄一編『延慶本平家物語　本文篇』全二巻（勉誠出版、一九九〇年）に拠った。

3　能と仏教

修羅の救い――夢幻能の構造と思想

夢幻能の基本パターン

世阿弥《ぜあみ》は『平家物語』に題材を取って、修羅物の夢幻能の形式を確立させた。前場《まえば》と後場《のちば》からなるところから、複式夢幻能とも呼ばれる。ここでは具体的な曲を取り上げるのではなく、いささか抽象的になるが、この修羅物の夢幻能の構成とその思想をやや一般的に考えてみたい。修羅物の夢幻能の基本的なパターンは次のようなものであろう。

1、ワキの旅の僧がいわれのある場所（古戦場など）を訪れる。
2、曰《いわ》くありげな人物（前シテ）が登場し、土地にまつわる昔物語をして退場する。
3、アイが登場し、その昔物語を分かりやすく説明する。
4、僧の夢中で先の人物が亡霊としての正体を現わし（後シテ）、昔の戦争や事件を再現するとともに、現在の苦悩を告げ、廻向《えこう》を頼む。
5、僧の廻向で、亡霊の苦悩がやみ、成仏（往生）する。

もちろん実際にはこのように型通りには進まないし、だからこそおもしろいのだが、ともあれもっとも平板に単純化してみればこのように考えることができる。そのうちで、4が舞踊劇としてのクライマックスとなるが、そのポイントは、後シテがこの世ならぬ亡霊として出現するところにある。それは単なる亡霊の出現というだけでなく、そこに現世ならぬ異界、あるいは私が最近使っている言葉を用いれば、「顕」の世界を超えた「冥《みよう》」の世界が垣間見《かいまみ》られることになる。能が宗教劇として見られるのは、まさしくこの点にかかっている。

　このことをさらに検討するために、最初に登場人物の関係を図式化して示しておこう。

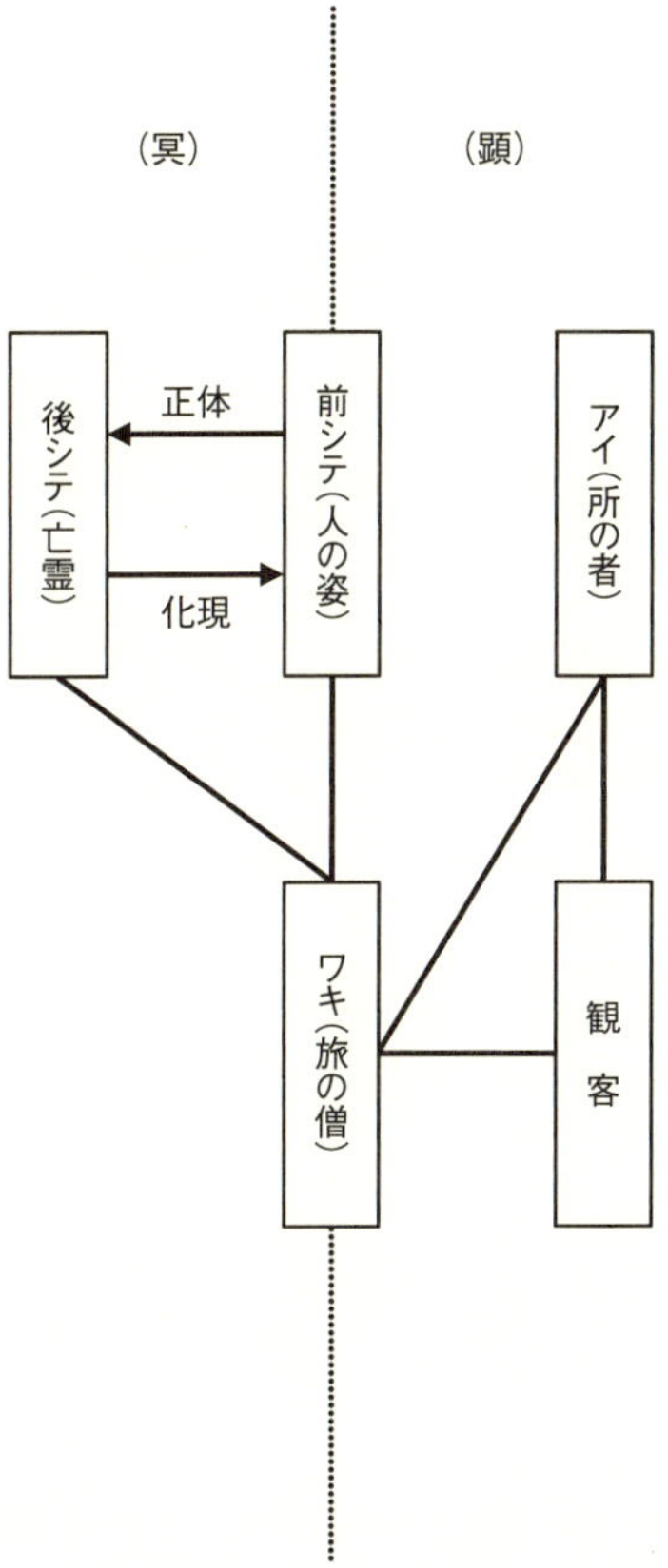

この図式を参考にしながら、修羅物の夢幻能の構造を考えることにしたい。なお、以下では便宜上、「顕」と「冥」という用語を使うことにする。「顕」とは現象界であり、私たちが知覚したり、あるいは理性的に把握できる領域である。それに対して、「冥」は知覚したり理性的に把握できない領域であり、死者や神仏、あるいは人の不可解な心の動きなどが属する。後シテが「冥」の存在であるのに対して、観客、及び中入りの時に出るアイは「顕」の世界にいる。前シテとワキは「顕」と「冥」の境界に位置すると考えられる。

近代以後の我々には、「顕」の世界こそが真実で、「冥」の世界は仮想や幻想、時には妄想とさえ思われがちである。しかし、中世の人々にとっては逆で、「顕」の世界は移ろいやすい仮の世界であり、「冥」の世界こそより深い真実を表わしている。夢は、現代では「顕」の世界の抑圧された欲望の表われなどと解釈されるが、中世においては「冥」の世界への通路であり、そこにおいて「冥」の世界が顕現されると考えられる。能を理解するのには、このような世界観を前提として見なければならない。

ちなみに、南北朝の動乱を経て、当時の仏教界の情勢は前代からかなり大きく変わってきていた。鎌倉期の混沌《こんとん》とした状態から、禅宗を中心に宗派的な整備が進んで宗派並立の時代へと移り、また、神道理論の形成も進められた。他方、魔や天狗《てんぐ》たちが跳梁《ちょうりょう》し、「冥」の世界はますます「顕」の世界に大きな力を及ぼすようになっていた。ワキの旅の僧の所属する宗派はさまざまでありながら、近似した役割を果たすのはこのためである。

近代の「顕」優位の世界観が、中世の「冥」を重視する世界観よりも優れているとは必ずしも言えない。もしかしたら「冥」の世界を隠蔽《いんぺい》し去った近代の世界観は間違いで、「冥」の世界を恐れ慎んだ中世の世界観のほうが正しいのかもしれない。今日の我々にとって、夢幻能の持つ戦慄《せんりつ》は、まさしく近代の世界観が揺るがされ、思いも寄らない「冥」の世界の顕現に出会うことなのではないか。

前場の構造

もう少し立ち入ってみよう。まず、多くは最初にワキが旅の僧などの姿で登場する。観客は基本的にワキの立場に立って、劇の進行を見る。その点で、ワキは観客代表の意味を持つ。しかし、ワキはそれに留《とど》まらず、劇を進行させ、積極的に展開させていく重要な役割を果たす。その点で、すでに観客を超え、観客を導く先導者となる。（ちなみに、ワキの視点から能の異界性を論じた安田登『異界を旅する能』〔ちくま文庫、二〇一一〕は、本章執筆上、大きな刺激を受けた。）

狂言が、しばしば「これは、このあたりに住まうものにて候」と、定住者の視点から演じられるのに対して、能は旅するもの、即ち、非定住者の立場に立つ。中入りの間に、狂言方によってアイの語りがなされるが、これはふつうその土地の者という設定である。定住者が日常性を表わすのに対して、非定住者は非日常的な場にあり、日常性を揺るがし、日常性の裏側を炙《あぶ》り出す。能が非日常的な「冥」の世界の開顕を目指すのであれば、当然ここは旅の者でなければならない。

しかも、多く僧であるということも注意される。僧はその存在自体が世俗を離脱した非日常的な存在であるが、その非日常性は何よりも神仏や死者という「冥」のものたちと関わるところに特異性がある。僧は冥界の者たちと交信し、彼らを動かす力を持つ。

ワキはまず、ある特定の場所、多くは古戦場にやってくる。そして、そこにシテが現われる。シテはワキによって舞台に誘い出される。もし「冥」の世界にまで働く能力を持つ旅の僧でなければ、シテは恐らくその前に立つことはないであろう。

前シテは、多くは老人や漁夫など、人間の姿を取っているが、ただの人ではなく、はじめからいかにも神的存在が身をやつしたような特異な雰囲気を持っている。シテはワキと問答をしながら、次第に過去へと誘導される。それはあたかも、精神的な苦悩を持つ患者が精神分析医の前で自らを物語ることで、次第に隠していた過去が明らかになり、その苦悩の原因に至るのと似ている。過去は単に時間的に過ぎ去ったというだけのことではない。蔽《おお》われ、隠されることによって「冥」の領域に深く沈み込んでいる。それ故、「冥」の領域を露《あら》わにすることは、そのまま過去を呼び出す自己認識の過程でもある。癒《い》やされるためには、まず隠されていた自らの過去が引き出されなければならない。

このように見るのは進行の順に従ったもので、逆に後シテの立場から前シテを見るならば、本地垂迹《ほんじすいじゃく》的な用語を使うと「本」に対する「迹」であり、本身が化身として化現したものである。「顕」と「冥」の用語を使えば、「冥」が「顕」の世界に顕現した姿であり、「顕」の世界の裂け目から「冥」の世界が垣間見られることになる。

中入りの間に、アイが多くはその土地の人間として登場し、シテにまつわる過去の伝承を物語る。上述のように、アイは狂言方が演じ、そのせりふも日常的な語りである。アイはあくまで「顕」の世界の住人である。そもそも、能が「顕」から「冥」へと深まるのに対して、狂言は徹底的に「顕」の世界を追求する。観客との関係で言えば、ワキが観客の先導者として「冥」の世界へと導くのに対して、アイは徹頭徹尾観客と同じレベルにいる。中入りでアイの語りが入るのは、単にシテが衣装を替える間をもたせるというだけのことではない。全体の流れが「顕」から「冥」へと深まっていく中で、途中で一旦《いったん》「顕」の日常性の世界に引き戻す。それによって、観客は「冥」の中にただ迷い込み、引きずり込まれるのではなく、「顕」と「冥」を往復し、最後には「顕」の世界に戻ってくる帰路が保証されるのである。

後場の構造

後場は、多くワキの夢の中で展開される。夢幻能と言われる所以《ゆえん》である。そもそもワキは、シテが謡い舞う間、ひたすら見る人に徹する。ワキ柱のそばにじっと坐《すわ》って動かない。それどころか、途中で眠ってしまう。眠った人が舞台にいて何の意味があるのだろうか。だが、観客はそれによって、ワキの夢の中に導き入れられる。観客はワキの脳内にいるのである。すでに述べたように、夢はまさしく「冥」が開顕される場である。夢においてこそ、死者や神仏がその真身を現わすことになる。ワキが夢見ることによってシテの異世界性が露わとなり、「冥」のものとしての正体が呼び出されるのである。

前シテと後シテはまったく違う姿を取りながら、じつは同一人物であり、演者も同一である。多くは平家の武将で、悲劇的な死を遂げている。ここで問題になるのは、なぜ『平家物語』が主たる素材になるかということである。源平合戦から二百年余、その時代は過去の中に沈み込もうとしている。南北朝の動乱であれば、あまりに身近で生々しすぎる。それより古く、しかしまだその時代が切実さをもって振り返られ、共感されるのが源平合戦である。当時の観客たちは、そこに南北朝動乱を経た自分たちの記憶を重ねることができる。しかも、その時代は『平家物語』として定式化され、知識が共有されているから、それを前提として話を発展させることができる。現代で考えれば、ちょうど江戸時代を舞台にした時代劇の感覚に近いものがあるだろうか。

修羅物は多くは敗者の悲劇であり、後シテは敗残の武将として、その戦闘の様子を再現する。それは二重性を持っている。過去の戦闘の再現という過去性と、現在なお修羅道で戦い続けているという現在性である。過去は現在から隔たっていることで、「冥」の世界に沈み、現在の修羅道は人間世界からは見えないということで「冥」の世界である。過去という時間性は、現在の異界性に重なる。その二重の「冥」の世界が顕現することになる。

修羅道は六道の一であるが、地獄・餓鬼・畜生の三悪道の上に位置し、人間界にもっとも近い。修羅（阿修羅《あしゅら》）は、もともとは帝釈天《たいしゃくてん》と戦い続ける戦神であり、有名な興福寺阿修羅像に見られるように、神的性格を持ち続ける。修羅道に堕《お》ちた武将は、苦患《くげん》のやむことはないが、その誇りと高貴さは失われない。

この誇りと高貴さこそ重要である。過去の再現において、シテは悲劇の英雄である。平家の没落滅亡という一つの運命を共有しながら、それぞれの武将の死はそれぞれの生の集約であり、みな異なっている。実盛《さねもり》のような老人も、敦盛《あつもり》のような若者も、同じように死に直面し、そこに忠度《ただのり》の和歌への執着や、通盛のひたむきな夫婦愛など、その人の生き様が凝集される。悲劇的に死に、修羅道に堕ちることは、決して単にマイナスとして描かれるのではない。そうとしてしかありえなかった生の唯一性が、シテの舞に甦《よみがえ》り、輝き出す。その唯一性は、唯一性の故に観客のそれぞれの生の唯一性に響き、共鳴するのである。

悲劇の唯一性はまた、演能の一回性にも関わってくる。同じ演目は繰り返し演じられながら、今ここで演じられている舞台はこの一回しかない。演者はただ一回の舞台にすべてを賭《か》ける。一回性と繰り返し可能性は矛盾しつつ同居する。そもそも元に戻って考えれば、武将の死は過去にただ一回的に起こった出来事でありながら、演能という形で繰り返される。死者はその度に新たに死ぬ。それは決して過去のコピーではなく、今ここの出来事である。過去の死と、現在の修羅道の死とが、今ここにシテの舞として現出する。

最後に、ワキの僧がもう一度重要な役割を果たす。修羅で苦しむシテの救済者としての役割である。ここで、ワキが僧であることが重要性を持つ。僧は単に「冥」なる世界との仲介者というだけに留まらない。「冥」なる世界に力を及ぼすことができる超能力者でもある。ある時は死霊を成仏させることもできるし、ある時は調伏《ちょうぶく》することもできる。

もっとも、実際にはこのようにワキの僧がシテを直接に救済するとは限らず、結末にはさまざまなヴァリエーションがある。シテ自身の念仏によって救済される場合もあるし、廻向を求めて消えていく場合もある。さらには救済が示されないままに終わることもある。だが、表立って仏教的な救済が示されないとしても、じつは演能自体が救済であり、ワキを通して観客が観ること自体が救済である。悲劇は、語られ、聞かれることで癒やされていく。それはまた、観客の側の苦悩が昇華され、癒やされることでもある。演劇は基本的にカタルシスである。

とは言え、救済が示されたとしても、じつはそれで終わるわけではない。それならば、演能は一回だけで終わるであろう。演能が繰り返される時、修羅の苦患もまた繰り返される。苦患と救済のシジフォス的な繰り返しは、じつは両者が別のことではなく、メビウスの輪のように、同じものの両面としてつながっていることを示している。

やがて夢は醒《さ》める。「春の夜の波より明けて、敵と見えしは群れ居る鷗、鬨の声と聞こえしは、浦風なりけり高松の、浦風なりけり高松の、朝嵐とぞなりにける」という八島（屋島）の結びは、夢と現《うつつ》のあわいを見事に示している。夜の夢が「冥」の世界の顕現だとしても、それはあまりにはかなく消えていく。仄見えた「冥」の世界を胸に、観客は再び「顕」の日常の世界に戻っていくのである。

大和をめぐる謡曲と宗教

神仏習合と南都仏教

同じように「古都」と言われながら、京都に較べて奈良はどこかしら印象が明るい。京都が生々しい闘争の歴史の上に築かれ、常に危険な怨霊《おんりよう》たちの跋扈《ばつこ》を封じ込めていかなければならなかったのに対して、奈良から飛鳥《あすか》へ続く地は、歴史の蓄積を透視して、遥《はる》かに始原を垣間見させる方向を示しているからだろうか。

大和《やまと》は宗教の地である。かつて政治の中心であったのは確かだが、その政治性は宗教の中に埋没してゆく。とりわけ古代文化の揺籃《ようらん》の地である盆地の南側の飛鳥地方は、三輪・吉野・葛城《かつらぎ》など、古くからの聖なる山々に囲まれている。そこから、紀伊《きい》半島の広大で峻厳な大峰の山塊が人々の行く手をさえぎり、修験者のみがその中を縦横に駆け巡った。その周縁に、高野や熊野という巡礼地が形成され、人々の信仰を集めることになった。さらに東には伊勢《いせ》の地があり、紀伊半島全体が巨大な聖域を形成する。大和はその異界への入り口であり、人々が神々と出会い、交わることのできる稀有《けう》な境界領域となった。

それらの山々の信仰は、早くから神仏習合をベースとして展開した。そもそも修験道の開祖とされる役行者《えんのぎょうじゃ》は葛城の一言主《ひとことぬし》の神を屈服させて、葛城と吉野の金峰山《きんぷせん》をつなぎ、金峰山で蔵王《ざおう》権現を感得したと伝えられる。蔵王権現が仏教の明王の様態を取りながらも、まったく新しい神とされるように、修験は既存の教学の枠に収まらない独自の展開を示す。熊野三山が弥陀《みだ》・薬師・観音の垂迹として仏教者の信仰を集めたことはよく知られるが、伊勢や三輪も中世には仏教との習合の中に組み込まれる。伊勢の両宮は胎蔵界・金剛界の両部の曼荼羅《まんだら》に宛てられ、密教的ないわゆる両部神道が形成されるが、三輪もまた三輪流という密教的な神道を発展させる。その中で、伊勢と三輪の一体説が展開され、さらには日吉も加えて仏教系神道の強力なスクラムが作られていく。

一気に中世の神仏習合の話にまで進んでしまったが、もう一度古代に戻り、仏教の進展に目を向けることにしよう。仏教は六世紀に日本に伝わったが、七世紀の半ば頃まではその状況は必ずしもはっきりしない。渡来人を中心にある程度浸透しつつあったことは確かであるが、それが大規模に国家的な規模で導入されるのは、七世紀の後半になってからのことである。平城京が造築され、文化の中心が大和盆地の北部に移ると、奈良の都には、大安寺・興福寺・薬師寺・元興寺《がんごうじ》などが甍《いらか》を並べ、仏教は大陸から導入された最新文明を総合するものとして壮麗さを誇り、国家の威信を内外に示すことになった。とりわけ聖武《しょうむ》天皇によって東の境界に東大寺が創建され、巨大な盧舎那仏《るしゃなぶつ》が造立されると、総国分寺として仏教国家の象徴とされ、続いて創建された西大寺とともに、都の東西を固めることになった。

これらの大寺院は、信仰の場であるとともに、教学研鑽《けんさん》の場でもあった。遣唐使とともに大陸から齎《もたら》された経典類は、国家事業として大規模に写経され、それを使っての研究が始められた。いわゆる南都六宗（倶舎《くしゃ》・成実《じょうじつ》・律・三論・法相《ほっそう》・華厳《けごん》）といわれる諸宗の学問であるが、実際にそれが盛んになるのは、奈良時代の半ば頃である。中でも法相宗と三論宗が中心で、経典や論書に対して大きな注釈書が著わされるほどの水準にまで至っている。

都が平安京に移され、新たに天台・真言の両宗が重んじられるようになってからも、南都の諸大寺は依然として巨大な荘園を基盤に権勢を振るい、とりわけ藤原氏の氏寺である興福寺は、氏神である春日《かすが》大社とともに、南都の中核を担った。興福寺の法相教学は、比叡《ひえい》山延暦寺《えんりやくじ》の天台教学と対抗する力を持ち、やがて南都諸寺院は真言宗と結びついて密教が盛んになっていく。

そのような南都の巨大勢力は、源平の騒乱の中で、寺院側の反抗をつぶそうとした平重衡《しげひら》の南都焼き討ちにあって、一気に壊滅状態に陥った。治承四年（一一八一）のことである。しかし、その後の復興は目覚ましいものがあった。俊乗房重源が東大寺大勧進職として指揮を執り、早くも文治元年（一一八五）には大仏開眼《かいげん》、建久六年（一一九五）には大仏殿の落慶に至った。中世の南都は、重源の他、貞慶《じょうけい》・明恵《みょうえ》・叡尊《えいそん》・忍性《にんしょう》・宗性《そうしょう》・凝然《ぎょうねん》などの高僧・学僧たちを生み、華厳・法相教学の復興や浄土信仰の流入、釈迦《しゃか》信仰・弥勒《みろく》信仰など、新たな活気に満ちることとなった。とりわけ覚盛《かくじょう》・叡尊らによって始められた戒律復興の運動は、西大寺を拠点とする叡尊とその弟子忍性の活躍で、全国的に広められた。律僧たちは積極的にさまざまな社会活動に従事し、神仏習合の展開にも大きな役割を果たしている。こうした宗教的な背景のもとに、大和の能楽が展開するのである。

謡曲の中の大和の神々

吉野というと、義経《よしつね》の吉野落ちの話があまりに有名で、浄瑠璃《じょうるり》の『義経千本桜』の狐忠信《きつねただのぶ》には、そのあやかしの美しさと哀れさが見事に結晶している。謡曲の『吉野静《よしのしずか》』はその原形とも言えるが、吉野の異界性を描き出したという点では、『二人静』の構成が意表をつく。ふたりの静が一緒に舞いながら、ふたりとも現実の静ではない。ひとりは憑依《ひょうい》した女性、もうひとりは幽霊である。現実でないふたりが重層するという非日常が可能となる場が吉野である。

中世の神々は、必ずしもその場に束縛されず、他所《よそ》に出向くことが可能であり、それによって神々は各地に新しい拠点を獲得していく。『嵐山』は、吉野の桜を京都の嵐山に移植したという事実を背景に、吉野の蔵王権現と木守《こもり》・勝手《かつて》の両神が嵐山に来現したというめでたい脇能の仕立てになっている。間《あい》狂言として、吉野の聟《むこ》猿が嵐山の舅《しゅうと》猿のところに挨拶《あいさつ》に出向くという話を組み込んで、趣向を凝らしているが、猿と言えば日吉の使者であり、日吉（＝叡山）との関係をも暗示している。後場の最後には、本地垂迹の理論に則《のっと》って祝福の言葉で結ばれる。

和光利物の、おん姿、和光利物の、おん姿、われ本覚の都を出でて、分段同居の、塵に交じはり、金胎両部の、一足を提《ひっさ》げ、悪業の衆生の、苦患を助け、さてまた虚空に、み手を上げては、たちまち苦海の、煩悩を払ひ、悪魔降伏の、青蓮の眦に、光明を放つて、国土を照らし、衆生を守る、誓ひを著はし、木守勝手、蔵王権現、一体分身、同体異名の、姿を見せて、おのおの嵐の、山に攀じ登り、花に戯れ、梢に翔つて、さながらここも、金の峰の、光も輝く、千本の桜、光も輝く、千本の桜の、栄行く春こそ、久しけれ

「和光利物《りもつ》」は「和光同塵《どうじん》」に同じ。仏が本来の威光を和らげて、衆生救済の姿を示すことで、本地垂迹のことを指す。「塵《ちり》に交じはり」とも言っている。本地垂迹といっても、この場合、本地は特定の仏ではなく、「本覚の都」であり、法身としての絶対仏ということになる。そこから「分段同居」の世界に姿を現わす。「分段」は「変易」に対するもので、いわゆる因果応報によって得られたこの生死の世界のこと。「同居」は、凡夫と聖人とが混じっている凡聖同居土のことで、この場合はこの娑婆《しゃば》世界を指す。「金胎両部の、一足を提げ」は、蔵王権現の片足を上げた姿のこと。木守・勝手の神は吉野の夫婦神であり、蔵王権現との一体は当然であるが、さらに吉野の金峰山と嵐山とが一体化されることで、都の繁栄が言祝《ことほ》がれることになる。『嵐山』が比較的単純なめでたい曲であるのに対して、『葛城』や『三輪』は古代の説話に取材しながら、もう少し奥行きと陰影のある話に仕上げている。『葛城』は、役行者に呪縛《じゅばく》された葛城の神の解脱を説くものであるが、神々がじつは苦患に陥っていて、仏教の力によって解放されるという神身離脱は、奈良時代からある神仏習合の古くからのパターンである。新来の仏教は大陸伝来の新しい文明によって、古来の神々を屈服させ、その威力を見せつける。もと

もと天皇をも恐れさせるほど霊威の強力な葛城の一言主の神もまた、新しい大陸伝来の呪法を身に付けた役行者に太刀打ちできない。その古代の説話をもとにしながら、夢幻能の救済論のパターンに流し込み、シテを女神とすることで、女性の救済を重ね合わせる。

『三輪』もまた、古代の神婚説話をもとにしながら、さらに屈折している。シテは女神で、「罪を助けてたび給へ」と救済を求めながら、「いや罪科は人間にあり、これは妙なる神道の、衆生救済の方便なるを、しばし迷ひの人心《ひとごころ》や」と、本来神には罪科がないにもかかわらず、「衆生救済の方便」として迷える人の姿を取るのだとする。ここで、神と人が錯綜《さくそう》することになるが、そこに同時に男と女の錯綜が重なる。もともとの話からすれば、男が神で、女が人であり、その区別ははっきりしている。しかし、いまやそのような区別は意味を失う。

女姿と三輪の神、女姿と三輪の神、襷《ちはや》掛帯引きかえて、ただ祝子が着すなる、烏帽子狩衣、裳裾の上に掛け、御影あらたに見え給ふ、かたじけなの御事や。

シテは女性でありながら男装することで、その性は曖昧《あいまい》となる。女神が男装したのか、あるいは男神が女姿を取って、さらに男装したのか。それとも神婚説話に出る男女がともに神だったのか。いや、本当に神なのか。やはり罪業深い人ではないのか。

その曖昧な錯綜から、結末はめでたい神代の岩戸《いわと》神楽《かぐら》へと一転し、「思へば伊勢と三輪の神、思へば伊勢と三輪の神、一体分身の御事」と、伊勢と三輪との同体説が述べられる。伊勢と三輪は、前述のように中世に一体化が進められる。神も人も、男も女も、伊勢も三輪も、すべてが流動的で、変転可能となる。

一見あまりに無節操な同一化と見えながら、しかし、平板な無差別化というわけではない。その同一化を可能とする秘儀こそが、演能という神聖な営みに他ならない。「かく有難き夢の告げ、覚むるや名残なるらん、覚むるや名残なるらん」という結末は、まさしくその秘儀の終《しゅう》焉《えん》である。夢は決して非現実ではなく、真実の開顕であり、それを意図的に現実の場に齎し、繰り返しを可能とするのが、演能なのである。

謡曲の中の南都の仏教

謡曲に仏教が大きな影響を与えていることは間違いないが、そこに反映されている仏教は必ずしも精緻《せいち》な教学ではない。例えば、『采女《うねめ》』は比較的仏教理論が多用されている曲で、「五重唯識」などという言葉も見えるが、実際にそこで活用されている理論は、本地垂迹説や草木国《そうもくこく》土悉皆成仏《どしつかいじょうぶつ》論、あるいは変成男子《へんじょうなんし》論などで、必ずしも南都特有の理論とは言えない。むしろ実際の謡曲の中でおもしろいのは、そのような理論を超え、それでは捉《とら》えきれない自由な発想の展開が見られるところである。

『春日龍神』は、栂尾《とがのお》の明恵上人が天竺《てんじく》渡航の計画を立てたが、春日明神の託宣によって取りやめたという話に取材している。ここでは、「仏在世の時ならばこそ、見聞の益もあるべけれ、今は春日の御山こそ、すなわち霊鷲山なるべけれ」と、春日＝霊鷲山説《りょうじゅせんせつ》を展開する。それは、『三輪』の場合にも見られた同一化の原理によるもので、仏を本地、神を垂迹とする本地垂迹説からもう一歩進み、仏と神、天竺と日本とは同じレベルで等しいものとされる。

天台山を拝むべくは、比叡山にまいるべし、五台山の望あらば、吉野筑波を拝すべし。昔は霊鷲山、今は衆生を度せむとて、大明神と示現し、此山に宮居し給へば、すなわち鷲の御山とも、春日の御山を拝むべし

もはやインドへも中国へも行く必要はない。日本の山はその代用品ではなく、それらと同格なのである。「昔は霊鷲山、今は衆生を度せむとて、大明神と示現し」というのは、昔、霊鷲山で説法した釈迦が本地で、大明神と示現した日本の神が垂迹だということではない。昔、霊鷲山で説法した釈迦も、今、大明神として示現した神も、ともに衆生済度の姿だというのであろう。このような仏と神の同一化は、今この場を離れて真実はないという本覚《ほんがく》思想に通ずるものである。

その理論を受けた後場の展開は大胆だ。「春日の野山金色の、世界となりて草も木も、仏体となるぞ不思議なる」と言われるように、この春日山が仏の世界としての荘厳を示し、そこに、下界から出現した八大龍王が勢揃いする。もちろん八大龍王だけではない。緊那羅《きんなら》・乾闥婆《けんだつば》・阿修羅など、八部衆が恒河沙《ごうがしゃ》の眷属《けんぞく》を引き連れて集まるのであり、まさしくここが釈迦説法の

場としての霊鷲山そのものと化し、そこで釈迦の一生が開陳される。霊鷲山は春日山であり、春日山はじつはこの演能の舞台なのだ。狭い舞台には、目には見えないが、じつは菩薩《ぼさつ》たち、仏弟子たち、そして異形の鬼神たちがぎっしりと立ち並んでいる。そして、観客たちも時空を超えてその中に混じって、凝縮された釈迦の一生に立ち会うことになる。

本覚思想の展開は、本地垂迹から反本地垂迹の神本仏迹説へと向かい、そこに元寇《げんこう》以後のナショナリズムが重ねあわされることになる。しかし、ここではそこまで行かずに、際どいところで、仏と神、天竺と日本、普遍と特殊が異質のままに重層化し、緊張感をもって顕現するのである。

異形の鬼神の出現という点では、やはり春日野を舞台とする『野守』も興味深い。「野守の鏡」というと、野中の水に物の影が映ることをいう歌語であるが、『野守』では、それは本当の「野守の鏡」ではないと言う。「昔鬼神が持ちたる鏡」こそ「まことの野守の鏡」だと言うのである。その「野守の鏡」には、天界から地獄まで、世界のすべてが映し出されるという。地獄から出現した鬼神は、「野守の鏡」に地獄の姿を映し出し、再び地獄に戻っていく。その背景には、この心があらゆる世界を含むという天台の一念三千の思想や、重々無尽の華厳の法界説があり、直接には、地獄まで含めてすべてが仏の世界だという、「一仏成道《じょうどう》」の本覚思想に基いている。

最後に、大和を舞台として念仏を説く曲について簡単に触れておこう。何といっても、当麻《たいま》曼荼羅の中将姫伝説に基づく『当麻』が代表であろう。当麻曼荼羅は、中世には念仏布教の絵解きとして広く用いられた。この曲には、「唱ふれば、仏もわれもなかりけり、南無阿弥陀仏《なむあみだぶつ》の、声ばかり」と、後に一遍上人の語とされる文句が見られるが、必ずしも一遍と結びつけられていない。それが、『誓願寺』になると、一遍がワキとして登場して、この文句を唱える。誓願寺は平安時代に遡《さかのぼ》る中京《なかぎょう》の寺であり、この曲でも和泉式部《いずみしきぶ》の霊が寺の由来を物語る。

このように、中世の念仏は必ずしも宗派にとらわれず、寺院の縁起を物語る絵解きや遊行者の興行など、民衆の娯楽と結びつきながら展開した。その事情をよく表わしているのが、『百万』である。『百万』は嵯峨《さが》清涼《せいりょう》寺釈迦堂を舞台としているが、シテの狂女百万は奈良の出身で、大念仏の雑踏で我が子に出会う。釈迦堂、壬生寺《みぶでら》などの大念仏興行は、もともと捨て子であった円覚《えんがく》上人が、親と出会うことを祈願して始めたものと言われ、この曲もそのような縁起を背景に作られている。ここには、大和、山城、摂津など、近畿《きんき》一円を含む念仏者のネットワークが活発に活動していた状況が反映され、民衆に根差した仏教の活気がリアルタイムで伝わってくる。それもまた、能の大きな魅力である。

中世思想の転回と能

中世思想の構造と転回

本節では、少し視点を変えて、中世の思想動向の中で能の位置づけを探ってみたい。私がこれまで中心的に研究してきたのは中世前期、即ち院政期から鎌倉期の十二、三世紀頃の仏教史で、それもごく一端だけであるが、ある程度その時代の思想動向が見えてくるようになった。そこで、次の課題として、いささか跳ぶが、近世の思想と仏教がどう関わるか、という問題を少し考えてみたいと思っている。そのためには、今度はその中間となる時期、即ち中世後期とされる南北朝期から戦国期にかけての時代の思想が非常に捉えにくく、それをどう見たらいいか、ということが問題となる。そこで、それと関連させて、能をどう位置付けたらいいか、大《おお》雑把《ざっぱ》に見通しを付けてみたい。

まず、中世前期の発想を簡単にまとめておきたい。私は「顕」と「冥」という言葉を使って表わしているが、要するに現世的、この世的な「顕」の世界の裏側に、不可知で見えざるものたちの「冥」なる領域が広がっていて、その両者の関係から思想が展開していくと見ることができる。それが中世後期から近世にかけてどう変わっていくのかということが問題になる。一般に世俗化ということが言われ、顕の領域が広がって、冥の領域が消えてしまう、あるいはきわめて微弱になるように考えられている。近世の思想は、このような現世主義的な思考の発展という観点から見られることが多い。このような方向は、能楽の場合では、狂言の世界において展開していく。また、能の理論であれば、世阿弥に見られる技術論のような方向に発展していく。そういう形で、現世を超えた冥の世界に立ち入ることなく、現世で完結していくような側面が発展していくことは確かに認めることができる。

しかし、そのような方向だけで一概に捉えきれないのではないか、というのが私の見方である。冥の世界は消えるのではなく、屈折していくというか、その現われ方が変わってくる。そういう方向で見ることができるのではないか、という見通しのもとに、それが具体的にどうなっていくのか、少し考えてみたい。

例えば、本覚思想の展開ということを考えてみよう。本覚思想はよく現世中心主義と言われ、それが世俗主義的な方向に展開していくと考えられる。しかし、そのように一概には言えない。現世が中心的な価値を持つということは、逆に言えば、裏側の世界、つまり冥なる宗教的な世界が、表の顕の世界に顕現してくると考えることもできる。即ち、冥なる世界が消えるわけではなく、それが顕なる世界と近づき、一枚になっていくと考えられる。

能と関係深い中世本覚思想文献として『法華《ほつけ》五部九巻書』がある。これは落合博志氏の紹介で知られるようになった忠尋《ちゆうじん》作とされるものであるが（『藝能史研究』一〇九、一九九〇）、それ以外にも忠尋作と伝えられるものが、この時代に集中して作られている。『五部九巻書』は比較的短いものであるが、『法華略義見聞』や『漢光類聚』など、もう少し仏教の核心に関わるようなものも作られている（拙著『鎌倉仏教形成論』、法藏館、一九九八）。『漢光類聚』に関しては後ほど触れたい。『五部九巻書』は、『法華経』を五部九巻に分けて解釈するものであるが、一般の『法華経』解釈とはかなり異なり、流通分に重点を置く特異なものである。『法華経』の教理的な中心問題よりも、それをいかに広めるかということが中心に置かれることで、芸能との関係が出てくると考えられる（拙著『解体する言葉と世界』、岩波書店、二一二―二一四頁）。このことは、一方では仏教的なものが世俗化して芸能となるとも考えられるが、他方では芸能という世俗化したものにも、あくまでも裏に仏教がつきまとうという方向で見ることもできる。

神道が次第に自立化してくることも、中世の思想の中で重要な意味を持つが、これも冥の世界が顕の世界に現われてくる、という問題と関連づけて見ることができる。即ち、遠くにいる仏よりも、日本の社会で救済を果たす神のほうに重点が置かれるようになるのである。歴史書で言えば、『愚管抄』から『神皇正統記』への歴史意識の転換であり、神道理論で言えば、慈遍における展開にも関わってくる（拙著『鎌倉仏教展開論』第十章、トランスビュー、二〇〇八）。

このように、冥の世界が顕の世界の中へ次第に顕現してくると考えると、理解しやすいことが多い。一見すると、中世後期になって、例えば能の世界などに顕著なこの世ならぬものの出現ということは、世俗化や非宗教化と逆方向のように見えるが、冥なる世界のものが次第に顕現化・可視化されてくるという一連の流れの中で考えると、よく理解できる。その理由は、必ずしもはっきりとは説明できないが、ある意味では従来から言われてきた世俗化とか非宗教化とも関係している面がある。即ち、それまではまったく理解や秩序を超絶していたものが、ある程度秩序の枠の中に取り込めて理解することが可能となったのではないか、ということである。それまで統御不可能だった世界が、可視化されることで統御可能となる。そこに時代の進展を見ることができる。

後述のように、この時代には幽霊とか天狗が現われたりすることが顕著になる。それはちょうど『平家物語』から『太平記』に転換していくのに対応していて、その二つの世界を対比させてみるとよく分かる。『太平記』では、さまざまな冥の世界の存在が積極的に活動してくる。例えば龍などが具体的なイメージをもって出てくるような状況が出てくる。そのあたりのことを、もう少し考えてみたい。

ここで、先に「修羅の救い」で記したことを、もう一度振り返っておきたい。そこでは、能の世界が、特に修羅物を例にとった場合に、どういう構造で見たらよいかを図式化してみた。観客は旅の僧で代表されるワキを通して、顕の世界から冥の世界に導き入れられ、そこで冥の世界の後シテ(亡霊)に出会うことになる。後シテが冥の世界の存在であるのに対して、観客、及び中入りの時に出るアイは顕の世界にいる。前シテとワキは顕と冥の境界に位置すると考えられる。このような能の構造も、冥の世界の存在が顕在化してくるという流れで理解することができる。

このような「顕」と「冥」の世界の関係は、時代の進展の中で生まれたと考えられる。「修羅の救い」では、「南北朝の動乱を経て、当時の仏教界の情勢は前代からかなり大きく変わってきていた。鎌倉期の混沌とした状況から、禅宗を中心に宗派的な整備が進んで宗派並立の時代へと移り、また、神道理論の形成も進められた。他方、魔や天狗たちが跳梁し、「冥」の世界はますます「顕」の世界に大きな力を及ぼすようになっていた」と述べておいたが、本節では、その点をもう少し深めて検討してみたい。

根源への探究

先に述べたように、中世から近世へ向かっての世俗化、あるいは非宗教化の問題を考えると、必ずしも一方的にそのような方向へ向けて徹底していくわけではない。中世の末期から近世の初めにかけては、キリシタンなどに見られるように、絶対者的なものを受け入れていくような方向性もある。一方で世俗の側に視野が広がっていく方向とともに、他方で同時に、根源的、究極的なものを求めていくような、そういう宗教的な方向性もまた強くなる。それは、一向一《いっこういっ》揆《き》などにも見られ、また神道においても根源神を求める動向が強くなり、それが唯一神道などに結実する。一見すると世俗化の動向と矛盾するようだが、これもまた、世俗化とまったく異なるわけではない。世俗的な世界を支配する根本の原理を解明しようという方向で理解できる。即ち、冥の世界が秩序化されて、その中でももっとも根源的なものが求められることになる。それだけ冥の世界の見通しがよくなったということができる。

このような方向への進展を考える際、大きな影響を与えたのが、おそらく禅ではないかと推測される。禅は理論的に複雑な構成を一気に突破して、究極的な真理への到達を目指す。それによって、はるか彼方《かなた》と思われていた究極の原理が身近に引き寄せられることになる。その際、いわゆる不立文字《ふりゅうもんじ》的な、究極的なものが、理論を無視した体験として、唐突に持ち込まれるのではなく、それを仏教理論の中へ組み込んで行くという流れもあって、それが非常に重要な意味を持つ。

例えば、先程触れた忠尋作とされる『漢光類聚』だが、その中で「四重興廃」の教判が説かれている。「四重興廃」は、ここでは「爾前《にぜん》」、「迹門《しゃくもん》」、「本門」、「観門」と言われているが（大正蔵七四、三八二下）、ふつうは「爾前」、「迹門」、「本門」、「観心」という言い方がもっとも一般的に用いられる。四重興廃の成立に関しては最近また議論があり、もう少し古い時代に遡るとも言われている（花野充道『天台本覚思想と日蓮教学』、山喜房佛書林、二〇一〇）。また内容的な変化もあって、一言に「四重興廃」と言い切ることはできないが、ひとまず『漢光類聚』を典型として考えたい（拙著『鎌倉仏教展開論』第三章）。

最初の「爾前」（『法華経』以前）の段階では、「煩悩は菩提に非ず」というように、煩悩と菩《ぼ》提《だい》を分けて考える。次の「迹門」の段階に行くと、「煩悩即菩提」であって、この段階では、煩悩と菩提を分けながらも、しかも両者の一致を説いていく。第三段階の「本門」に入ると、今度は「煩悩即煩悩」になる。つまり、煩悩が菩提に転ずる必要がなくて、煩悩が煩悩のままでよい。これがふつう本覚思想と呼ばれるもので、現実を現実のままに肯定する思想である。

それ故、本覚思想という点からすれば、この「本門」の段階で頂点に達するのだが、それで終わりでなく、もうひとつその先に「観心」という段階が立てられる。この「観心」、或いは「観門」の段階になると、「煩悩に非ず、菩提に非ず」ということで、煩悩とか菩提というのをもう一度全面的に否定してしまう。このような第四段階が入ってくるのが特徴で、ここに禅の影響があるのではないか、と言われる。つまり、通常言われる本覚思想のその先に、否定でしか表わされない根源的なものが設定されてくる。

そのように禅が入ってくる具体的な過程に関して、最近出てきた資料を紹介してみたい。それは真福寺で発見された無住道暁による聞書の断簡である。阿部泰郎氏が発見したもので、断簡のために書名も分からないので、「逸題無住聞書」とされている。『中世禅籍叢刊』の第五巻『無住集』（臨川書店、二〇一四）の中に影印と翻刻を収めている。これは無住による円爾《えんに》の講義の聞書のノートで、それをまた筆写したもので、無住の直筆ではないが、非常に生々しい資料である。その講義の記録を見ると、その内容はほとんど密教のことで、恐らくは『大日経』に関する講義だろうと思われるが、ただその中に通常の密教では出てこないような要素が入ってきて、注目される。その中で、無住は「今経重々大意図」として、次頁のような図を描いている（同書、四七八頁）。「今経」は『大日経』だが、その理解に特徴がある。それは無住の思想というよりも、円爾の思想の特徴をきわめてよく反映している。

無覚無成
無相菩提𑖀字義也
無知解々々 無教
真如理智
元旨非真言教

自證菩提真言教根本
一法界身 字相
一智身𑖀字也
能加持於不生際
無相也、布教発
実相真言教也。
也

所加持 皆自性会也
所現八葉中台○
内證

皆内證
三乗六通
已上果海
本地身

下方から上方に向けて四段階に並んでいる。いちばん下の「三乗六通」というのは顕教の段階であり、その上に「所現八葉中台」とある。これはいわゆる曼荼羅的な世界である。しかし、そういう曼荼羅的な世界が究極的なものと考えられるわけではなくて、その上に「一智身」というのが置かれている。曼荼羅が究極ではないということは、安然《あんねん》などにも見られるが、円爾の場合、「一智身」或いは「一智法身」という言い方をしており、これは円爾の密教の特徴だとされる。ところが、さらにその「一智身」のもうひとつ上の段階が示されていて、それが「無相菩提」だと言われている。これは「元旨非真言教」と記されているように、通常の密教的なものをもさらに超えていくようなところで、そこに禅的なものが入ってくると考えられる。

このように、不立文字的な禅が文脈を無視して横から持ち込まれて入ってくるわけではなく、それが密教的なものに織り合わされながら、その中に最高のものとして位置付けられていくような、一種の教相判釈《きょうそうはんじゃく》的な形を取っている。これは本覚思想の場合とも軌を一にする。こうした発想が、例えば六輪一露説のようなものにも入っていくと考えられる。六輪一露説については、それが禅によるものか、それとも密教かという議論があるようだが、じつは両者は必ずしも二者択一的ではなく、もう少し両者が織り合わさったところから考える必要があるのではないかと思われる。

化現と猿楽

中世後期の動向として、このように究極的なものを求め、宗教性を深めていくような方向がある。もう一方で、それが広がっていき、世俗的な、一見すると宗教的でないような世界へと展開していく面がある。即ち冥の世界が顕の世界と深く絡みあいながら進展していく。それが具体的にどう現われるかということを、能を念頭に置きながら考えてみたい。

まず『慕帰絵詞《ぼきえことば》』という文献を取り上げてみたい。これは本願寺を確立した、親鸞《しんらん》のひ孫にあたる覚如の伝記（一三五一年成立）で、その中に猿楽が例として引かれている。

天竺には頻婆娑羅王・韋提夫人・阿闍世太子・達多尊者・耆婆大臣等の金輪婆羅門種姓までも、あひ猿楽をしてつゐには仏道に引入せしめ、和朝には上宮皇子、守屋大連を誅伐したまひしも……みな仏の変作なれば、巧方便をめぐらして、かへりて邪見の群衆を化度せんとしたまふ篇あれば……　（『真宗聖教全書』四、七八三頁。傍点引用者）

この話が出てくる箇所は、その全体の文脈も興味深い。周知のように、親鸞は我が子善鸞《ぜんらん》を義絶したと言われる。それに関しては、本当に義絶したのかということも最近また議論になっているが、それはさておき、『慕帰絵詞』のこの前後は、覚如が善鸞と会った話である。覚如は善鸞の子供の如信から法を受けているが、如信は若いころ親鸞のもとで学んだと言われている。そこから親鸞―如信―覚如という系譜が作られるが、その時に如信の父である善鸞の存在は扱いに困ることになる。

関東に行ったときに、覚如は如信と共に善鸞と会うが、善鸞はその時もお札を使った呪術的な病気治しのようなことをして、親鸞の正統とされる流れとは違うことをやっている。そこで、『慕帰絵詞』では、さまざまな故事を引っ張ってきて、そのような善鸞のふるまいは、一見すると正しい法に背くようではあるが、実はそれは方便であって、それを通して念仏の教えを広めているのだ、という形で善鸞を認めていく。そのような文脈の中で、上記の喩《たと》え話が出てくる。

ここで、頻婆娑羅王《びんばしゃら》・韋提《いだい》(希《け》)夫人《ぶにん》・阿闍世太子云々というのは、周知のように『観無量寿経』の最初に出てくる王舎城の悲劇で、阿闍世太子が仏陀教団の反逆者提婆達多と結託して、父の頻婆娑羅王を幽閉して死に至らしめ、母の韋提希夫人も幽閉してしまうという話が前提にされている。すでに、親鸞自身がこの話を重視して、『教行信証』の序や、『浄土和讃』などに取り上げているが、それらの箇所で親鸞は、一見すると阿闍世王や提婆達多は悪者であるが、じつは人々を仏の教えに導くために、方便としてそういう場面を演じたのだと、一種の演劇仕立てのような解釈を与えている。『慕帰絵詞』もそれを踏まえているが、猿楽を喩えに使って論じているところが注目される。

この話は、『風姿花伝』に見られる能の起源譚《たん》に似通うところがある。『風姿花伝』の話は、仏が説法するときに提婆達多が外道を連れてきて邪魔しようとしたので、仏は外道の関心を引き寄せるために、仏弟子たちに後戸で物まねをさせ、外道たちがそれに気を取られている間に説法したという。そこでは、猿楽は後戸《うしろど》という舞台で演じられたものであるが、親鸞や『慕帰絵詞』だと、もっと大掛かりに現実の世界そのものを舞台にドラマが演じられ、仏の教えはその大舞台で説かれることになっている。それ故、猿楽というのは顕の世界で展開し、一見すると世俗的な世界でのやり取りに見えながら、じつはその奥に仏という冥の力で操られて、そこに冥の宗教的世界が展開しているのだ、という脈絡になっている。このように、ここでは猿楽は宗教的な意味合いを持ったものとして考えられている。

冥の世界の顕在化

顕の世界が冥の世界の力で動かされているということは、『愚管抄』や『平家物語』などにも見えるが、冥の世界そのものが可視化され、顕在化されるというのは、もう少し時代が下る。『平家物語』では、清盛が慈恵大師の生まれ変わりだという説が紹介されているような例はあるが、冥の世界がもっと端的に顕の世界に出現するのは、十四世紀頃からではないかと思われる。『慕帰絵詞』が書かれたり、能楽が盛んになる時期である。その頃には、次第に亡霊や天狗などのこの世ならぬ冥の世界の異形のものたちが、顕の世界に出現するようになる。そのことは、文学史で言えば、『平家物語』から『太平記』へと転換していく、そのような流れとも関連付けて見ることができる。

まず、『平家物語』から能への展開を具体的に見てみたい。ここでは、重衡の話を典型的なものとしてみたい。ある意味で、重衡は『平家物語』の中で中心的なモチーフに関わる人物と言える。即ち、南都を焼き打ちするが、これは仏教的に言えば、五逆・謗法《ほうぼう》の罪であり、絶対に許されるはずのない地獄堕ちの罪に当たる。その五逆がどう救われるかということが、仏教の観点では、『平家物語』全巻を通じての中核的なモチーフをなしていると言える。それを救うのが念仏である。重衡が捕らえられたとき、最初に南都に送られるが、南都の僧侶《そうりょ》たちは重衡の扱いに困り、また武士に渡してしまう。つまり南都の理論の中では重衡を位置づけることができないのである。そこで、重衡は武士に渡されて斬られることになるが、その時に道端に落ちていた仏像を拾ってきて、たまたまそれが阿弥陀仏であったので、それを本尊として念仏を唱えて斬られることになる。『平家物語』の本文で見ると、その最期はこう書かれている。

つたへきく、調達が三逆をつくり、八万蔵の聖教をほろぼしたりしも、遂には、天王如来の記莂にあづかり、所作の罪業まことにふかしといへども、聖教に値遇せし逆縁くちずして、かへッて得道の因となる。（中略）たゞし三宝の境界は、慈悲を心として、済度の良縁まち〳〵なり。「唯縁楽意、逆即是順」、此の文肝に銘ず。一念弥陀仏、即滅無量罪、願くは、逆縁をもッて順縁とし、只今の最後の念仏によッて、九品詫生をとぐべし」とて、高声に十念となへつゝ、頸をのべてきらせられける。（岩波文庫版『平家物語』四、二八二頁）

『平家物語』の仏教観からすれば、仏法を滅ぼす、南都を焼く、といった逆縁が念仏によって順縁となり、そこで重衡の救いが得られる、ということになる。確実に往生したかどうかの証拠は示されず、顕の世界の事実だけに限定して描いているが、その事実の中に救済が暗示されていると見られる。これは重衡だけではなく、他の平家の武将の場合も同様である。従って、死後で重衡が迷ってどうこうする、ということはまったくない。

　ところがそれが能になると、大きく転換していく。〈重衡〉―『日本古典文学大系』本では〈笠卒塔婆〉―によると、救われたはずの重衡が亡霊として現われ、「只今称ふる声のうち、涼しき道に入る月の、光は西の空に、至れども魄霊は、なほ木《こ》のもとに残り居て、ここぞ閻浮の奈良坂に、帰り来にけり」（『謡曲集』下、二六三頁）とある。本当は極楽世界に行ったはずなのに、魄霊の方は、迷って苦しんでいるというように、魂魄を分けることによって、死後の世界がさらに継続していくことになる。このように、『平家物語』にはない世界観が出てくる。

　これはもちろん、能という形で演劇化していく過程で形成されたとも考えられるが、じつは能だけではなくて、恐らくは、中世の中期から後期にかけての来世観、あるいは世界の捉え方全般に関わってくる問題ではないかと思われる。と言うのは、同じような亡霊の問題が、『太平記』などにも盛んに出てくるからである。例えば、楠正成《くすのきまさしげ》の亡霊の話がよく知られている。楠正成は、戦前には忠臣の理想のように見られたが、『太平記』では天狗となって、恐ろしい姿を現わす。

この正成の亡霊に大森彦七《ひこしち》という人が出会うという話が出てくる。大森彦七は武士であると同時に猿楽の演者でもあり、『太平記』における亡霊の出現と猿楽が密接に関わっていることが知られる。猿楽が宗教的というか、顕なる世界から冥なる世界へと通じていく通路を作るものであったことが、こういうところからも見えてこよう。そこで彦七と正成が問答をすることになるが、正成は瞋恚《しんに》の思いが消えないために、迷っている。後醍醐《ごだいご》天皇自身が摩醯首羅《まけいしゅら》王の所変ということで、欲界の第六天にいて、その臣下はみな修羅に堕ちて戦いに明け暮れる。「正成も最後の悪念に引かれて、罪障深かりしかば、今千頭王鬼と云ふ鬼になつて、七頭の牛に乗れり。不審あらば、いでその有様を見せん」（岩波文庫版『太平記』四、八六頁）と、その恐ろしい姿を示す。『バガヴァッド・ギーター』で、ヴィシュヌ神がその本来の姿を示すところを、思い出させるところがある。興味深いことには、この場合も正成の亡霊は『大般若経』を読むことによって鎮められる。つまり仏法の力によって最終的な救いが得られるという構造を持っている。即ち、夢幻能と同じ構造になっている。

このように、亡霊がこの世界に現われてくる例はいくつも『太平記』の中に見られるが、その中で非常に印象的な、劇的な構成になっているのが「越中守護自害の事」である。越中守護の名越《なごや》遠江守《とおとうみのかみ》時有《ときあり》と弟、甥の三人は幕府方で戦うが、支えきれずに自害して、女性や子供たちは船に乗せて沈めてしまう。こういう悲劇は『平家』でも出てくるが、『平家』の場合はそこで念仏往生によって救いが得られる形になる。ところがこの場合はそうならずに、その妄念が残ることによって、夜になるとその亡霊が現われて、舟を漕《こ》いで沖に行って、そこで今度は海に沈んだ女たちが現れてきて出会う、という話が続き、きわめて演劇的な構成で語られている。

　この三人の男、舟より下りて、漫々たる浪の上にぞ立つたりける。暫くありて、年十六、七、二十ばかりなる女房の、色々の絹に赤き袴踏みくくみたるが、浪の底より浮かび出でて、その事となく泣きしほれたる様なり。男よにむつまじげなる気色にて、相互ひに寄り近づかんとする所に、猛火俄かに燃え出でて、炎男女の中を隔てければ、（岩波文庫版『太平記』二、一九九―二〇〇頁）

　このあたりのところは、ぞっとするほど見事な亡霊の描き方がされている。このように『太平記』になると、能と同様にいろいろな冥なる存在がさまざまな形をとって現われてくるが、ただそういうものがむやみに跋扈して手が付けられないというわけではない。『平家物語』では、他の手段がないので、ともかく念仏で極楽に送ってしまうという方法しかなかったが、『太平記』になると、死者が多様な形をとって現われて、それに対してさまざまな形で対処できるようになっている。一見すると、悪霊が跳梁するような世界に入っていくようだが、逆に見ると、それを統御できるような術が次第に形成されてきているのではないかとも考えられる。従って、死者の世界が現世とまったく切り離されてそれで終わり、というのではなく、再びこの世界と関連してくるような、そういう経路が可能になってきている。そういう状況の中で能が形成されてくると考えられる。

その意味で言えば、世俗化的な方向の展開とも密接に関係していると言える。『太平記』の中には、仏教を否定するような悪行を積極的にとるような人物が何人か出てくる。「結城入道堕地獄の事」という章では、結城入道という、仏教など信じないと言っていた者が地獄落ちして、地獄の世界を表わしてみせる、という話で、地獄が目で見える形で展開している。このような描写はやはり『平家』の場合にはなかった。『平家』の場合であれば、清盛が地獄に堕ちた話が出てくるが、最期が熱病になって大騒ぎをしたということが、地獄堕ちを表わすものとして見られるので、その後の地獄の様子などは出てこない。ところが、ここでは地獄の姿が出てくると同時に、「跡の妻子どもに、一日経を書き供養して、この苦患を救ふべし」（岩波文庫版『太平記』三、四〇二頁）と、対処の仕方が示されている。

もっともそれでも収まりきらないような、もっと極端な例もある。それは佐々木道誉《どうよ》のばさらが典型で、まったく悪をも恐れず、仏を馬鹿にしたようなふるまいを徹底的にしていく。これには『太平記』の作者も困ったようで、十分な対処ができていない。それにも仏罰が当たるとは言うが、それは道誉の身内の人たちが非業の死を遂げたということで、道誉自身はその後も大活躍して、生き残り、仏罰が当たった様子が見えない。このように、徹底的に仏法を馬鹿にしてしまう、そういう人物が可能になっている。

そうなると、世俗主義的な仏教否定、さらには宗教否定という方向に一気に進みそうだが、思想史の流れで見た場合、そう単純にそのような方向に徹底するわけではない。例えば、そこへキリスト教が入ってきて、今までの仏教の地獄のような形での冥の世界が否定される代わりに、絶対神的なものへの信仰へと吸収されていく。つまり、先に述べたような絶対的なものへの志向と関係していくような、そういう方向を持っているのではないかと考えられる。

以上、雑駁《ざっぱく》であるが、顕と冥の世界の絡み合いの中で、冥なる世界が顕なる世界に浮かび出てくるような、そういう方向を持ったものとして中世後期の思想の流れを考えて、その中に能を位置づけることができるのではないかという見通しを示した。今後、さらにその見通しを具体的な例によって実証していくことができればと考えている。

4　経典とその受容

経典《けいてん》と経典《きょうてん》

もともと「経典」という語は中国の儒教で用いられ、その時には「けいてん」と読む。『易』『書』『詩』『礼』『春秋』が五経と呼ばれ、漢代に定められた。『春秋』は孔子の述作、他は孔子が編纂《へんさん》したものとされ、古代の聖人の定めたもので、永遠に変わらない規範を記したものとされた。経は縦糸で、筋道を作るものであり、漢代に流行した予言書が緯書（緯は横糸）と呼ばれるのに対する。唐代に孔穎達《くようだつ》らが定本となる五経の注釈書にさらに疏《しょ》（複注）を加えた『五経正義』を作り、これによって五経解釈の基本が定められた。しかし、宋代には朱子《そう》がより簡略な『大学』『論語』『孟子』『中庸』の四書を重んじて注釈を加えたところから、五経よりも四書が普及することになった。また、宋代には『十三経注疏』が刊行され、基本的な経と注釈とされた。これらは中国式の図書館分類法である四庫の分類では、経（経書）・史（歴史書）・子（諸子百家）・集（その他）の第一に属するもので、特別視された。

仏教において、仏説である sūtra に「経」という訳語を用いたのは、この儒教の用語に倣ったもので、仏教の場合は「きょうてん」と読む。後には仏教に倣って道教も経典を作ったため、それらも「××経」と呼ばれ、体系化された。今日では、「経典」と呼ぶと、さらに広く諸宗教の聖典を意味する場合もある。仏教の場合は、狭くは「経」というと、経・律・論の三蔵のうちの経蔵を意味するが、それによって広く全体を意味する場合があるのは、もともと儒教の用法で「経」がもっていた絶対性によるところがあり、また、三蔵の中で経を特別重視する大乗仏教の発想に由来する。

原始仏典の成立

仏教経典はもちろんインドに由来するものであり、ブッダの語った言葉を伝えていると長い間信じられてきた。大乗経典が歴史上のブッダの言葉と認めがたいことは今日自明のこととされているが、いわゆる原始仏典（初期仏典）と言われるものも複雑な編纂の過程を経ており、ブッダの言葉をそのまま伝えているわけではない。

そもそも、ブッダの在世時には折に触れてブッダが語った言葉をそれぞれの修行者が心に留《とど》めて修行に励んだのであり、まとまった仏典は必要なかった。仏典の編纂の必要が生じたのはブッダが亡くなった時のことで、長老のマハーカッサパ Mahākassapa（大迦葉《だいかしょう》）が五百人の悟りを開いた仏弟子（阿羅漢）を集めてマガダ国の首都ラージャガハ Rājagaha（王舎城）で仏典編纂の会議を開いたという。このような仏典編纂会議を結集《けつじゅう》と呼び、この時の結集を第一結集、あるいは王舎城の結集と呼ぶ。この時、もっとも戒律に詳しいウパーリ Upāli（優婆離《うばり》）が律（ヴィナヤ vinaya）を、ブッダにもっとも近く仕えていたアーナンダ Ānanda（阿難）が経（スッタ sutta、スートラ sūtra）を暗唱し、それを皆で暗記したと言う。このような伝承がそのまま事実であったとは考えられないが、だからと言ってまったく後世の創作というわけでもなく、恐らく実際にこのような編集会議を繰り返して経典が成立したものと考えられる。第一結集の後、百年ほどした時、教団内で異説が生じ、それを正すために第二結集が開かれたと言い、また、南伝系の伝承では第三結集についても伝えている。このように、もともと口承で伝えられたものであり、後にそれが書写されるものに代わっていった。

この経・律に加えて、経の注釈や理論的な著作である論（アビダンマ abhidhamma）が作られ、経・律・論の三蔵（ティ・ピタカ ti-piṭaka）と呼ぶ。部派の分裂につれて、主要な部派ではそれぞれ自分たち独自の三蔵を所有した。現存するもので、三蔵がすべて揃っているのは上座部（テーラヴァーダ Theravāda）のパーリ語のものだけである。パーリ語の三蔵では、経蔵はニカーヤ（nikāya）と呼ばれ、長部・中部・相応部・増支部・小部の五部からなっている。このうち、小部は雑多なものを集めているが、『スッタ・ニパータ Sutta-nipāta』（経集）、『ダンマ・パダ Dhamma-pada』（法句経）、『ジャータカ Jātaka』のように、成立も古く、重要なものがこの中に収められている。

漢訳では、ニカーヤに相当するものは阿含《あごん》経典と呼ばれる。阿含（āgama）は伝承された聖典の意である。阿含経典は『長《じょう》阿含経』『中阿含経』『雑《ぞう》阿含経』『増一《ぞういつ》阿含経』の四つがあり、四阿含経と呼ばれるが、もともと一体のものではなく、所属する部派が異なるものを寄せ集めたに過ぎない。また、パーリ語の小部に相当するものは纏《まと》まった形ではない。律蔵に関して言えば、五つの部派の律蔵が伝えられているが、その中で後世もっとも広く用いられるようになったのは法蔵部の『四分律』である。

大乗仏典の成立

大乗仏典について見ると、大乗仏典には原始仏典のように三蔵が揃っておらず、特に律蔵は不備である。これは、大乗仏教が教団として独立せず、部派の中の運動として形成されたためである。大乗経典は、紀元前後頃起こった大乗仏教の運動の中で編纂されたものであるが、その具体的な編纂の状況ははっきりしない。大乗経典もまた、その多くはブッダの説という体裁を取っているが、最初の頃、大乗経典は原始経典とそれほど異質でない単純なもので、それ故、それをブッダが説いた経典の中に入れてもそれほどおかしくはなかったと思われる。ところが、次第にエスカレートして、部派の経典を奉じる人たちを非難するような主張を持った経典が作られるようになり、その段階で大乗仏教の自覚が生じてきたものと思われる。

大乗経典は、比較的早い段階から書かれたものとして成立したものが多く、口承によって展開した初期仏典と異なっている。そこから、経典を書写したり、供養することが功徳として推奨された。『法華経《ほっけ》』法師品では、『法華経』に対する受持・読・誦《じゅ》（暗誦）・解説《げせつ》・書写の五種の行が五種法師として勧められている。なお、大乗経典の多くは仏教混淆梵語《こんこうぼんご》（Buddhist Hybrid Sanskrit）という俗語的なサンスクリット語で書かれている。

こうして確立してきた主要な大乗経典にはいくつかの系統があるが、特に東アジアと関連して重要なものには、般若経典・『法華経』・『華厳経』・浄土経典などがある。これらの経典はいずれも複雑な構成を持ち、成立に当っても段階を経ているのではないかと考えられる。また、多くは同類の経典が集まって経典群をなしており、同一グループで伝えられている間に、さまざまな発展を経たものと推定されている。これらの経典は大乗経典の中でも早い時期に成立したもので、初期大乗経典と呼ばれる。それに対して、唯識説を説いた『解深密経《げじん》』、如来蔵説を説いた『如来蔵経』や『涅槃経《ねはん》』などの経典は成立が遅れ、中期大乗経典と呼ばれる。その後、密教が盛んになると密教を説いた経典が数多く作成された。これらは後期大乗経典と呼ばれ、東アジアへ伝えられたものでは、『大日経』『金剛頂経』などが有名である。密教経典はその後さらに発展し、タントラ（tantra）という聖典類を生み出すが、これらの多くは東アジアへは伝えられず、チベットで重視された。このように、大乗経典はインドにおいて全体として纏められることがなく、それらが整理されるのは中国やチベットにおいてのことであった。

訳経

スリランカや東南アジアに伝えられた上座部では、三蔵がセットになっており、またパーリ語のものがそのまま使われたが、東アジア系やチベット系の仏教では、まず自分たちの言語に翻訳する訳経の作業が必要であった。さらに未整理の大乗経典が多数あるので、それらを体系的に整理し直す必要があった。これは膨大なエネルギーを要する大事業である。この問題を中国の場合を中心に見てみる。

最初の問題は、仏典を漢訳することであった。通常三つの時期に分けられる。

1．古訳時代。四世紀末まで。代表的な翻訳者として、支婁迦讖《しるかせん》・安世高・支謙・竺法護《じくほうご》などがいる。未《いま》だ必ずしも体系的ではなく、分量的にもそれほど多くない。訳語が未だこなれず、読みにくいものが多い。なお、初期の訳経の原本は中央アジアから齎《もたら》され、インドの俗語の一種であるガンダーラ語で書かれていたと考えられている。

2．旧訳時代。五世紀初めから。特に鳩摩羅什《くまらじゅう》は『法華経』『阿弥陀経《あみだきょう》』『維摩経《ゆいまきょう》』『大智度論《だいちどろん》』など多数の経論の翻訳を体系的に行ったが、いずれも名文の名が高く、後々まで広く愛好された。また、羅什は「空」の思想を中心に仏教思想を体系的に紹介し、それによって中国人の仏教理解は飛躍的に高まった。旧訳時代後期には六世紀の真諦《しんだい》が唯識説や如来蔵説を説いた経論を翻訳し、仏教哲学の進展に貢献した。

3．新訳時代。七世紀に玄奘《げんじょう》はインドに行って自ら唯識説を中心に学ぶとともに、多数の経論を持って帰国し、門下を動員して、『大般若経』六百巻、『瑜伽師地論《ゆかしじ》』百巻など、膨大な量の翻訳を行なった。従来に較べて非常に精密な理論を紹介するとともに、翻訳のスタイルも文章の美しさを犠牲にして逐語訳の方針を採り、正確な翻訳に心がけた。玄奘以後、『大日経』（善無畏《ぜんむい》）、『金剛頂経』（不空）などの密教経典の翻訳がなされ、さらに宋代まで訳経は続けられるが、従来のようなエネルギーを失い、次第に消滅することになった。

これらの訳経は多くは個人ではなく、訳場での共同作業によってなされた。典型的なやり方は、インドや西域から来た僧（訳主）が訳場において原典をもとに説明し、それを筆受者が中国語に訳し、さらに他の人たちが文章を添削し、確認していくという手順で行なわれた。そのため、必ずしも原典そのままでなく、訳主による注が入ったり、省略や要約などの編集がなされることも少なくなかった。訳者として名前が挙げられるのは、通常、訳主である。

なお、中国に仏教が定着していく中で、中国の実状に合わせて新たな経典が中国で作成されることも行なわれた。例えば、中国への仏教伝来の最初に翻訳されたと伝えられ、仏教の要義を記した『四十二章経』などである。これらは疑経（偽経）と呼ばれ、否定的に見られることが多かったが、近年はその価値が再評価されつつある。

そもそもチベット語訳が忠実な逐語訳を基本方針としたのに対して、漢訳は必ずしも原典の逐語訳と言えない場合が多い。そのひとつの理由は、中国とインドでは言語構造が大きく異なり、単純に逐語訳しにくいということがある。逐語訳を心がけた玄奘の訳が漢文としては破格の読みにくい訳になったのはこのためである。

また、中国はインドと並んで古い文化を誇り、儒学や老荘など、高度に発展した古代思想を持っている。そこで、初期の訳者はそれらの中国古典の用語や思想を積極的に用いて、中国人に理解しやすいように工夫した。例えば、『老子』などで最高の形而上学《けいじじょうがく》的な原理を意味する「道」という語を、仏教では悟り（ボーディ bodhi）の訳語として用いている。このような仏教の理解の仕方を格義と呼ぶ。格義が極端になると、仏教の独自性が見失われ、誤解が生ずるようになり、四世紀後半に道安によって厳しく批判され、その後鳩摩羅什によってその方向は一変させられた。

それでは、中国の伝統思想に解消してしまわない仏教の独自性を、翻訳においてどのように確保しようとしたのだろうか。第一に、中国語に訳すと誤解されやすい特殊な概念や固有名詞に関しては、インドの言葉の発音をそのまま漢字に移すという音写語を多く用いた。菩薩《ぼさつ》・仏・阿弥陀・魔・塔などがその類《たぐい》である。第二に、意味を取った訳語でも、従来の中国語には見えない新語が用いられた。例えば、因果・世界・過去・現在・未来など、いずれも今日でも用いられる語彙《ごい》であるが、もとは仏典の翻訳に由来する。ちなみに、仏典が漢訳された後漢から六朝期は漢文自体の過渡期で、古典漢文に較べて口語的な要素を多く持ってくるが、漢訳仏典もこのような言語の特徴を顕著に持ち、独特の文体を生み出した。それを仏教漢文と呼ぶ呼び方もされている。

東アジアの仏教圏では漢訳仏典がそのまま用いられることが多かったが、それをそのまま中国語として読むのではなく、訓読という独自の読み方が形成された。日本では、漢文に古くはヲコト点という記号、後にはいわゆる返り点・送り仮名を付けて日本語の文脈に直して読むことがなされた。これは外国語の文面をそのまま保持しながら、しかも日本語として読むという形で二つの言語を重ねる特殊な方法である。かつてはこれは日本独自の方式と考えられていたが、近年、朝鮮でも同じような方法が用いられていたことが明らかになっている。

チベットでは八世紀後半頃から次々と仏典がチベット語に翻訳されるようになったが、訳語の混乱などがあったため、ティデソンツェン王（Khri lde srong btsan）の時、王の命令で訳語の統一が図られ、イェシェーデ（Ye shes sde）らによって『翻訳名義《みょうぎ》大集』が編纂された。これはサンスクリット語とチベット語を対応させた辞典で、以後の翻訳は本書によって確定された訳語が用いられた。チベット語の仏典は、このように訳語が厳密に定められ、それに従って翻訳されているところに特徴がある。そのために、チベット語訳の仏典は概して逐語訳に近く、サンスクリット語の原典が失われた仏典について、チベット語訳からサンスクリット語に還元する作業もしばしばなされている。

仏典の整理と大蔵経

上座部仏教では三蔵が揃っており、整理もされているので、比較的問題が少ないが、東アジアやチベットでは必ずしも順序立てて翻訳されたわけではないので、翻訳されたものをどう整理するかが次の課題となった。まず、いろいろな人が翻訳したものを収集し、その目録を作って整理する作業がなされ、次に、こうして体系化されたものを多くの人が利用できるように、写本を作ったり、後には出版する作業がある。また、注釈が作成され、経典の理解が深められてゆく。

最初に必要な作業は、翻訳された経典を収集・整理して、目録を作成する作業である。中国では、四世紀後半に道安がはじめてこの作業に手を付け、目録を編集したというが、それは現存しない。現存するもっとも古い目録は僧祐《そうゆう》の『出三蔵記集』（六世紀前半）で、これは道安の目録をもとにして、当時目に入った経論を訳者別に整理したものに、訳者の伝記や経典の序文などを収めた優れた資料集で、非常に信頼度が高い。その後も、何度も目録が編集し直され、最終的には主要な経典の翻訳がほぼ終わった八世紀になって、智昇《ちしょう》が中心になって編集した『開元釈教録』（七三〇）によって集大成された。ここには総計千七十六部五千四十八巻の経論が記載されており、以後、多少の増補はあるものの、基本的にはこの記載が中心になって大蔵経が編纂された。

大蔵経というのは一切の経論を集めたもので、一切経とも言う。もともと国家事業として始められたため、その採録の基準も厳しく、中国人の書いたものは、特殊な例外を除いて収録されなかった。最初の頃は一切経は書写で伝えられた。今日全体としてまとまって残っている書写の一切経はないが、敦煌《とんこう》から多数の書写経典が見出《みいだ》され、敦煌写本として重視されている。日本へは天平七年（七三五）に玄昉《げんぼう》が一切経を唐からもたらしたと言われ、それがもとになって奈良時代には国家事業として大規模な写経が行なわれた。天平写経として有名な五月一日経などであり、今日、正倉院聖語蔵《しょうごぞう》などにかなりの数のものが残っている。写経の事業は功徳の大きなこととして民間でも行なわれ、時代が下ると装飾経といわれるように、美術的な効果を主とするような写経も行なわれた。

紙に写経されたものでは確実に保存できないところから、印刷が発展する前に考えられたのが石経《せっきょう》である。とりわけ北京郊外にある房山では、隋《ずい》代（七世紀前半）に末法の到来に危機感を抱いた静琬《せいえん》が刻経を始め、遼・金・元代まで継続され、一千余巻分が現存する。

宋代になると木版の印刷技術が発展し、印刷された大蔵経が普及するようになった。宋・元・明《みん》・清《しん》など、王朝ごとに欽定《きんてい》の大蔵経が刊行され、後には明の万暦版のような民間版もある。朝鮮でも高麗《こうらい》時代に高麗大蔵経が刊行された。日本でも何回か試みられたが、特に十七世紀に黄檗《おうばく》宗の鉄眼《てつげん》道光の努力によって実現した黄檗版（鉄眼版）が有名である。こうした歴史を踏まえ、明治になると活字の大蔵経が刊行されるようになり、世紀の大事業として『大正新《しん》脩《しゅう》大蔵経』全百巻（一九二四—三四）が編集出版され、今日でも広く用いられている。

チベットでも、時代はやや遅れるが、ほぼ漢訳経典と同じ経緯をたどって目録の作成から大蔵経の編纂に進んだ。目録としては、八二四年頃（異説あり）に『デンカルマ（lDan dkar ma）目録』が編纂され、後には、プトゥン（Bu ston）によって『プトゥン目録』（一三二二）が編纂された。この頃からチベットの大蔵経の編纂も進められ、十五世紀以後には印刷刊行されるようになった。チベットの大蔵経はカンギュル（bKa' 'gyur）とテンギュル（bsTan 'gyur）に分かれ、カンギュルは仏の説いた経典、テンギュルは後の論書を集めるという構成になっている。

教相判釈

経典が普及すると、それを理解するために、主要な経典に対して注釈が著わされるようになった。中国では六朝時代から隋・唐代が注釈の全盛期となり、『法華経』『華厳経』などに対して、膨大な注釈が残されている。このような個別の経典の注釈とともに、さまざまな種類の経典が同じように仏説として翻訳紹介されたので、それらをどう整理してゆくかという問題が新たに生じた。目録や大蔵経の作成はいわば図書館学的な分類整理であるが、今度はもっと内容に立ち入っての整理が必要になってくる。経典の中には互いに矛盾する記述があったり、一方が他方を批判するような箇所も少なくない。このことは大乗経典が遅れて成立したことを考えると、当然のことではあるが、経典はすべてブッダが説いたものと考えていた時代にあっては、ブッダがまったく相矛盾したことを説いていたことになり、その矛盾をどう解消するかということが大きな問題となった。

経典を内容に基づいて分類整理し、体系化することを教相判釈《はんじやく》（教判）と呼ぶ。教判は特に六朝時代の後期に大発展をして、さまざまな説が現われたが、それらを批判しながら集大成したのが天台宗の開祖とされる智顗《ちぎ》の五時八教と呼ばれる教判である（ただし、厳密には、五時八教の体系は智顗の説を基に後世に整理されたものである）。このうち、五時説は歴史的に展開してきた経典をブッダの一生の中に縮め、ブッダの説いた順序として解釈するものとして名高い。

第一時――華厳時。ブッダは悟りを開いた最初に『華厳経』を説いたとされる。それは悟りの境地を直截に述べたもので、いきなり真理を説いたということで頓教《とんぎょう》と呼ばれる。

第二時――鹿苑時《ろくおんじ》。鹿苑というのはブッダがはじめて説法を行った場所で、具体的には阿含経典を指す。真理を直接説いても凡夫には解らないので、常識的なところから次第に高度な真理に導いてゆくという方法が取られる。これが第二時から第五時で、漸教と呼ぶ。

第三時――方等時《ほうどうじ》。『維摩経』などの大部分の大乗経典。小乗を正面から批判して大乗の優越性を説くとされる。

第四時――般若時。「空」を説く般若経典。「空」の立場から大乗・小乗の区別を超える。

第五時――法華・涅槃時。ブッダが生涯の最後に説いたのが『法華経』と『涅槃経』であるとされる。それまでのブッダの説法はすべて方便であり、『法華経』こそ真実の教えを説いたものだと言われる。『涅槃経』は『法華経』を補う位置づけを与えられた。

『聖書』が一冊にまとまるキリスト教と違って、仏教の経典はきわめて多数に上り、それらをすべて読んで理解することは大変な努力を要する。そのために宗教的な実践が疎かにされる弊害も生じた。そこで、それに反対するもっともラディカルな禅家では、「不立文字《ふりゅうもんじ》」「教外別伝《きょうげべつでん》」を主張し、経典からは真理は得られないとして、経典を捨てて禅の実践を行なうべきことを説いた。また、大蔵経を収めた書架を回転するようにして、それを回転させれば大蔵経をすべて読んだのと同じ功徳があるとする輪蔵なども作られ、経典信仰はさまざまな形態を取って発展することになった。

参考文献

小野玄妙『仏典総論』(仏書解説大辞典・別巻、一九三六年)
末木文美士『思想としての仏教入門』(トランスビュー、二〇〇六年)
末木文美士『日本仏教入門』(角川選書、二〇一四年)
大蔵会編『大蔵経――成立と変遷』(百華苑、一九六四年)
船山徹『仏典はどう漢訳されたのか』(岩波書店、二〇一三年)
水野弘元他編『仏典解題事典』(春秋社、一九六六年／第二版一九七七年)
水野弘元『経典――その成立と展開』(佼成出版社、一九八〇年)

女性たちの活躍と性の忌避

仏典における女性については、すでにいくつかの優れた研究があるが（本節末の参考文献）、ともすれば、五障説や、グロテスクな変成男子説《へんじょうなんしせつ》が思い浮かべられ、否定的にのみ見られがちである。もちろん、そこには到底認められないような差別的な言辞があちこちに見られ、前提となっている。それは必ずしも仏教のみの責任とは言えず、インドにおける女性の地位の問題でもある。

『玉耶経《ぎょくやきょう》』では、女性の十悪事として、以下のようなことが挙げられている。①生まれたときに父母が喜ばない、②養育しても、見ていて味わいがない、③女性はいつも人を畏《おそ》れている、④父母はいつも嫁にやることで心配する、⑤父母と生きながら別れる、⑥いつも夫を畏れ、その顔色をうかがう、⑦懐妊出産が大変であり、⑧女性は子供のとき、父母に監督される、⑨中年の時には夫に制約される、⑩年老いてから子供に叱られる（大正二・八六六上）。この十の項目は、異訳において多少違いがあるが、基本的には同じようなことが言われている。これらは多少の誇張はあるとしても、当時の女性の位置を表わすものであろう。『玉耶経』ではまた、妻（婦）のあり方として、母婦（母のような妻）・妹婦（妹のような妻）・善知識婦（友人のような妻）・婦婦（妻らしい妻）・婢婦《ひふ》（召使いのような妻）・怨家婦《おんけふ》（夫に怨《うら》みを抱く妻）・奪命婦《だつみようふ》（夫を殺そうとする妻）の七を挙げ、はじめの五を善婦、後の二を悪婦とする（同・八六六中—下）。そして、主人公の玉耶は、婢婦となって、舅姑《きゆうこ》や夫に仕えることを誓い、仏もそれを認めるのである（同・八六七上）。これは確かに女性蔑視《べつし》が著しい。

仏教教団の組織そのものが、もともと女性の出家を認めず、養母ゴータミーの懇請で比丘尼《びくに》教団を作ったが、比丘尼には男性の比丘以上の厳しい戒律を課し、また、女性の出家を認めたために、正しい教えの存続が難しくなったと仏は歎《なげ》いたという（田上太秀『仏教と性差別』、七九—八七頁）。もともと男性だけの教団として出発した以上、女性の出家を認めると、教団運営が困難になるのは事実であっただろう。仏教教団は性と生殖の忌避の上に成り立つものであるから、教団内への異性の混入は認めがたく、かと言って、別組織を作れば、それだけ教団が複雑化せざるをえないというディレンマを抱えていた。

このような状況の中で、しかし、経典の中には生き生きと活動する女性たちの姿が描かれる。例えば、『遊行経《ゆぎよう》』（『長阿含経』）には、毘舎離《びしやり》（ヴァイシャーリー）の遊女菴婆婆梨（アンバパーリー）が出てくる。彼女は仏教に帰依し、仏をその園林に招待した。裕福な隷車（離車とも。リッチャヴィ）の人たちから、仏を招待する権利を譲るように迫られたが一歩も譲らず、仏を招待した上で、その広大な園林を仏に寄進した（大正蔵一・一三中—一四下）。後に出家して、

『テーリー・ガーター』（長老尼偈《げ》）にその詩偈が見られる。そこには、「（昔は）わたしの毛髪は、漆黒で、蜜蜂《みつばち》の色に似ていて、毛の尖端は縮れていました。しかし、いまは老いのために、毛髪は麻の表皮のようになりました。真理を語るかた〔ブッダ〕のことばに、誤りはありません」（二五二）（中村元訳『尼僧の告白』、八七頁）というように、老齢になってからの感慨が、無常の表明として歌われている。

『テーリー・ガーター』は、さまざまな人生の苦悩を経て出家し、清らかな境地に達した女性たちの言葉が集められている。男性優位で、女性の生の声が聞こえにくい中で、きわめて貴重なものである。困窮のために放浪していたパターチャーラー尼、子供も夫も一族みな亡くした キサー・ゴータミー尼、母と娘で夫を共にしていたウッパラヴァンナー尼など、具体的で生々しい女性たちの過去が知られる。

漢訳では、残念ながら『テーリー・ガーター』に相当するような、女性の生の声が聞こえるような経典はない。しかし、注意して読めば、菴婆婆梨の場合のように、かなり具体性をもった生き生きとした話がちりばめられている。例えば、『仏説摩鄧女経《まとうにょきょう》』、及び異訳の『仏説摩登女解形中六事経』には、摩鄧（摩登）の娘の興味深い話が出てくる。彼女はたまたま水汲《みずく》みに行っていたところ、阿難から水を乞《こ》われて、阿難に恋をしてしまう。どうしても阿難と結婚したいという娘の懇願に、母親の摩鄧は、阿難をまじない（蠱道）で捕らえ、無理に娘と一緒にさせようとした。仏は神力で阿難を逃れさせたが、娘はストーカーのように阿難に付きまとう。仏は、「阿難も髪がないのだから、あなたも髪を剃《そ》りなさい」と言って剃髪《ていはつ》させる。「阿難の口、阿難の耳、阿難の声、阿難の行歩がすべていとおしい」という娘に、仏は、「鼻には洟《はな》があり、口には唾《つば》があり、耳には垢《あか》があり、身体には屎尿《しにょう》臭処不浄があるだけだ。夫婦となれば悪露(＝不浄)があり、悪露に子供が生まれ、子供がいて死亡すれば泣くことになる。この身に何の益があろうか」と諭し、そこで娘は正心を生じて阿羅漢の悟りを得た。「どうしてまじないを行なう女の娘が阿羅漢の悟りを得たのか」という比丘たちの問いに対して、仏は、彼女が阿難と五百世の間ずっと相愛の夫婦だったたと、その因縁を語る(大正蔵一四・八九五上―下。もととなる話は『雑阿含経』巻二十一・五六四などに見える)。

ここには、性的な要素の否定はもちろん、身体そのものへの嫌悪が語られる。いわゆる不浄観である。その点では、男でも女でも関係ない。出産ということを除けば、女性だけが特別穢《けが》れているわけではない。もうひとつ注目されるのは、ここでは前世における阿難と摩鄧の娘の因縁が語られていることである。これはいかにも付録的でステレオタイプ化した前世譚《たん》のようであるが、そこではむしろ夫婦の絆《きずな》の強さが言われていることが注目される。「五百世中、常に相敬し、相重し、相貪し、相愛す。同じく我が経戒中に於て道を得、今、夫妻相見ること、兄弟の如し」と言われており、前世での夫婦の愛が現世での得道に至る前提とされている。その夫婦が兄弟のような性愛抜きの関係に転換するところに、悟りが生まれるのである。

性と生殖の忌避がさらに進むと、そこに複雑な物語の展開が生まれる。『仏説㮈女《なにょ》祇域《ぎいき》経』並びに異訳『仏説奈女耆婆《ないにょぎば》経』(ともに大正蔵一四)の主人公㮈女(奈女)は、先に挙げた菴婆婆梨(アンバパーリー)のことであり、彼女が説話の主人公として展開した姿を示している。

仏在世時に、維耶離《いやり》の国王の苑にすばらしい㮈樹（菴婆。マンゴー）が生えていた。王はその国の裕福なバラモンを大臣としたが、食後に彼にそのマンゴーを与えたところ、大臣は非常にすばらしいと思い、この樹の下の小さい芽生えを欲しがった。王がそれを与えると、バラモンはそれを植えて大切に育て、遂に甘い実がなった。ところが、その樹の側面に瘤《こぶ》ができ、そこから枝が出て、もとの幹よりも高くなり、枝が覆いのようになっていた。そこで、梯子《はしご》を掛けてみると、頂に池があり、そこに女児がいた。その子を㮈女と名づけて育てた。十五歳になったとき、七人の国王が同時に求婚したので、バラモンは彼女を高楼に隠し、王たちの間で相談させたが、結論が出なかった。その夜、瓶沙《びんしや》王（萍沙王。ビンビサーラ王）はひそかに高楼に登って、㮈女と一晩共に過ごした。㮈女が、「もし子供が生まれたら誰に与えたらよいのか」と問うと、王は、「もし男児ならば私に還《かえ》せ。もし女児ならばあなたに与えよう」と答え、手の金鐶《きんかん》の印を証拠として与えた。彼女は妊娠し、男児を産んだが、その子は手に針と薬嚢《やくのう》を持っていた。祇域《ぎいき》（耆婆。ジーヴァカ）と名づけ、八歳の時に父王と対面したが、王には後に阿闍世《じやせ》太子が生まれたので、祇域は医師として活躍した。

経典はその後、祇域の名医としての活躍を描くが、最後に再び㮈女のことに戻る。彼女は常に五百人の弟子を従えて経術を教えたりしていたが、世人は誤解して遊女と誹謗《ひぼう》した。同じように植物から生まれた須漫《すまん》女・波曇《はどん》女と仏に帰依して、五百人の弟子とともに出家して、阿羅漢の悟りを得た。

祇域は仏教に帰依した名医として名高いが、出自が明らかでなく、遊女の子とも言われる。

そこで、遊女として有名な㮈女と結びつけて一編の物語としたものである。それは明らかに、祇域や㮈女が初期仏教の重要人物として承認されて以後に形成されたものである。ここでは、㮈女は一種の聖人化した姿で現われる。そこから、無性生殖的な誕生譚が生まれ、同じような生まれをもつ須漫女・波曇女という二人の女性が創作され、さらにはまた、世間からは遊女と非難されていたけれども、実はそうではないという、なくもがなの弁解も加えられてゆく。幾度も繰り返される「胞胎に由らず」という文句は、本経のこの点へのこだわりを示す。

だが、どうしてこれほど性と生殖の忌避が拡大するのであろうか。初期の経典では遊女であることは特に問題とされていなかったのが、いまや遊女という存在は恥ずべき差別対象となったのである。その背後にはもちろん社会的な変化も考えられるであろう。しかし、もともと仏教教団自体において、ブッダ自身の教えに性への忌避が見られ、ブッダが母の右脇から生まれたという説話は早くから見られる。それが肥大化、極端化したとも考えられるのである。

変成男子説の周辺

変成男子説は大乗仏教の中で成立する。その典型として『法華経』提婆達多品《だいばだったほん》が挙げられるのが常である。これは、『法華経』が日本でもっとも影響が大きい経典であり、変成男子説も『法華経』を通じて普及した。そこでは、八歳の龍女が仏に宝珠を献じ、仏がそれを受け入れるや、龍女は「忽然《こつぜん》の間に変じて男子と成り、菩薩の行を具し、即ち南方無垢《むく》世界に往き、等正覚を成じ」たというのである（大正蔵九・三五中―下）。しかも、その前にいわゆる女人五障説が見えるから、日本で受容されたときは、マッチ・ポンプ式に、自ら差別を作り出し、その差別の上に立った救済を与えるという構造になってしまった。

しかし、もともと変成男子説はそれほど単純なものではない。そもそもその起源がどこにあるのか、必ずしもはっきりしない。『法華経』の作者が考え出したことであるのか、それともそれ以前からあったものを『法華経』が取り入れたものかも明白でない。提婆達多品は、異訳の『正法華経』には該当箇所があるが、鳩摩羅什訳の『妙法蓮華経』にはもともとなかったとも言われ、『法華経』成立のはじめからあったのかどうか、疑問視されている。

そこで、近似した思想を見てみると、阿弥陀仏信仰において、極楽浄土に女性がおらず、往生するとき女性は男に変わるとされたことが注目される。その誓願は、もっとも古い『大阿弥陀経』では第二願に置かれ（大正蔵一二・三〇一上）、重要な願であった。『大阿弥陀経』は大乗経典としても古いものであり、大乗仏教の早い段階からこの思想があったことが知られる。女性が蔑視され、苦難が多い状況の中で、女性の身を離脱することが女性にとっても望ましいと考えられたのであろう。

もっとも、女性のいない、男性だけの世界というのはいかにも奇妙である。当然ながら、そこでは性と生殖は考えられない。誕生は化生《けしょう》という突発的な出現としてのみ可能である。それは現世と隔絶した独自の秩序の世界であり、生成変化が見られない永遠の世界である。教義的にはともかく、極楽は否応《いやおう》なく死者の楽園的な性格を強く持つことになる。ただし、『阿閦仏《あしゅくぶつ》国《こく》経』に見られるように、阿閦仏国では女性の存在が認められており（大正一一・七五六中）、女性の存在する浄土もあったことになる。

変成男子成仏説は、極楽往生の場合と違い、必ずしも性と生殖のない特殊な世界を構想するわけではない。もともと仏の三十二相には陰馬《おんめ》蔵相《ぞうそう》（男根が腹中に隠れていて、外から見えないこと）があり、男性であることが前提となっている。大乗になって悉皆成仏《しっかいじょうぶつ》説が形成されると、それならば女性はどうなるか、ということが否応なく問題とならざるをえなかったであろう。そこで仏の三十二相にこだわろうとすれば、変成男子説が出てきてもおかしくはなく、必ずしも大乗仏教になって差別が強くなったとばかりは言い切れない。

もっとも、大乗仏教の空の原則からいえば、男女を固定的に捉《とら》えることは当然否定されるはずである。このことは、『維摩経』観衆生品《かんしゅじょうぼん》に出る舎利弗《しゃりほつ》と天女の話に典型的に見られる。舎利弗が「あなたはどうして女身を転じないのか」と問うのに対して、天女は、「十二年間、女人の相を求めたが、ついに得られなかった」と答え、舎利弗を天女の姿に変えて、自分が舎利弗の姿に変わってしまう。そして、「舎利弗は女に非ずして女身を現ず。一切の女人も亦復是の如し。女身を現ずと雖も而も女には非ざるなり。是の故に仏は一切諸法は男に非ず、女に非ずと説きたまう」と説くのである（大正蔵一四・五四八中—下）。これはきわめてラディカルな発想であり、男が男であり、女が女である必然性はなく、自在に逆に転換しうるものとされている。

同様の発想は、例えば『仏説長者女菴提遮師子《ちょうじゃにょあんだいしゃしし》吼《く》了義《りょうぎ》経』にも見られる。ここでは、舎利弗が「我は色は是れ男たりと雖も、心は男に非ず」というのに対して、長者の娘菴提遮は「女相に在りと雖も、其の心は即ち女に非ざるなり」として、「男女の相を離れる」ことをいう（大正蔵一四・九六四中―下）。「（舎利弗）大徳は自ら男なるが故に、我に女相を生ず。我が女色を以ての故に、大徳の心を壊すなり」（同・九六四中）というように、女を女と見て執着するのは、まさに男の心がそうさせるのである。

このように、空の立場は男対女という二項対立自体を解体してしまおうという方向を示す。しかし、このようなラディカルな空の発想は、他方で必ずしも変成男子説と矛盾するわけではない。むしろ、変成男子説は多く「非男非女」の空の教説と同居しており、両者の関係は密である。

例えば、『順権方便経《じゅんごんほうべん》』（異訳『楽瓔珞荘厳方便品経《らくようらくしょうごん》』）は、長者の娘（転女菩薩）が須菩提《しゅぼだい》と問答する形で進められ、空に基づく方便による救済を重視する。そこでは、衆生の好みに従って救済するのであるから、「斯等《これら》衆生は皆我が夫主」であるともいわれ、「若し衆生、其の愛欲に因て律を受くれば、輙《すなわ》ち愛欲悦楽の事を授く」（大正蔵一四・九二六上）などという、愛欲をも肯定した徹底した方便説が見られる。そこで、「女人、世に在りて多く欲楽を慕う」「女人の情興り、欲楽を好む」などと女性の欠陥を指摘して、「故に女像を現じて、因て之を教誨す」（同・九二七中）という。即ち、相手に応じて男女の相を使い分けるが、欠陥の多い女性を導くためには、菩薩は女性の姿を示して教化《きょうけ》するのだというのである。この限りにおいては、女性差別的ではあっても、菩薩としての救済においては、男女いずれでもありうる。しかし、最後のほうでは、「将来において無上正真の道に逮《いた》りて、女身を没して男子に化成せしむ」と、成仏するときは男子に変ずることを言っている（同・九三〇中）。

日本でも多く用いられた『転女身経』もまた、「第一義中には男女の相あることなし……我本と女身たるは、顚倒よりして生ず。今男子の身を観ずるに、皆空にして有る所なし」（大正蔵一四・九二〇中）としながらも、「若し諸の女人有りて、男子の身を成ぜんと欲せば、当に菩提心を発すべし、所願即ち成就せん」（同・九二〇下）と、容易に変成男子説に転換してしまう。このような経典は数多い。

このように、「非男非女」の空の原理は、変成男子を可能にする理論でもある。もし男女の相が固定しているとすれば、女が男に変ずることはできない。男女の固定した相がないからこそ、容易に女が男に変ずることが可能となるのである。仏身論の立場からいえば、法身の立場では、男も女もないはずであり、それが問題になるのは、衆生救済のために取る方便的な色身、あるいは応身の立場ということができる。状況次第でさまざまな方便を取りうるならば、男性優位の状況下では、あえてその価値観に逆らう必要はなく、それを受け入れ、その状況に適した方便を取ればよいことになる。それが変成男子説である。

このように、空の原則は、一方で一気に男女の二項対立を無化させ、流動化される力となりうるものであるにもかかわらず、他方では既成の価値観に乗った変成男子説をも可能とさせる両義的な性格を持っている。女性が差別された社会では、自由は男のみが享受できるのであり、変成男子が理想とされても不思議ではない。しかし、時代が変われば、別のあり方があってよいことになり、変成男子説にこだわる必要はないことになる。空の原理に基づく自由な転換という発想はこのようにきわめて便利で、多様な可能性を容《い》れうるものであるが、同時に容易に馴《な》れ合いの現状追認に堕する危険をも常に秘めている。

もうひとつ問題になるのは、空の「非男非女」説は、他者との差異を根拠のない表層的なものとして、安易な等質化を招く恐れがあることである。男であること、女であることにこだわる必要は確かにない。しかし、性の由来するところのものは決して容易に見通せるものではない。容易に転換がなされえない異質性があるからこそ、性の問題は常に深遠を孕んでいる。差異の表層化、等質化による自在な転換という発想は、そのところを見落とす危険を持っている。

ところで、先に述べたように、仏教の中には性と生殖の忌避が顕著に見られる。しかし、大乗仏教になると、「愛欲悦楽」をも方便として認めるようになり、やがて『理趣経』など密教において大きく発展するようになる。そして、その過程でさまざまなヴァリエーションを生む。例えば、『観仏三昧《ざんまい》海経』観馬王蔵品では、仏の陰馬蔵相を手がかりとした教化が説話的に語られるが、それは一種猥談《わいだん》的な誇張を伴ったおかしさを持っている。

摩偸羅《まちゆうら》王の乳母は好色であり、国中の若い男を集めて楽しんだが、老齢になってその相手ができなくなると、女たちを集めて相手をさせた。王が亡くなり、その女たちが舎衛国に流れ込んで遊女となった。闍達《ろたつ》長者の子供たちも遊女に入れあげて財産を使い果たしたので、仏に遊女たちを教化してもらうことにした。仏は遊女たちを集め、したたかな彼女たちとやりあった末、陰馬王蔵を示す。その身根はどんどん大きくなり、蓮華《れんげ》の幢《どう》となり、百億の蓮華に百億の仏が説法して女性の悪欲過患を責めた。遊女たちはそこで自ら恥じたので、仏は不浄観を説き、彼女たちは、あるいは菩提心を発し、あるいは浄らかな法眼を得、あるいは将来独覚となることを予言された（大正蔵一五・六八二下―六八四中）。

仏典には、確かに女性差別的な表現や思想が満ち満ちている。しかし、だからと言って単純に全面否定してしまうには惜しいような興味深く、味わい深い話もきわめて多いのである。

参考文献

岩本裕『仏教と女性』（第三文明社、一九八〇年）
植木雅俊『仏教のなかの男女観』（岩波書店、二〇〇四年）
田上太秀『仏教と性差別』（東京書籍、一九九二年）
田上太秀『仏教と女性』（東京書籍、二〇〇四年）
中村元訳『尼僧の告白』（岩波文庫、一九八二年）

仏教と夢

経典と夢

夢というとすぐに明恵の名が思い浮かぶが、その明恵には『夢経抄《むきょうしょう》』と称する経典からの抜書きが残されている（高山寺聖教第四部一四八函一三号）。本書は表紙に書き散らされた和歌などが有名であるが、内容的にも明恵の夢への関心のあり方が知られて興味深い。それがただちに彼の『夢記《ゆめのき》』と密接に関係するというわけではないが、少なくとも明恵の夢への関心が単に個人的なものではなく、仏典にその根拠を求め、仏道修行としての意味を探ろうとしていたことが知られる。

『夢経抄』の引用経典についてはすでに調査が進み、とりわけ野村卓美氏によって詳しく報告されている（『明恵上人の研究』、和泉書院、二〇〇二）。明恵自身、表紙見返しに六つの経典名を挙げ、実際それらからかなり長い引用があった後、他の三経典から比較的短い引用がある。長い引用のある経典は、『迦葉赴《かしようふ》仏《ぶつ》（般）涅槃経』『阿難七夢経』『舎衛国王夢《む》見十事《けんじゆうじ》経』『大方等《だいほうどう》陀羅尼《だらに》経』夢行分、同・護戒分、『大方広菩薩蔵文殊師《もんじゆし》利《り》根本儀《こんぽんぎ》軌《き》経』一切法行義品であり、短い引用は、『大聖妙吉祥《だいしょうみょうきっしょう》菩薩秘密八字陀羅尼修行曼荼羅《まんだら》次第儀軌法』『仏説文殊師利法宝蔵陀羅尼経』『成就夢想法』の三である。もちろんこれらが夢を説く経典のすべてというわけではないが、少なくともかなり大事なものであり、とりわけ長い引用のあるものは注目されるものである。そこで、それらを手がかりに、仏典において夢がどのように扱われているかをいささか検討してみよう。

まず『迦葉赴仏（般）涅槃経』（竺曇無蘭《じくどんむらん》訳）であるが、仏が涅槃されたとき、一番弟子の迦葉がその臨終に間に合わなかったという話をベースにして、迦葉の七人の弟子たちが見た夢から仏の涅槃を知り、涅槃の地倶夷那竭《くいなが》国（クシナガラ）に赴くという話である。その七人の夢というのは、坐《すわ》っていた石の中央が割れて樹の根が抜けた、四十里の泉がすべて涸《か》れて花がみな落ちた、拘羅《こうら》（不明）に坐っていたらみな傾き毀《こわ》れた、閻浮利（閻浮提）の地がすべて傾いた、須弥山《しゅみせん》が崩れた、金輪王が亡くなった、日月が地に堕《お》ちて天下の光が失われた、というもので（大正蔵一二・一一一五中―下）、いずれもいかにも不吉な夢である。

『阿難七夢経』は非常に短い経典で（大正一四・七五八上―中）、同じく竺曇無蘭訳である。阿難が七つの夢を見たので、その判断を仏に尋ねるというものである。七つの夢というのは、1・溜池《ためいけ》から火炎が天まで上る、2・日月星が没する、3・出家比丘が不浄の坑に堕ちて在家の白衣のものがそこから抜け出る、4・猪の群が栴檀《せんだん》の林に突き当たる、5・頭に須弥山が乗っかるが重くない、6・大象が小象を棄てる、7・頭に七本の毛がある華撤《けさん》（華薩）という師子王が地に倒れて死に、すべての獣たちが怖れ、後に身中から虫が出てきて食う、というものである。やはりいずれも不吉な夢である。

それに対して仏は、これらが将来の五濁悪世《ごじょくあくせ》のことで、阿難が憂えることはないとする。第一夢は、将来の比丘が善心が少なく、悪逆が盛んで、互いに殺し合うこと、第二夢は、一切の声聞もいなくなること、第三夢は、比丘が互いに悪心を抱いて殺し合って地獄に堕ちるのに対して、在家者は天に生まれること、第四夢は、在家者が塔寺にやって来て衆僧を誹謗し、塔を壊し僧を害すること、第五夢は、阿難が千人の阿羅漢のなかで経を誦出《じゆしゆつ》する師となって、一句も忘れずに悟りを得るものが多いこと、第六夢は、将来邪見のものが多くなって仏法を壊し、有徳の人が隠れてしまうこと、第七夢は、仏涅槃一千四百七十年後、弟子たちの修徳の心を一切の悪魔が妨げることができないことである。

五濁悪世といいながら、第五夢は仏滅後の結集のことで、しかも通常は五百人であるのに千人というのは奇妙である。また、第七夢はこれだけでは身中の虫（いわゆる「師（獅）子身中の虫」）が食うというところまで解釈しておらず、途中で途切れているようである。

『舎衛国王夢見十事経』（失訳）は、『増一阿含経』巻五十一第九経の異訳であり、さらに『仏説舎衛国王十夢経』『国王不梨先泥十夢経』も同じものである。最後のものは、これまた竺曇無蘭訳であり、彼はこの種の夢占に通じた僧であったと考えられる。この経は、舎衛国の波斯《はし》匿王《のくおう》が見た十の夢が不吉ではないかというので、仏に問うと、いずれも後の悪世のことであり、王自身に関係するわけではないから心配する必要はないと諭されるというものである（大正蔵二・八七〇下―八七二上）。その点で『阿難七夢経』と同工異曲の経典である。それぞれの経典で、仏は阿難や波斯匿王に対して安心せよと言っているが、実際には後代の仏法が衰退した悪世の悲惨な状態を言っており、経典が作られた時代、あるいはさらにそれ以後への危機のメッセージとなっている。

以上の三経が夢占的な性質であるのに対して、以下のものは少し性格が異なっている。『大方等陀羅尼経』（法衆訳）夢行品は十二夢王を説き、もしその一王を見ることができたら七日の行法を教えるというものである。十二夢王というのは、例えば、夢中で神通を修行し、飛行することができ、幡蓋《ばんがい》がその人の後から付いてくるようなのが袒茶羅《たんだら》、夢中で仏像や舎利・塔《とう》廟《びょう》・僧衆などを見るのが斤提羅《こんだいら》、夢中で国王や大臣が清潔な衣服を着て、ひとり白馬に乗っているのを見るのが茂持羅《もじら》というように十二種を説いている（大正蔵二一・六五二上―中）。これも吉夢という点では夢占的ではあるが、修行と関連付けているところに特徴がある。

同経の護戒品の箇所も同様である。ここでは、四重禁戒（四つの重大な罪）を犯した比丘が毎日一千四百遍陀羅尼を誦《じゅ》し、八十七日間懺悔《さんげ》するならば、清浄戒を得ることになるという。その時、夢の中で師長が手でその頭を摩するのを見れば、父母・婆羅門や長老の有徳の人が飲食や衣服・臥具《がぐ》・薬湯を与えて、この人は清浄戒に住することになるという（大正蔵二一・六五六中―下）。即ち、破戒に対して徹底的な懺悔を行ない、その結果、夢でよい徴候を得るならば、戒が復活するというのである。

『大方広菩薩蔵文殊師利根本儀軌経』（宋・天息災訳）一切法行義品もまた、修行によって夢で吉祥相を得るならば、その行が成就したことになるという（大正蔵二〇・八七八下―八七九下）。

『夢経抄』でその後に短く引用されるものもまた、修行の結果、よい夢を見てその成就を知るというものである。

以上、『夢経抄』の引用経典を手がかりに、仏典にどのように夢が現われるかを大雑把《おおざっぱ》に見てみた。そこには、夢占《ゆめうら》的なものと、修行と関連して現われる好夢とがあることが知られた。明恵は密教の立場から、後者については密教的なものを主として引用するが、それ以外にも夢が行と関連して重視されている経典は少なくない。とりわけ、懺悔・受戒・観仏などと関係する場合が多い。大乗戒に関しては、授戒する師がいないところで戒を受けて比丘になろうとするとき、自分で戒を護《まも》ることを誓い、それで受戒が成立したとみなす便法が取られた。これを自誓受戒というが、その時、その受戒が成り立つことを証明するのは、夢で仏によって認められることである。受戒と夢が深く関係する所以《ゆえん》である。

例えば、大乗戒を説く代表的な経典である『梵網経《ぼんもう》』巻下（伝・鳩摩羅什訳）では、仏滅後に好心で菩薩戒を受けることを欲するときには、仏・菩薩像の前で自誓受戒するが、七日間仏前で懺悔して、仏のすばらしい姿（好相）を得たならば受戒したことになるという。もし好相を得られなければ、好相を得られるまで懺悔を続けなければならないという（大正蔵二四・一〇〇六下）。ここでは、夢で好相を得るとは言われていないが、実際に好相を感得するのは、三昧状態か、または夢の中しか考えられない。覚盛《かくじょう》・叡尊《えいそん》らが戒律復興を目指して自誓受戒したときも、夢で好相を感得している。

三昧と夢とはきわめて密接な関係がある。それを証する典型は『般舟三昧経《はんじゆざんまい》』である。『般舟三昧経』（支婁迦讖訳）は、阿弥陀仏を念ずることによって、阿弥陀仏のみならず一切諸仏が修行者の現前に現われるという般舟三昧を説いており、天台はじめ、中国や日本の浄土教で重視された経典である。一昼夜、あるいは七日七夜、もしくはそれ以後、一心に阿弥陀仏を念ずることによって、仏にお目にかかることができるという。それは、「覚に於て見ずんば、夢中に於て之を見る」（大正蔵一三・九〇五上）と言われている。昼夜ぶっ通しで不眠不休であるから、三昧とも夢とも付かないような状態において仏が現われるということであろう。

この経典では、見仏のことを説明するために興味深い譬喩《ひゆ》を挙げている。それは、三人の人がそれぞれ別の婬女《いんじょ》（遊女）のことを聞いて交わろうと思い、夢で別の国にいる婬女と交わることができたというのである（大正蔵一三・九〇五上—中）。その譬喩によって、遠くの極楽にいる阿弥陀仏とも直接会えるということが理解できるというのである。いかにも不謹慎な例のようであるが、しかし、説得力はありそうである。夢が性＝聖なるものと密接に関わることを見事に解き明かしている。『日本霊異記《りょういき》』に、吉祥天女と夢で交わったところ、その像の裙《くん》の腰に不浄が付いていたという話がでているのと思いあわされる（中・一三話）。そもそも大天という僧が、阿羅漢と称しながら夢に不浄を漏らしたことがインドの仏教教団分裂のもとになったとも言われるのであり（『大毘婆沙論《だいびばしゃ》』巻九九、大正蔵二七・五一一上）、もともと性を忌諱《きい》する仏教にとって、意志で制御できない夢精は大きく引っかかる問題であった。

中世仏教と夢

中世はほとんど夢の時代と言ってもよいほど夢が重視されていることは、今日では常識となっている（河東仁『日本の夢信仰』、玉川大学出版部、二〇〇二）。仏教においてもそのことは変わりない。明恵の『夢記』はあまりに有名だが、明恵の伝記を見ても、人生上の転機となる重要な時期に夢で神仏の示現があり、その夢告が彼の人生を決めたことがしばしば見られた。若い頃、自らの耳を切り落としたことはよく知られているが、その夜の夢に梵僧が現われ、「私は仏が修行中に自らの身体を衆生に施したことを記している者であるが、あなたが耳を切って仏を供養したことも記しておこう」と言ったという（『高山寺明恵上人行状』上）。

もっとも、神仏の出現は夢の中とは限らない。三十一歳の時、明恵は春日明神の託宣によりインド渡航を断念するが、その時の託宣は、湯浅宗光の妻が神がかりして告げたものであった。明恵は三昧中にもしばしば好相を得ている。それ故、明恵の場合、夢と現実という対比は必ずしも適切でない。『愚管抄』や後の神道で用いられる用語を使えば、この世界には「顕」と「冥《みょう》」の領域があり、その全体が現象的な世界としてまとまっているかに見える「顕」の世界は、実はそれを支えている神仏の「冥」の世界によって支えられている。「冥」の世界は決してこの世界から離れたものではなく、「顕」の世界とはちょうど一枚のコインの表裏のような関係である。その「冥」の世界を明らかにする一つの道が夢である。明恵は決してコインの表と裏を混同したわけではなく、表と裏であることを自覚しながら、しかも両者を自由に行き来できた稀有《けう》な人である。なお、明恵の『夢記』については、最近新しい研究が進められつつあるので、次項に触れることにしたい。

親鸞《しんらん》もまた、聖徳太子の夢告によって法然《ほうねん》の門に入ったということで、夢が生涯に重要な役割を果たしている。しかし、興味深いのは、その師法然が夢を主著の中でかなり戦略的に用いていることである。『選択《せんちゃく》本願念仏集』（以下『選択集』）に展開された法然の浄土教は、徹底的に称名念仏だけを正統とする、いわゆる専修念仏の立場であるが、明恵の『摧邪輪《ざいじゃりん》』などによって批判されたように、通常の仏教の常識からすれば相当に強引で、仏教をまともに学んだ人であれば、なかなか納得しがたいものであった。

法然は「偏に善導に依る」として、もっぱら唐の善導の説を根拠として自説を展開したが、それではなぜ善導説だけが頼るに足るものであるのか、ということが問題となる。『選択集』では、他の諸師の解釈が聖道門の立場に立つのに対して、善導だけが浄土門の立場に立っているという理論的な理由を挙げた後、他の諸師が三昧を得ていないのに、善導は三昧を得ている、という具合に理論よりも伝記的なところに根拠を求めてゆく。その中で、もっとも詳細に引用するのは、善導の『観無量寿経疏《しょ》』（以下『観経疏』）の最後に出る話で、それによると善導は夢で阿弥陀仏の指南を受けて『観経疏』を書いたという。即ち、善導が古今の手本となる『観経』の解釈を定めようとして、諸仏に祈願し、毎日『阿弥陀経』を三遍誦して、阿弥陀仏を三万遍念じると、夢に極楽浄土を見、それから夜ごと夢に一人の僧が現われて、解釈を教えてくれた。すべて終わってから、また夢に阿弥陀仏を見たというのである（大正蔵三七・二七八中―下）。

法然は以上の『観経疏』の文を引き、夢で善導に教えた僧は弥陀の応現であり、さらに「善導は弥陀の化身」という唐の言い伝えを引いて、善導の『観経疏』を「弥陀の直説」であると断定している。このように、自らの夢ではなく、善導の夢をひとつの根拠として、善導＝弥陀と解し、その善導説に基づいた自説の正当性を根拠付けている。理論的にはあまり説得力があるとは言えないが、このことは『選択集』を理解する上で重要である。『選択集』は、第一章に道綽《どうしゃく》の聖道門・浄土門の教判を引き、第二章に善導『観経疏』によって専修念仏に導き、第三章以下は経典の引用を中心として展開してゆく。第一章の人師の説と、第三章以下の仏の教えを、第二章の人にして仏である善導の説で結ぶという構成になっている。これはきわめて巧みである。

ちなみに、法然の弟子たちの間では、その善導＝弥陀説の上に立って、今度は法然＝勢至《せいし》と信じられるようになるのである。さらに、『恵信尼《えしんに》文書』によると、恵信尼は夢で観音が親鸞に当たると見ているから、善導・法然・親鸞の三師が弥陀・勢至・観音の三尊に相当することになる。一種の本地垂迹《ほんじすいじゃく》説である。ただし、この三師＝三尊説は必ずしも定着した信仰とはならなかったようである。

法然自身にも『法然上人御夢想記』という短編があり、親鸞筆の『西方《さいほう》指南抄』に収められているので、偽書とは考えられない。それによると、西方の紫雲たなびく極楽とおぼしきところで一人の僧と会い、その僧が善導と名乗って、問答を交わしたというのである。法然には『三昧発得記《さんまいほっとくき》』もあり、三昧発得の様子を伝えている。法然もまた、夢の時代の体現者であった。

ところで、このように夢を積極的に評価する動向に対して、禅の流れはどうであろうか。最近、瑩山紹瑾《けいざんじょうきん》を中心に、夢の果たした役割が重視されるようになっているが（B. Faure: *Visions of Power*, Princeton, 1996）、ここではそれとはいささか異なり、いわばもう少し哲学的な夢の解釈を見ておきたい。『正法眼蔵《しょうぼうげんぞう》』に「夢中説夢」の巻がある。「夢中説夢」は、夢の中で夢の話をすることであるから、非現実の中でももっとも現実味のないことであるが、道元はそれを逆手に取る。「この夢中説夢処、これ仏祖国なり、仏祖会《え》なり」と、「夢中説夢」のところこそ仏祖の世界だというのである。夢中を除いて、諸仏の出現はない。「夢中にあらざれば諸仏出世し転妙法輪することなし」。仏祖の教えも、悟りもすべて夢の中のまた夢である。

仏教の原則的立場は迷妄の夢から覚めることを求める。それが悟りである。大乗仏教においては、その原則は法相唯識の理論においてもっとも顕著に見られる。鎌倉期の法相復興の基礎を築いた貞慶《じょうけい》は、『愚迷発心集《ぐめいほっしん》』に末法の状況を記して、「闇の中にいよいよ闇を重ね、夢の上になほ夢を見る」と歎き、「早く万事を抛ちて、まさに一心に励むべし」と訴える。夢からいかに覚めるかが問題である。鎌倉時代の唯識説の代表的論著である良遍の『観心覚夢鈔《かんじんかくむしょう》』は、書名に文字通り夢から覚めることを謳《うた》っている。

しかし、それほどはっきり夢と覚とは分かれるものであろうか。夢と現実の間の常識的な区別がそれほど確かでないことは、『荘子』斉物論《せいぶつ》に出るかの有名な胡蝶《こちょう》の夢の寓話《ぐうわ》に明らかである。夢に胡蝶となった荘周は、「周の夢に胡蝶となったのか、胡蝶の夢に周となったのか、分からない」と言う。しかし、『荘子』は続ける、「周と胡蝶とは必ず分（けじめ）がある、これが物化ということだ」。とすれば、そこに夢と現実との区別が生ずることになる。しかし、「物化」としての区別がはたして望ましいことであるのかどうか。

斉物論のもう少し前のところでは、「夢の中に夢を占い、覚めて後に夢と知るのである。大いなる覚があって、後に大いなる夢であったことを知るのである」と言っている。そして、孔子（丘）の説も所詮《しょせん》は夢であると批判する。それならば、「大いなる覚」にはどうやって到達したらよいのか。どうもそれほど簡単にはいかないことのようだ。「私が君を夢だと言うのも、また夢なのだ」。そうであれば、孔子の教えも孔子批判も同じ穴のムジナということになってしまう。まさしく「夢中に夢を説く」ことではないか。

道元は、それならばどれが夢で、どれが現実などという区別にうつつを抜かすことは、所詮無駄なことだというのである。夢でかまわないではないか。夢か現実かなどと区別を立てるから迷いが生ずる。夢であれ、現実であれ、仏の教えは仏の教えであり、真実に変わりはない。

諸仏の妙法は、たゞ唯仏与仏なるがゆゑに、夢・覚の諸法、ともに実相なり。覚中の発心・修行・菩提・涅槃あり。夢裏の発心・修行・菩提・涅槃あり。夢・覚おの〳〵実相なり。大小せず、勝劣せず。

夢と現実とは完全に同格となる。いわゆる本覚《ほんがく》思想的な発想に近いが、しかし、単なる夢への居直りではない。「仏法はたとひ譬喩なりとも実相なるべし」と言われるように、道元にあっては、夢とか現実とか譬喩とかの区別ではなく、それが仏法であることこそが重要なのである。その点で道元は原理主義的と言ってよいほど、コチコチの仏法主義者である。

夢は仏教の中で両義的である。それは神仏出現の聖なる場であるとともに、そこから脱すべき迷妄の世界でもある。道元はそのような両義性を一気に破砕する。それは見事ではあるが、やはり現実の世界との異質性を持った「冥」の世界の顕現としての夢も捨てがたい。「仏は常にいませども、現ならぬぞあはれなる、人の音せぬ暁に、ほのかに夢に見え給ふ」(『梁塵秘《りょうじんひ》抄《しょう》』)というのもまた、どこか懐かしい世界である。

明恵の『夢記』をめぐって

二〇一五年に、奥田勲・平野多恵・前川健一編『明恵上人夢記訳注』(勉誠出版)が出版されて、『夢記』研究は新たな段階に入ったので、それを紹介して、注目点を記しておきたい。

明恵の『夢記』は、特異な夢の記録として広く注目を集めている。高山寺に所蔵されるテクストに関しては、すでに高山寺典籍文書綜合調査団編『明恵上人資料』第二(『高山寺資料叢書』七、東京大学出版会、一九七八)に、影印・翻字本文・註釈《ちゅうしゃく》・目録、ならびに奥田勲氏による解説「明恵上人の夢記と夢について」を収め、詳細な語彙索引・漢字索引と参考資料を附していて、信頼して用いることができる。一般に使いやすい形では、久保田淳・山口明穂校注『明恵上人集』（岩波文庫、一九八一）にも収められている。

しかし、『夢記』の半分以上は高山寺から山外に流出し、高山寺本だけではその全貌《ぜんぼう》を知ることができない。山外本はあちこちに分散所有されているため、その全体にわたる研究はきわめて困難で、研究が止まったままになっていた。その中にあって、明恵研究の第一人者である奥田勲氏を中心に、和歌研究の平野多恵氏、教理思想研究の前川健一氏など、中堅・若手で最前線を担う意欲的な研究者たちが集まり、じつに十五年もかけて地道に山外本の資料を収集するとともに、その解読、注釈の作業を継続してきた。気の遠くなるような作業であるが、その成果がここに五百頁を超える大冊としてまとめられた。これ以上の朗報はない。

本書は五部構成になっている。Ⅰ・影印、Ⅱ・解題、Ⅲ・目録、Ⅳ・訳注、Ⅴ・資料である。Ⅰでは、山外本の一部の影印が収められている。全体に亘《わた》るものではないが、ここに収録されたものだけでも、個人蔵のものや陽明文庫所蔵本など、貴重な影印が収められていて、翻刻だけでは分からない原本の状態を知ることができる。Ⅱは、立木宏哉氏により、『夢記』の概観と研究史、それに山外本の諸本についての全体的な解説がなされている。Ⅲは小林あづみ氏の編集で、山外本全体に関する目録で、第1部・年の記載のあるものの年代順、第2部・月日の記載のみのものの月日順、第3部・日の記載のみのものの日順、第4部・年月日の記載を欠くものの順に並べられ、詳細なデータが示されている。Ⅳは、Ⅲの目録に従って、それぞれの断簡の翻刻・訓読・現代語訳・語釈・考察を収めている。本書の中核をなす部分であり、基本的なテクストを提示するとともに、語釈や考察は詳細な考証を含み、明恵研究上必須《ひっす》のものである。Ⅴは、夢記年表、明恵略年表、参考文献一覧、事項索引、人名一覧を収める。

以上のように、本書は山外本の『夢記』に関する基礎的な資料研究であり、研究論文などは含まないので、『夢記』をどのように読み取るかは読者に委《ゆだ》ねられている。しかし、Ⅳの「考察」を参考に本文を読んでいくと、これらの夢が明恵の生涯の中で、どれほど大きな意味を持っていたかが理解でき、興味が尽きない。少しだけ例を挙げてみよう。

1―10の建暦《けんりゃく》元年十二月の記述は、春華門院（後鳥羽院第一皇女）が若くして亡くなった後に連続してみた夢である。明恵が春華門院と深く関わっていたことが知られるが、このことは伝記に欠けている。ここでは、死後の世界がどのように表象されていたかが、おぼろげに知られる。「天に弓の如くなる物のあり。少しき光相具足せり」とあって、それが「春花門院の御神《たましひ》なり」と説明されている。同廿四日には、貴女と、「後戸の如くなる処にして対面」して、「此の人と合宿し、交陰する人、皆菩提の因縁と成るべしと云々。即ち互ひに相抱き馴れ親しむ。哀憐の思ひ深し」という夢を見、それが「香象大師（＝法蔵）の釈と符合す」とされている。これは、「明恵が女性と性的に交わった夢」（二一四頁）とされるが、平野多恵氏が言うように、「聖性と深く結びついた場で神仏の変化身と交わりを持ったことを暗示する」（二一五頁）のであり、単なる性的な妄想ではない。この夢も春華門院と関わるとすれば、死者の霊魂を鎮めるような意味も持つのかもしれない。

晩年の五秘密法の実践は明恵の思想展開上、きわめて重要なことであるが、それについても嘉禄《かろく》元年から二年にかけて集中して夢を見ている（1―18）。その中で、六月一日条では、「吉王女、鯨魚を以て紙に裹みて持ち来たり、之を見せしむ」とあって、それが「朽ち曝れたる形にして生身なり」というのは、愛金剛の持物《じもつ》のことらしいが（語釈参照）、奇妙に生々しい感じがして、何を意味するのか気になるところである。

明恵は法然の『選択本願念仏集』を破して『摧邪輪』『摧邪輪荘厳記《しょうごんき》』を著わしているが、その時の夢（2―2）は瑞夢《ずいむ》とも言うべきもので、明恵の自信のほどが知られる。観音とおぼしき女性が、「手を舒べて高弁の頭を摩づ」と、高弁（明恵）を褒めている。観音の言葉に、「此の比、専修のはやりたれば、善導（義）寂の来るかと思ひたれば、真済僧正のまうで来りける物を」と言われている。善導・義寂は浄土教の祖師であり、真済は空海の高弟であるが、祈禱《きとう》に失敗して天狗《てんぐ》道に堕ちたとされる（語釈参考）。法然のことを、善導・義寂《ぎじゃく》かと思っていたら、真済だったと批判し、法然に対して当初期待しながら、後で落胆した明恵の感情が表現されている。「是れ深い位の大士たるに依りて、祖師達をもなめげに仰せらる」と、顕在意識では言えないことが、深位の菩薩である観音に託して表現されている（なお、「考察」で、明恵を真済と見なしているとするのは、疑問である）。

このように、明恵の夢は多岐に亘《わた》り、顕在化した世界だけでは捉えきれない深層の世界を露《あら》わにしている。明恵の思想や生涯を理解する上で重要であるとともに、中世的な精神のあり方を如実に示したものとして、これ以上ない貴重な生の資料である。高山寺本と併せ見ることで、今後の研究が大きく進展することが期待される。

西欧における日本仏教の紹介

キリシタンが日本に到来したときのカルチャー・ショックに較べて、仏教が西欧に到来したときはどうであっただろうか。キリシタンの伝来が、イエズス会士の勇猛とも、狂信的とも言える冒険的な旅行と強力な伝道によってもたらされたのに対して、仏教はもともと西欧への布教を意図していなかった。むしろ逆に、西欧におけるその認識は、植民地主義の展開によって、アジアからもたらされた資料の研究に始まる。十九世紀中葉のことである。それ故、きわめて地味なものであり、キリシタンが日本に与えたような一般社会への影響はほとんど見られなかった。しかし、そこにもさまざまなドラマがあり、多くの先人たちの驚異的な努力に満ち満ちている。

ホジソン（Brian Houghton Hodgson）がネパールから仏教関係のサンスクリット写本を大量に持ち帰り、それをもとに『仏教の文献と宗教の解説』（*Illustrations of the Literature and Religion of the Buddhists*）を著わしたのが一八四一年、その写本を活用したビュルヌフ（Eugène Burnouf）の『インド仏教史序説』（*Introduction à l'histoire du Buddhisme indien*）が一八四四年、『法華経』の仏訳が一八五二年であった。それ以前のイエズス会士の断片的な報告などと異なり、西欧が本格的に仏教というアジアの宗教を、文献に基づきながらきちんと理解しようとした端緒である。

では、それらと相当するように、日本の仏教が本格的に西欧に紹介されたのはいつであろうか。答えられる人はほとんどいないであろう。それは紀秀信著『仏像図彙』のホフマン(Johann Joseph Hoffmann 一八〇五―一八七八)による独訳『日本のブッダ・パンテオン』(*Buddha-Pantheon von Nippon*)であり、一八五一年のことであった。インド仏教の紹介と時代的にもそれほど遅れない日本学の輝かしい金字塔である。にもかかわらず、不幸なことに本書は従来ほとんど顧みられることなく埋もれていた。恐らくシーボルトの『日本』に付載され、独立した著作として宗教研究者の目に触れなかったこと、また、『仏像図彙』が江戸時代の通俗的な仏像入門書であり、それを訳してもあまり注目を浴びなかったためであろう。

このほとんど完全に忘れられていた偉業に私が関心を持つようになったのは、まったくの偶然からであった。大学院博士課程の頃、シーボルトの『日本』初版本が復刻出版された際、その解説書『シーボルト「日本」の研究と解説』(講談社、一九七七)を出版することになったが、宗教の章を担当できる人がいないというので、仏教専門で多少ドイツ語をかじっていた私のところに話が回ってきたのである。その時ホフマンの訳にも触れ、そこに記された『仏像図彙』という書名もはじめて知ったのである。

その後、『日本』初版本の和訳を出すことになって、以前からのいきさつでまた私が宗教の章を担当することになり、シーボルトの本文とホフマンの『仏像図彙』独訳を含めて全面的に

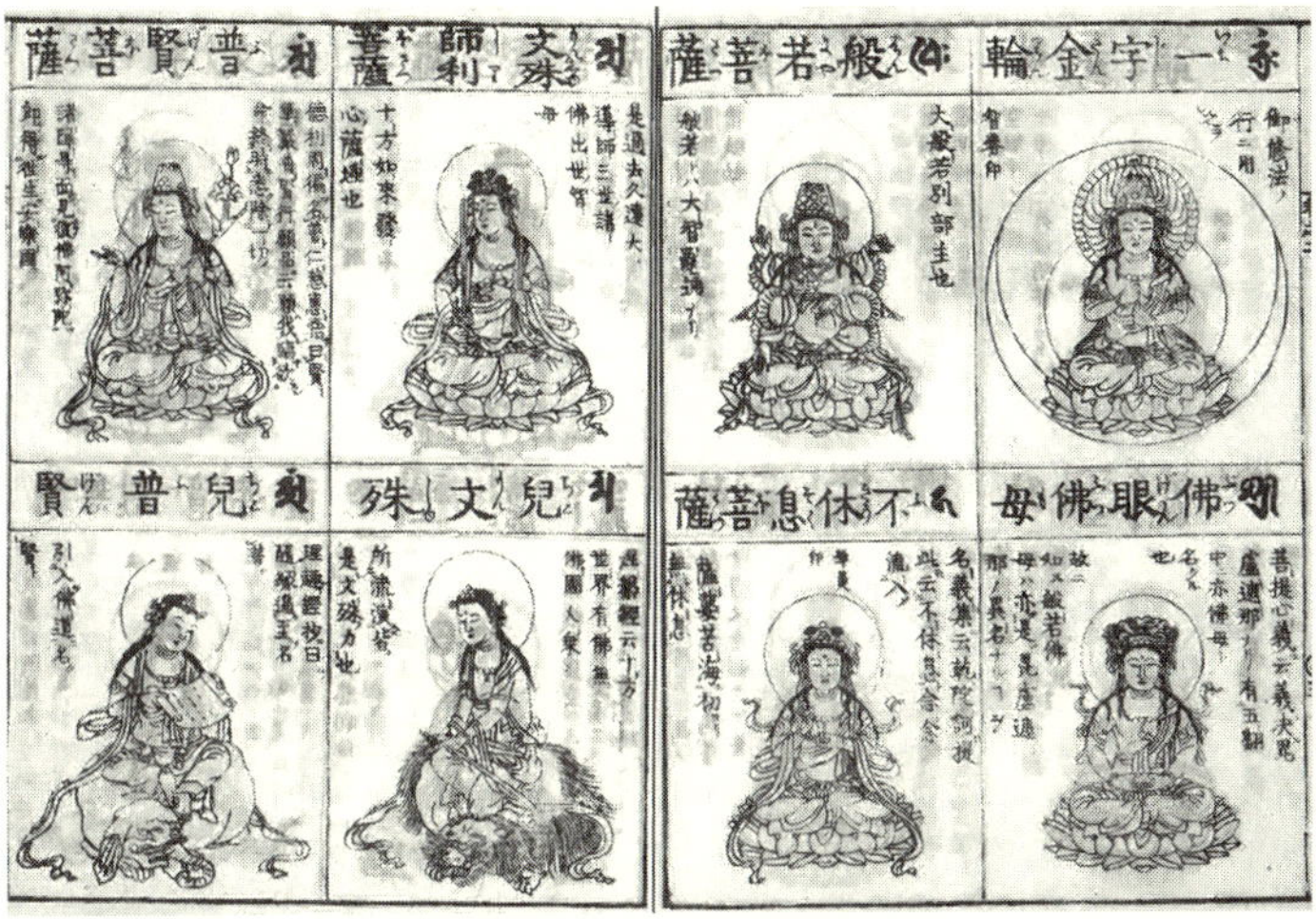

『増補諸宗 仏像図彙 壱』（愛媛大学図書館 鈴鹿文庫蔵）より

検討することになった。これはずいぶんと時間のかかる面倒な作業であったが、思いもかけない新発見ばかりで、楽しい仕事でもあった。日本の文献をホフマンが独訳したものを、また日本語に戻す作業は徒労のように最初は思ったが、ホフマンの仕事が単純な訳に留まらない詳細な研究であることが分かって、興味が湧いてきた。実際ホフマンの訳は、『仏像図彙』以外のさまざまな日本の文献を利用しているばかりか、当時黎明《れいめい》期にあったインド学や中国学の成果をも十分に取り入れ、インドの神仏と日本の神仏の対応や比較をも試みた比較宗教学の成果であり、さらには『仏像図彙』の図版をホフマン自身が石版に彫って図版にするほどの熱の入れようであった。

　その時私が調べて分かったことは、全訳の訳注や解説の中に記した（シーボルト『日本』第六巻、第八巻、図録第二巻、雄松堂書店、一

九七八、七九)。しかし、頼まれた仕事であり、その後それ以上研究を進展させようという気もなく放置していたところ、またまた思いもかけない偶然から再びそれと取り組むことになった。一九九七年に客員教授として滞在したドイツのボーフム・ルール大学には、シーボルト関係の草稿がそっくり保存されている。これはもともと遺族の手からベルリンにあった日本研究所が入手したものであるが、敗戦後アメリカ軍に接収され、戦後ルール大学が創設される際に、その東アジア学部に寄贈されたのである。せっかくそこに滞在するのであるからと思い、宗教関係の草稿の閲覧を申請したところ、担当のレギーネ・マティアス教授の配慮でかなり自由に利用させていただき、また、シーボルト草稿の目録を編纂したヴェラ・シュミット博士からも専門家の立場からいろいろと教えていただくことができた。草稿の写真は日本の東洋文庫にも架蔵されているが、錯簡があったりして、必ずしも使いよい状態ではない。

ボーフム大学所蔵の草稿によって、シーボルトとホフマンが『仏像図彙』を利用しながら、他の資料や鳴滝塾《なるたきじゅく》の弟子たちからの情報提供をも用いて、どのように『日本』の宗教の章とホフマンによる『仏像図彙』独訳がなされたか、その過程がかなり分かるようになった。詳細は、拙稿「シーボルト/ホフマンと日本宗教」(『季刊日本思想史』五五、一九九九)に記した。簡単にいえば、『仏像図彙』は、次のような過程を経て、シーボルトとホフマンによって活用された。

1、鳴滝塾の弟子吉雄《よしお》忠次郎《ちゆうじろう》(一七八八―一八三三)が蘭訳。

2、それを恐らくドイツ人の助手ビュルヘルが独訳。以上は草稿が残っていないがほぼ確実に推測できる。
3、それをもとにしてシーボルト自身が全体を清書。その草稿は現存。
4、その一部分をさらに三、四回ホフマンが改訳。その草稿は現存。
5、その最終稿をシーボルトが『日本』宗教章の本文にそのまま利用。
6、さらにホフマンが改訳し、注記を付したものを刊行。

一つの文献の活用に関しても、これだけの人が関係して、作業を積み重ねている。異文化をはじめて本格的に理解しようとするとき、どれだけの労力が必要とされるかが、如実に分かるであろう。

『仏像図彙』の利用に関しては、ほぼ明確になったが、シーボルトの本文のうちでも神道関係など、どのような資料を用いているか、まだ解明できないままである。草稿にもまだ検討を要する興味深い問題が多く残されているが、これ以上研究するにはドイツ語だけでなく、オランダ語をも必要とし、改めて腰を据えてかからなければならないので、いまのところ進められないままになっている。『仏像図彙』の図版に関しても、ライデンの民族学博物館に図版だけのノートが所蔵されているが、ホフマンとは別筆であり、どのように位置づけられるのか、未だに不明である。

ところで、ホフマンの訳はほとんど忘却されていたと述べたが、実は例外的にそれに注目し、最大限活用して大きな成果を挙げた人物がいた。フランスのエミール・ギメ（Emile Guimet 一八三六―一九一八）である。リヨンの発明家で大実業家の息子として生まれ、自身経営者でもあったギメは、やがて東洋の宗教に関心を持つようになり、一八七六年から翌年にかけて日本・中国・インドなどに調査旅行を行ない、多数の宗教資料や美術を収集して帰った。その資料をもとにしてギメ博物館が創設されたのである。

ギメは一八七六年（明治九）八月二十六日横浜に到着し、十一月初めに神戸から出航したが、二箇月余の短い日本滞在中、東京・鎌倉・日光から、さらに東海道を通って京都にまで至り、精力的に寺社を訪れ、多くの宗教関係者と会見した。そして、その間に二百体を超える神仏像を収集した。ギメは帰国後、一八七八年のパリ万博の際に、アジアで収集した宗教資料を展示し、後にそれをもとに博物館を創設した。

ところがその後、さまざまな経緯で、博物館はギメの意図したものとかなり違う形のものになってしまった。それをギメの意図したものに復元しようと志したのが、フランス日本学の巨星ベルナール・フランク教授（Bernard Frank）であった。フランク教授はその際、ギメの日本での収集が『仏像図彙』に基づいていたことを明らかにし、それを参考にして復元しようとした。ギメが『仏像図彙』に至ったのは、もちろんホフマンの独訳を通してであり、それによって、ギメがどうしてあれほど短期間に、体系的にさまざまな仏像を収集できたのかという秘密が明らかになった。

江戸時代の彫刻を主体とするギメの収集品は、美術品として高度のものでないという理由で、冷遇されていた時期もあった。しかし、今日ではかえってそれが、当時の日本の民衆の仏教信仰を明らかにする貴重な資料として再認識されている。その再認識のもとを作ったフランク教授は、ギメ収集の日本仏像の詳細な解説目録を作成し、それが教授晩年の最大の業績となった。それは『日本のブッダ・パンテオン』(*Le panthéon bouddhique au Japon*, 1991)と題され、まさしくホフマンの『仏像図彙』独訳と同じ書名になっている。内容的にも、十九世紀中葉にホフマンが成し遂げたのと同様の詳細な研究であり、こうしてホフマン―ギメの偉業は、フランク教授によって最高の形を取って現代に甦《よみがえ》ったのである。その仏像は、今ではギメ美術館の別館に展示されている。日本仏教発見のドラマはまだ続いているのである。

5　思想と文学の間

真福寺写本からみた中世禅

真言宗智山《ちさん》派別格本山北野山真福寺宝生《ほうしよう》院（通称大須観音《おおす》）は、名古屋市中区にあり、庶民信仰の篤《あつ》い寺として参拝者が絶えず、近年では、門前の大須商店街は若者の街として賑《にぎ》わっている。他方、国文学や日本史の研究者にとっては、真福寺というと、国宝『古事記』写本をはじめとする同寺大須文庫所蔵の豊富な中世写本で知られている。もともとは一三三三年頃能信の創建と伝え、能信・信瑜《しんゆ》らの努力で、真言系のみならず、南都東大寺系の写本も多く収集され、東の称名寺金沢《かなざわ》文庫と並ぶ良質の中世写本の宝庫となっている。

それらの貴重な写本は、阿部泰郎名古屋大学教授を中心として調査研究が進められ、すでに『真福寺善本叢刊』第一期十二冊、第二期十三冊（臨川書店、一九九八—二〇〇六）として出版されている。その後、断簡まで含めた悉皆《しつかい》調査が進められる中で、禅に関するものがかなりあることが分かってきた。そこで、それらを他の諸寺・文庫、特に本寺所蔵のものと性格が似ている称名寺蔵（横浜市金沢区。神奈川県立金沢文庫で管理）の関連写本などとあわせて出版する計画が立てられた。『中世禅籍叢刊』全十二冊（臨川書店）として、二〇一三年の栄西《えいさい》集を皮切りに、出版が進められ、私も編集委員の一員として多少のお手伝いをしてきた。その構成は、一・栄西集、二・道元集、三・達磨宗、四・聖一派、五・無住集、六・禅宗清規集、七・禅教交渉論、八・中国禅籍集1、九・中国禅籍集2、一〇・稀《き》覯《こう》禅籍集、一一・聖一派続、一二・稀覯禅籍集続となっている。当初、十巻の計画で出発したものが、関連する資料が予想以上に多く、二巻増補され、二〇一八年に完結する予定である。

本叢刊が企画されるようになったきっかけは、栄西の新出著作の出現である。栄西の『無名集』『隠語集』の二冊の写本はそれ以前に発見されており、『真福寺善本叢刊』第二期三巻「中世先徳著作集」（二〇〇六）に収録されたが、その調査の過程で、『改偏教主決』という未知の著作の断簡があることが分かった。最初は冒頭の一紙のみであったが、その後の調査で続々と断簡が発見され、結局、計七十八紙に及ぶことになった。その断簡を整理していく過程で、『改偏教主決』だけでなく、『重修教主決』という別の著作の断簡も混在していることが分かり、さらに、『改偏教主決』の最後には、『教時義勘文』という既知の著作もあわせて書写されていた。他に、『諸秘口決』という写本は、曼殊院《まんしゅいん》蔵『結縁一遍集』と一致することが判明した。

真福寺からは、二〇〇三年に稲葉伸道名古屋大学教授によって栄西の自筆書簡が発見されて、マスコミでも大きな話題となったが、これらの著作はそれに劣らない貴重な写本で、しかもいずれも密教関係の著作であることから、栄西と密教の関係がクローズアップされることになった。新発見の自筆書簡がすべて晩年の東大寺大勧進職時代のものであるのに対して、著作のほうはすべて文治三年（一一八七）に二度目の入宋《にっそう》をする前、北九州で著わされたものである。特に『改偏教主決』『重修教主決』は、太宰府《だざいふ》の原山《はらやま》の僧尊賀との論争書であり、栄西が密教の教主を自性身《じしょうしん》としたのに対して、尊賀がそれを論難して自受用身としたことから、両者の間で激しい論争が交わされることになった。これらの新発見著作は、自筆書簡とともに『中世禅籍叢刊』第一巻に収められた。

密教教主論は、後に真言宗で自性身説法説と加持身説法説が対立して、後者を取る頼瑜《らいゆ》らの流れから新義真言宗が形成される大きな問題となったが、その源流はすでに栄西・尊賀論争に見られるのである。このような密教プロパーと言ってよい著作が、どのように彼の禅宗立宗や東大寺大勧進職としての活動につながるのか、それは今後の課題である。ちなみに、真福寺から発見された栄西の著作の一つ『隠語集』は、男女の交合をもって金胎両部一致を説く点で、興味深いものがある。

禅と密教や諸宗との関係という点からは、無住の活動が興味深い。無住は諸宗兼学の代表的な学僧であり、実践僧であるが、従来は『沙石集《しゃせき》』により文学史の方面でしか研究されてこなかった。『中世禅籍叢刊』第五巻には、無住の仏教理論書である『聖財集《しょうざい》』を、はじめて天理図書館本によって影印・翻刻を収めたが、無住に関しても、真福寺から驚歎《きょうたん》すべき断簡が発見された。それは東福寺の円爾《えんに》の講義を聞き書きした無住自筆のノートであり、同巻刊行までに発見された十一紙二十一丁が阿部泰郎氏の手で「逸題無住聞書」として収録された。その後にさらに発見された断簡もあり、十二巻に収録された。興味深いことに、その内容は禅ではなく、まったく密教であり、栄西の場合と同様、教主論などが問題とされている。

しかし、そこには注目すべき説も見られる。円爾の仏身論としては、通常の大日如来の上に

「一智身(一智法身)」を立てることが知られているが、本書も中台八葉の上に、一智身を置いている。しかし、この断簡によると、その上にさらに「無相菩提《ぼだい》」を立てている。「一智身」が「自証菩提」で「真言教根本」「実相真言教」であるのに対して、「無相菩提」は「無覚無成」「元旨非真言教」「真如理智」とされている（一六〇頁の図参照）。通常の真言教を超えたさらに上に、最高の段階として「無相菩提」を立てるのである。これは密教の究極でありつつも、「元旨非真言教」とされ、むしろ禅に通ずるものであり、円爾の禅密観をうかがう上できわめて注目される。

禅と密の関係はこの時代の大きな議論の種となった問題であるが、円爾は禅を密教の究極的なところに位置づけるようであり、それに対して、無住は『聖財集《しょうざい》』によると、「一心の体を談ずる事、顕密全く同じかるべし。但三密をこまやかに談ずる事は、密家勝れたるべし」（巻下）と、顕と密は究極的に一致するとしながらも、「三密をこまやかに談ずる」点で、密教の優位を主張している。先の断簡の一節は、無住よりも円爾の説と一致する。

円爾系の聖一派は真福寺と縁が深い。円爾の弟子の仏通禅師癡兀大慧《ちこつだいえ》は安養寺（三重県多気郡明和町）を開いたが、禅とともに密教に優れ、その流れは安養寺流と呼ばれる。真福寺開山の能信は、大須三流と呼ばれるように、実済から慈恩寺方、寂雲から安養寺方、儀海から高幡方を受けているが、寂雲は癡兀の弟子であり、こうして癡兀の密教が真福寺に流入することになった。

真福寺には、無住による円爾の聞書の他、円爾の『大日経疏見聞』『大日経義釈見聞』などの大部の密教関係の講義録や、癡兀の著作、講義録など、聖一派—安養寺流系の多くの写本が蔵されている。これらは多くは密教関係のものであって、直接禅に関する著作は少ない。安養寺流の密教は特徴のあるもので、醍醐《だいご》寺三宝院流を受けて、五臓曼荼羅《まんだら》系の身体論を説き、男女の交合から母親の胎内で胎児が成長する胎内五位説を盛んに説いている。このような密教の著作の中に、しばしば禅への言及が見られ、禅が密教と深い関係を持ちながら進展してきたことが知られる。癡兀においては、密教のほうが禅よりも上に位置づけられていたようである。これらの聖一派—安養寺流系の写本は『中世禅籍叢刊』第五、十一巻の他、第十二巻にも収めたが、まだ残された写本もあり、今後の課題となっている。

従来の禅宗史の見方では、このような密教との融合は、未《いま》だ純粋禅が確立する以前の不純な兼修禅と見られてきた。しかし、これらの著作で禅密関係が深く追求されていることを見るならば、決して純粋禅確立以前の過渡的な形態ではなく、むしろ積極的に禅を密教と関連付けて、理論のみならず、実践も行っていたと考えられる。これは、従来の禅宗観に大きく転換を迫るものである。

さらに、大須文庫からは達磨《だるま》宗に関しても貴重な資料が出てきて、『中世禅籍叢刊』第三巻に収録した。これも断簡から復元された著作で、原書名は不明であり、ひとまず『禅家説』と呼んでいる。編著者も不明である。本書は坐禅《ざぜん》の仕方やその功徳を説いたさまざまな文献のアンソロジーであり、それに仮名法語三通を加えている。初学者向けの禅入門とも言うべきテクストである。本書が一躍注目されるようになったのは、その中に引用された黄檗《おうばく》の『伝心法要』の末尾に、能忍の名が現われることによる。

　能忍は無師独悟によって禅の悟りを得て達磨宗を開いたと言われ、栄西に先立つ日本禅の濫《らん》觴《しょう》をなす。能忍は無師の批判を避けるために、文治五年（一一八九）に弟子二人を宋に遣わし、仏照禅師拙庵徳光《ぶっしょうぜんじせったんとっこう》の印可を得たとされる。『禅家説』の『伝心法要』奥書によると、これはまさしくこの時に宋からもたらされたものを、他本によって補い、能忍が尼無求の援助を受けて出版したものだという。

　能忍の一派は修行無用を説いて放埒《ほうらつ》に陥ったとして、しばしば非難の対象となったと言われる。しかし、最近の研究では、能忍の一派がはたして「達磨宗」という宗派的な集団を構成していたかどうかという点に関して、疑問が呈されている。『禅家説』全体が能忍系のものであるかという点も、いまだ検討の余地はあるが、少なくともその流れと密接に関係していることは確実である。ところが上述のように、本書は積極的に坐禅を勧めており、決して修行無用論ではない。そうとするならば、能忍系を単純に修行無用論と決めつけるわけにはいかなくなる。能忍の門下は大挙して道元の会下《えか》に入り、その主流を形成することが知られているが、道元門流の展開とも絡めて考える必要がある。第三、十巻に収録した称名寺所蔵の達磨宗関係文献と合わせて、今後検討が必要である。

　この他の巻にも新出の真福寺所蔵写本が収められ、今後の検討を俟っている。このように、真福寺大須文庫から発見された禅関係の写本は、従来の禅宗史の常識を大きく覆すものである。室町期になると仏教界の宗派性はかなり強くなるが、鎌倉期には未だそれほど宗派の固定性はなく、流動的で複合的であった。そのような中で、禅も成熟していったと考えられる。このような中世禅のあり方は、仏教研究の範囲に限られるものではなく、文学や美術、また芸能など、中世文化の多様な展開を考える上で、きわめて重要と考えられる。近年、このような観点から学際的な研究が進められているが（西山美香編『古代中世日本の内なる「禅」』、勉誠出版、二〇一一。天野文雄監修『禅からみた日本中世の文化と社会』、ぺりかん社、二〇一六）、なお今後に俟つところが大きい。

思想家としての無住道暁

無住道暁（一円）は『沙石集《しやせき》』の著者として、文学史の上ではあまりに名高い。しかし、その思想に対する評価は必ずしも芳《かんば》しくない。『沙石集』はもちろん、『雑談集《ぞうたん》』もしっかりした校訂・注解がなされているのに対して、もっとも仏教思想に深く立ち入って論じた『聖財集』については、いまだに本格的な研究が少ない。説話のおもしろさに比して、その思想は雑多で、独創性がなく、研究する価値に乏しいと考えられてきた。

これは思想史研究者の怠慢以外の何ものでもないが、理由のないことでもない。従来の仏教思想研究はいわゆる新仏教の祖師を中心としており、それ以外にはほとんど及ぶことがなかった。特に、無住のような融合思想ははじめから不純なもの、不徹底なものとして退けられ、禅なら禅、浄土なら浄土と、ひとつの行や信仰のみに徹底した態度が高く評価された。『沙石集』冒頭のような神仏習合もまた、きわめて否定的に見られた思想動向である。

そうした一面的な評価は、今日次第に修正されつつあり、無住の思想も改めて注目されるようになってきた。とりわけ『中世禅籍叢刊』第五巻として『無住集』が出版され（臨川書店、二〇一四）、『聖財集』天理図書館本の影印・翻刻を収めるとともに、真福寺から発見された

「逸題無住聞書」の断簡をも収録できたことは、研究史上大きな画期となることと思う。今後、無住の思想について本格的な議論が進められるであろう。ここでは、『聖財集』について、内容を概観し、その位置づけを考えてみたい。なお、『聖財集』については、詳しくは、拙著『鎌倉仏教展開論』（トランスビュー、二〇〇八）第八章に論じたので、参照されたい。

『聖財集』は、最初に序論もしくは総論に当たる部分がある。ここでは、まず「煩悩即菩提」という原則を掲げる。「煩悩即菩提」は大乗仏教で広く用いられるスローガンであるが、もともと煩悩をそのまま認めるというわけではない。煩悩と菩提（悟り）がその本質を一つにしているということで、それ故にこそ、煩悩の状態から悟りへと進んでいくことが可能となる。ところが、日本中世の本覚《ほんがく》思想の動向では、煩悩がそのままで悟りであるとして、凡夫の煩悩の状態をそのまま認め、悟りへ向けて修行する必要がないという主張さえも現われた。無住の特徴は、このような本覚思想的動向へのはっきりした否定であり、あくまで悟りへ向かって修行しなければいけないという修行重視の立場である。その点では、「煩悩即菩提」の原義に復帰するものと言ってもよい。

その際、興味深いのは、単純に煩悩を離脱するのでなく、悟りに向かって進んでいくエネルギーとして煩悩を利用しようという発想である。例えば、「生死を悪厭する、是れ瞋なれども極まれば智恵なり。……涅槃を欣求するも貪なれども、此の貪を極って二転の妙果を得ること、慈親に遇うが如し。……故に世間の財宝を求むる心を棄てずして出世の聖財を求めんと思う」（上五ウ―六オ。以下、天理図書館本の丁数を記す）と言われているように、生死をにくみ、涅槃《ねはん》を求めるというところに瞋《しん》や貪《とん》という煩悩執着の心を用いよ、というのである。

ここから、信・戒・慚《ざん》・愧《き》・多聞・智恵・捨離という七つの聖財を求めるべきことが言われ、それが本書の書名ともなっている。「世間に財利を求むる欲心を廻して聖財を求むべし」(上一二オ)と言われるように、世間で財利を貪《むさぼ》るのと同様の貪欲《どんよく》さをもって聖なる財を追求しなければならない。世間の煩悩が激しいものであるからこそ、それを聖財の追求に転換して用いるときの有効性も大きい。煩悩に安住するのでもなく、かと言って、煩悩を全面的に否定するのでもなく、煩悩を巧みに悟りに向う方向に用いていこうというところに、無住のしたたかさと真摯《しんし》さの両面を見ることができる。世俗的な話題をも含んだ説話を広く収集し、あるいは神仏習合にこだわったり、和歌陀羅尼《だらに》説を主張するなどの『沙石集』の特徴ある態度は、このような基盤から生じている。

無住はまた、本書中にしばしば「始覚」という言葉を用いている。「欣厭愛恚等も、能く用る時は、始覚の相に順ずべし」(上一一ウ)と、それらの煩悩を用いるには始覚の立場に立たなければいけないというのである。「始覚」は「本覚」に対するもので、段階的に悟りに向かっていく立場を指す。本覚思想が盛んだったこの時代に、本書のように、始覚の立場をはっきりと主張するものは他にはあまり見当たらない。本覚思想に対する始覚思想であり、これは無住の思想の大きな特徴として注目される。

『聖財集』の本論は、このような立場を明白にするために、十の四句をもって論を進めている。四句というのは、仏教で伝統的に用いられる四句分別の形式に習いつつ、四つの立場に価値判断を加えて優劣を明らかにするものである。これは無住の独創であるが、やや形式に流れるきらいがあり、また、十が必ずしもバランスよく論じられているわけでもない。例えば、第十の禅教四句だけで巻下のすべてを占めている。しかし、逆に言えば、この第十こそ無住がもっとも力を入れたところであり、実際、思想史的に見ても、積極的な諸教融合論が説かれており、はなはだ注目される。

ここでは、禅教四句と言われているものの、取り上げられているのは禅教の問題だけでない。このことは、最初に禅教・顕密・聖道浄土の三つの範疇《はんちゅう》が挙げられている（下四オ）ことからも理解できよう。禅・教が禅を中心とした教判であるのに対して、顕・密は密教を中心とした教判、聖道・浄土は浄土を中心とした教判である。このように、禅・密教・浄土という三つの立場からの教判を用いて、諸行の同等性を主張しようというのである。実際、ここで論じられている内容は、禅・浄土・密教の三つを中心にして、それらを並修することを理想としている。同時代の南都の凝然が、八宗兼学と言われながら、あくまで教学にこだわっているのに対し、実践中心であること、また、凝然が伝統的な諸宗を中心にして、新興の禅・浄土には付録的な位置しか与えていないのに較べて、無住が新興の禅・浄土を大胆に採用していることなど、無住の進取的な態度がはっきりと見て取れる。

悟りに向かって、どのような行でも可能な限りやっていくのがよいのであり、悟りを目指す開かれた態度が理想とされ、逆に頑迷で閉鎖的な態度は徹底的に批判される。「偏に学し、浅く解する」態度は、「偏見の禅師」「専修の一向念仏の行人」「土真言師」「木律僧」などと言われて、厳しい指弾にさらされる（下五一ウ）。同様のことは、『沙石集』では、巻四冒頭の「無言上人の事」で述べられている。無住が専修念仏に同調しないのもこの故である。

　ところで、無住はさまざまな遍歴の末、最終的に東福寺の円爾の高弟となり、禅の系譜に位置づけられるように考えられるが、ここにもさまざまな問題がある。そもそも円爾の系統が禅密一致の融合的な禅の立場を取っていたことはよく知られているが、このような併修禅の源泉は、ひとつには中国に由来する。即ち、鎌倉期の禅には永明延寿《えいめいえんじゅ》の『宗鏡録《すぎょうろく》』などの影響が著しいが、延寿は禅教一致、諸教融合をもっとも積極的に推進した思想家であった。しかし、延寿の影響だけでは説明できないところもある。密教との関係が大きな問題となったのは、きわめて日本的な現象であり、密教が早く衰えた中国ではほとんど問題にならなかった。『聖財集』ではこのことが自覚されており、「『宗鏡録』に諸宗の法門あれども、密宗の事、委細に見えず」（下一一オ）と、中国に密宗のないことを述べ、それに対して、「近代の日域の真言師、昔の大師の如く、内証の霊験希なりと云へども、効験まことに聞え侍り、時に随ふ利益多し」（下一一ウ）と、日本における密教の隆盛を述べる。即ち、無住の諸行併修、禅密一致は決して無思想、無原則なものではなく、はっきりと日本という場に立って、自覚的に採用された立場だったのである。

　しかも、さらに興味深いのは、無住が最終的に禅よりも密教の方に高い評価を与えていることである。即ち、究極の境地は禅も密も一致するが、その説き方において密教のほうが優れているというのである。「拙の方便は顕、巧の解行は密なり」（下一八オ）「但三密をこまやかに談ずる事は、密家最も勝れたるべし」(下一八ウ)と、その教説や行の体系が密のほうがしっかりしていると見るのである。ちなみに、『無住集』に収められた「逸題無住聞書」の断簡は、無住が円爾から受けた講義録であるが、その内容は『大日経(疏)』の講義である。このように、鎌倉期の禅密関係はきわめて興味深い議論がなされているのであり、『聖財集』もそのような流れの中に位置づけられる。

無住の説話集も、こうした広範な教学的な裏付けがあって、はじめて成り立つものとして、今後見直してゆくことが必要である。

『徒然草』の酒談義

私は基本的にアルコール類がダメで、会食の時など、不調法を詫《わ》びることになるが、ワインや日本酒など、本当にいろいろ銘柄があって、それらを味わい分けて楽しんでいる友人たちを見ると、ずいぶんと人生で損をした気分になる。

文部省在外研究員としてドイツのボーフム・ルール大学に滞在した時など、ワインとビールの本場だけに、その蘊蓄を聞きながらごくわずかでも口にすると、奥の深いドイツ文化の一端に触れた気分で、心が満たされた。京都市では、清酒を普及させる条例を作って、「乾杯は日本酒で」と推進しているので、せめて乾杯の時くらいはほんの少し付き合うようにしている。

酒は人類の歴史とともに古い大事な文化だ。と言いながらも、仏教では禁止されている。そこが厄介なところだ。「不許葷酒入山門」は、「葷酒山門に入るを許さず」ではなく、「許さざれども葷酒は山門に入る」と読むのだとか。そこで、『徒然草《つれづれぐさ》』第百七十五段。これは本当に読み返すたびに楽しくて、思わずニヤッとしてしまう。『徒然草』の中でも出色の一段だ。

まず最初は徹底的に酒の悪口を言う。「世には心えぬ事多き也。何事にも酒を勧めて、強ゐ飲ませたるを興ずること、いかなるゆへとも心えず」と、酒を強制することの理不尽を説き、さらに酒飲みの醜態をこれでもか、これでもかと描き出す。

飲む人の顔、いと堪へがたげに眉をひそめ、人目を測りて捨てんとし、逃げんとするを捉へて、引き止めて、すゞろに飲ませつれば、うるはしき人もたちまちに狂人となりて、おこがましく、息災なる人も目の前に大事の病者となりて、前後も知らず倒れ伏す。

云々と続いていくくだりは、どの一節を取っても、そうだそうだと言いたくなるような、酔者の醜態が延々と列挙される。酒飲み嫌いの私など、まさに我が意を得た、というところで、冷静な注釈者である安良岡康作氏までもが、「彼は、わたくしと同じく、酒に強いとは言えない人間の部類だったのではないかと想像されてくる」（『徒然草全注釈』下、角川書店、一九六八、二一三頁）と、つい筆を滑らせてしまうほど、見事だ。

そして、そうした具体的な酒飲みの行状を締めくくって、まさにとどめの一段が続く。

かゝることをしても、この世も後の世も、益あるべきわざならば、いかゞはせん。此世に誤ち多く、宝を失ひ、病を設く。百薬の頂とはいへど、よろづの病は酒よりこそ起これ。憂へを忘るといへど、酔ひたる人ぞ、過ぎにし憂さをも思出でて泣くめる。後の世は、人の智恵を失ひ、善根を焼く事、火のごとくして、悪を増し、よろづの戒を破りて、地獄に堕つべし。「酒を取りて人に飲ませたる人、五百生が間、手なき者に生る」とこそ、仏は説き給ふなれ。

この一段は、諸注釈も指摘するように、仏典に由来する表現が多く、特に最後の一文は、本文自体が仏説であることを表明している。これは、諸注釈に言うように、『梵網経』に出るもので、菩薩《ぼさつ》戒のうちの四十八軽戒の一である（「手なき者に生る」はいやな差別的な表現だが、こうした類《たぐい》は仏典に多い）。仏者である著者が経典まで引いて酒の害を説くのであるから、もうこれは最高の権威であり、誰も逆らえない錦の御旗であり、水戸《みと》黄門《こうもん》の印籠《いんろう》のようなものだ。

最初からだんだんテンションが高まって、その最高潮に達した一節と言っていい。だから、ここで本文が終わってもおかしくない、というか、むしろここで終わるのが順当だ。演説で言えば、延々と実例を説いてきて、いささか聴衆がうんざりしたところを見計らって、一段と声を張り上げて、ぱっと最後を締めくくるのである。いわばこれは禁酒集会の演説であり、ここでやんやの喝采《かっさい》を受けて段を下りることになる。逆に酒飲み連中の会でこんな演説をしたら、まさにシラケもので、冷たい視線が集中することになる。彼に演説させた幹事は、青くなっておろおろするところだ。

ところが、である。兼好はそれで終わらせない。「かく、疎ましと思ふ物なれど」と、ふっと蛇足のように付け加える。ここが曲者だ。もう終ったと思っていたから、こっちもとまどう。「え、なに。まだ何かあるの」と、改めて耳を傾ける。この転換が絶妙だ。「かく、疎ましと思ふ物なれど、をのづから捨てがたきおりもあるべし」と来るから、そうか、まあ、そう過激にならずに、多少は酒もいいんだな、というわけで、いささか酒飲みもほっとする。

そもそもこの時代、仏教の戒律など随分いい加減になっていて、「年老、袈裟掛けたる法師の、小童の肩を押へて、聞えぬことども言ひつゝ、よろめきたる、いとかはゆし」と、少し前のところで言われているようなことがごく当たり前であったから、大仰な前段の仏典の引用はいかにも興ざめで、誰もそんな戒律を本気で信じている人はいない。しかし、それが正面から出されると、正論であるだけに、誰も反対できない。今でも会社の社長なんかが聖人君子の言葉を引いて、およそ現実離れしたことをいかにももっともそうに言うのと同じような類だ。

もっとも戒律破りはふつうでも、坊さん連中はそこに何となく後ろめたいところがあるようで、いまでも彼らの集会で酒が出されると、「これは般若湯《はんにゃとう》ですから」とか何とか、言い分けがましく言うのは、何かしらにくめないところがある。

それはともかくとして、原則論を正面から出されて、ちょっと鼻白んでいたところだから、ここでまあ、兼好さんもそれほど話の分からない人じゃあないんだ、ということで、多少座がなごむ。「月の夜、雪の朝も、花の本にても、心のどかに物語して、盃出したる、よろづの興を添ふるわざなり」と来れば、酒飲みが嫌いな人でも、確かにそうだな、とうなずくことになる。「つれ〴〵なる日、思ひのほかに友の入り来て、取り行ひたるも、心慰む」――うん、この風流はよく分かる。酒だって、すべて悪いわけではないんだ。まさにこれは「文化としての酒」だ。

というわけで、酒嫌いをも納得させた上で、ここから今度は酒の楽しさに話が転ずる。さっきとまったく逆に、さっきほど数は多くないが、それでも、あれや、これや、楽しい例が挙げられる。ここもまた話のもっていき方が実にうまい。最初は何となくいかにもつつましげに、例外的に、「捨てがたきおり」が挙げられていたのが、次第に乗ってきて、「いとよし」とか、「いとをかし」とか、「うれし」とか、だんだん大胆にチョー楽しいレベルにまで高まってくる。そして、最後の極めつき。

さは言へど、上戸はおかしく、罪許る、者也。酔いくたびれて朝寝したるところを、主の引き開けたるに惑ひて、ほれたる顔ながら、細き髻差し出し、物も着あへず抱き持ち、引きしろひて逃ぐる掻取り姿の後手、毛生ひたる細脛のほど、おかしくつき〴〵し。

これは何だ、と言いたい。つまりは、深酒して、前後不覚に酔払って、人の家で寝込んで、二日酔いで、朝もまともに起きられないというのではないか。何が「おかしくつき〴〵し」だ。何が「上戸はをかし」だ。これはもう絶対に、「をのずから捨てがたきおり」の範疇を超えている！

結局、何のことはない。ここまで来て分かることは、この一段は全体として酒飲みの讃歌《さんか》だったのだ。最初、酒の害を延々と説くから誰もが惑わされるが、実は兼好の思惑はこっちにあったのだ。最初、酒を悪く言うから、酒嫌いの人も乗ってきて、そうだ、そうだ、ということになる。そして、「かく、疎ましと思ふ物なれど」と、何となくつつましやかに、あくまで例外事項として、酒でも多少はいいところがありますよ、と出してくるから、酒嫌いも、確かにそうだな、と認めてしまう。ところが、そこからどんどんエスカレートして、とうとう何のことはない、酔っ払い讃歌になってしまうのだ。どうやら安良岡氏の期待に反して、兼好はよほど酒好きだったらしい。そうでなければ、大事な第一段を、「下戸ならぬこそ、男はよけれ」と結んだりはしないだろう。

例えば、岩波の新古典文学大系本の注釈では、第百七十五段の主題を「飲酒の弊害と酒の徳について」と要約している。ほとんどすべての注釈が、同様に二面を説いたものだとする。確かにその二面が説かれていることは事実だが、しかし、二面は対等ではない。結局は、やっぱり酒はいい、というところに落ち着くのだ。しかも、兼好はそれを決して論理的に論証したりはしない。仏説を引きながらの飲酒の否定に対して、その後でもまったく反論はなされていない。ただ、例外事項を設け、その例外事項がいつのまにか肥大し、なし崩し的に既成事実化して、まあいいか、ということになってしまう。そこが人情の機微をついて、まことに巧妙だとしか言いようがない。

いささか話が飛んで恐縮だが、このやり方、日本の政治の世界でもけっこうおなじみだ。法律問題で論じていたのが、いつの間にか規則にない「忖度《そんたく》」の問題にすり替わっていく。考えてみれば、昔から大上段に振りかぶって律令を制定しながら、次第に例外事項の「令外《りょうげ》の官」をどんどん増やしていって、原則が骨抜きにされるのが常道だった。軍隊は絶対持たない、自衛隊は軍隊ではない、この程度ならば憲法違反ではない、と言いながら、いつの間にか立派に育って海外派遣までして、今度は憲法のほうが後追いで変更を求められるようになる。日本人とは、などという大仰な議論はともかく、どうもこういう非論理的なやり方は、昔も今もお得意のようだ。

＊『徒然草』のテキストは新日本古典文学大系版（岩波書店）に拠った。

良寛と仏教――『法華讃』をどう読むか

良寛と言えば、まず子供と手毬《てまり》をつく自由人というイメージが普及し、書と和歌が親しまれた。漢詩世界への注目ははるかに遅れ、また、仏教者としての認識はつい最近のことに属する。辻善之助の大著『日本仏教史』の中に良寛に関する記述が一行もないことはよく知られた話だが、禅宗史においてもその位置づけは未だ確定していない。

もちろん和歌の中にも仏教的なテーマは繰り返し現われ、「子供と手毬をつく自由人」というイメージもまた、禅的な洒脱味をバックにして語られる。だが、その漢詩を繙《ひもと》くとき、現われてくる心象世界はおよそ異なっている。円通寺での厳しい修行、『正法眼蔵《しょうぼうげんぞう》』に向かう慎みと喜び、当世の禅風の衰えへの嘆きと批判――それらは洒脱な自由人とはおよそ異なる硬質な世界を展開させる。しかもそれだけでなく、そこには壮大な文学的実験とも言える独自の世界が仕組まれている。その一端は、拙著『解体する言葉と世界』(岩波書店、一九九八)第十一章に論じた。

その漢詩の中でも、もっとも解明の遅れているのが晩年の『法華讃《ほっけさん》』『法華転』の法華讃仰《さんこう》である。百首以上に及ぶ力作を、しかも繰り返し手を入れ、さまざまなヴァージョンに編成し直している。北川省一氏のように、それを良寛の最終到達点として、彼の生涯を「法華聖への道」と見ることもできる（『良寛、法華聖への道』、現代企画室、一九八九）。だが、その法華讃仰の世界も、なかなかに一筋縄では行かない手強いものだ。

夜や寒き　衣やうすき　するすみの　おとさへしのぶ　閨の文　一筆染て　かほあげて　きのふは恨　けふはまた　こひしゆかしき　とりどりの　なにからさきへ　ああしむき
夜や寒き　衣や薄き　独寝の　夢も破て　うつとりと　硯引寄　書墨の　音さへ忍ぶ　閨の文　一筆染て　顔あげて　昨日は恨　今日はまた　恋しゆかしき　とりどりの　何から先へ　ああしむき

『法華讃』の最後に添えられた和歌は、完全に恋歌の体裁となっている。北川氏はこの裏に女性の姿を見ている（『良寛、法華経を説く』、恒文社、一九八五、三一頁、二五四頁）。そこまで読むことができるかどうかはともかく、少なくとも、「法華経との恋の道行を、時に恨み、時にゆかしくと書いた」（同、二五四頁）ことは間違いない。女人にことよせ、「独寝」の閨で、あるいは恨み、あるいは恋し、「うつとりと」浸りきり、そして「ああしむき（辛気）」とかき口説き、切ながる、なまめかしい老人の「ひとりあそび」の世界は、したり顔の悟りの世界とは余りに縁遠いなまなましさを伴い、ほとんど戦慄《せんりつ》さえ覚えるほどだ。たとえそれが「偈頌とは直接関係のない、いわば楽書、メモ」（同、三〇頁）だとしても、『法華讃』を完成した「その折の作者の境地と無縁ではない」（同）としたら、それはありきたりの説教臭い仏教論を寄せ付けない特異な世界の開陳である。

だが、それにしても『法華讃』それ自体は決して読みやすいテキストではない。そもそも、良寛の漢詩の解明が遅れたのは、和歌に較べて難しい語彙《ごい》とその典拠への知識が前提とされるため、ストレートに感情移入しにくいという制約が多かったためと思われるが、『法華讃』においてはその困難が倍加する。一方に『法華経』があり、他方に禅の世界がある。その両者の結合になる百余首は、『法華経』と禅の語彙とその内容を理解していないと、まったく近づきようがないきわめて特殊な世界である。それについては、仏教学者であり、良寛のよき理解者である竹村牧男氏による詳細な注解『良寛『法華讃』評釈』（春秋社、一九九七）が出て、語彙の出典や内容の解説が施され、その困難がかなり緩和されたのは、嬉《うれ》しいことである。

しかし、それで一応読めるようになったとしても、それでもなおそれをどういうスタンスから読み込んだらよいのかというと、その位置が定めにくい。宗教の世界は、それが有難い人には文句なしに有難いかもしれないが、必ずしも誰にでも普遍的に通用するものではない。言葉が分かっただけでただちに感情移入のできる世界ではない。そこにどのように作者の肉声を聞くことができるのか。信仰篤き善男善女ならば、『法華経』の一句に随喜の涙を流そうが、そうでなければ、そこにどういう感動を見つけたらよいのか。従来の良寛像に対するアンチテーゼとしての「仏教者」良寛という見方は確かに分からないではないが、今度は下手をすると、いかにもご立派で有難い高僧という、おもしろくも何ともない良寛像を描き出すことにもなりかねない。

『法華讃』の場合も、その末尾の和歌のミスマッチは強力なインパクトを与えるが、讃自体はむしろ生真面目すぎるくらいに『法華経』と禅の世界の枠の中を動いているように見える。例えば、巻頭の一首（以下、竹村本による）。

開口謗法華　口を開くも法華を謗り
杜口謗法華　口を杜《と》ずるも法華を謗る
法華云何讃　法華云何んが讃ぜん
合掌曰　合掌して曰く
南無妙法華　南無妙法華
　葫蘆藤種纏葫蘆　葫蘆《ころ》の藤種《とうしゅ》は葫蘆を纏う

最後の一行は著語と言われるもので、境地を簡潔な語句で示したものである。これは『法華讃』のすべての偈《げ》に付されているが、竹村氏の指摘するように、多くは『碧巌録《へきがんろく》』などの禅の古典に見える常套句《じょうとうく》を持ってきている。ここは、『正法眼蔵』葛藤《かっとう》の巻に出る先師（如浄）の語である。

この偈のいうところは、『法華経』を讃ずるに当って、言葉で表現しても誹謗することになり、では沈黙していればよいかというと、それでも誹謗することになる。言葉に出してもだめ、沈黙もだめ、というディレンマの中に追い込まれて、そこでどのように讃ずることができるのか、というものである。論理的な表現の限界まで言語を追いつめ、そのぎりぎりのところで「南無妙法華」という一句に跳び込もうというのである。『法華経』の言葉をただの文字面でなく、自らの主体性を賭《か》けて読み込もうというその覚悟である。

著語も基本的に同じ方向である。「葫蘆の藤種」(ひょうたんのつる)は、禅で言語表現を「葛藤」と言うことを踏まえている。「葛藤」というのは、言語が人を束縛するとともに、それを通してはじめて真理に至りうる、その二重性の表現である。この場合の「葫蘆の藤種」もまったく同じことで、『法華経』の文面にとらわれることを戒めるとともに、自ら進んでその藤種に身動き取れないまでに巻き取られることなくして、その体得はありえないことを言っている。

偈も著語もいかにも禅的な表現で、その意味ではぴたり決まっているとは言える。しかし、禅の常套的な表現を超えて、どこに作者独自の言語表現の開拓があるかというと、いささかもどかしい思いを禁じ得ない。確かに禅の世界に『法華経』を持ち込んだところに特徴があるとは言えよう。禅系統で『法華経』を重視したのは、まさに良寛が尊敬して止まない道元であり、この点でも良寛は忠実な道元の徒である。だが、禅と『法華経』が出会ったとき、それぞれに確固とした伝統を持つ禅と『法華経』という既成の枠をどれだけ打ち壊し、両者を超え出ることができるのか。それには、もう少し一連の偈に立ち入って見ていかなければならない。良寛の姿勢は、ある時は禅に傾き、ある時は『法華経』のストレートな受容に向かう。

千里同風
万法一規
寒潭月落
長天雁啼
龍女呈無珠
鶖子弁喪辞
霊鷲山上休登陟
大千界人帰去来
　拈了

千里同風
万法一規
寒潭　月落ち
長天　雁啼く
龍女呈するに珠無く
鶖子弁ずるに辞を喪う
霊鷲山上　登陟《のぼ》るを休めよ
大千界の人　帰去来
　拈じ了れり

（提婆達多品、第五十七偈）

これは、龍女（龍王の娘）が珠を仏に献じて成仏したという話をもとにしているが、「龍女呈するに珠なく」等々はいかにも禅的な理解である。いまさら仏のいる霊鷲山《りようじゆせん》に登る必要もない。つまり、悟りを求める必要もない。このままもとのありのままに戻ればいい、というのである。これはまさに禅的な発想である。

だが、こうしたいかにも禅的な理解よりも、むしろ『法華経』そのものに真正面から突き進んでいくような態度の強いのが、この一連の特徴である。その際にいわゆる『法華経』信仰者と異なり、『法華経』そのものを絶対視する経典フェティシズムに陥らないことは特筆すべきであろう。

誰道人身良難得
況値遺法未全萎
任重路遠通塞際
勉哉四安楽行師

嘱
建法幢　立宗旨
明明仏勅曹渓是
実出於痛腸

誰か道《い》う人身良《まこと》に得難しと
況んや遺法の未だ全て萎えざるに値うをや
任重く路遠し　通塞《つうそく》の際
勉めよや　四安楽行の師

嘱
法幢を建て　宗旨を立す
明明たる仏勅　曹渓《そうけい》是れなり
実に痛腸より出ず

（安楽行品　第六十二偈）

四安楽行は『法華経』を護持する者の守るべき身・口・意・誓願の四種類の修行であるが、この偈では、作者は四安楽行の修行を他人事としてではなく、まさに自らに課せられた行として受け止めている。「四安楽行の師」とは、他ならない良寛その人である。七字四句の偈は、そのまま作者自身の覚悟である。だが、著語を見ると、四安楽行によって護持されるべきものは『法華経』という特定の経典ではなく、「明明たる仏勅」であり、それは「曹渓」、即ち禅の流れによって伝持されてきたものである。こうして「法幢を建て　宗旨を立す」ことこそ自らに課せられた使命と自覚される。

ここでは、良寛の禅は決して飄逸《ひょういつ》や洒脱《しゃだつ》な世界ではない。「法幢を建て　宗旨を立す」という重過ぎる課題に自らを励まし、また、その理想と凡《およ》そかけ離れた世の禅風に憤ることになる。仏の言葉はまさに「葫蘆の藤種」として纏《まと》わりつき、突き動かして放さない。

曾参妙法恋旧因　　曾て妙法に参ぜし旧因を恋い
瞻蔔油燈燃一支　　瞻蔔《せんぷく》の油燈もて一支を燃す
燃一支　　　　　　一支を燃す
再得完全渠是誰　　再び完全を得たる渠《かれ》は是れ誰ぞ
　咄　　　　　　　　咄
珊瑚枕上双行涙　　珊瑚枕上双行の涙
半思君兮半恨君　　半ばは君を思い半ばは君を恨む　（薬王菩薩本事品　第八十七偈）

薬王菩薩は、過去世に一切衆生喜見菩薩と呼ばれたが、全身を燃やして仏を供養した。その後、生まれ変わって、仏の涅槃後、今度は自らの腕を燃やして仏に供養した。一切衆生が喜見《きけん》菩薩の腕の喪《うしな》われたことを嘆いたので、菩薩は誓願を発して、腕はもと通りになったという。

ここでも作者は喜見菩薩を他人事として見るのでなく、まさに自らをその位置に置いている。「一支を燃す」のリフレインにその思いが籠められ、また、「旧因を恋い」や「瞻蔔の油燈」にはどこかなまめかしい雰囲気が漂う。「再び完全を得たる渠は是れ誰ぞ」の「渠」は三人称の代名詞だが、禅語では名づけを超えた主体そのものを意味する。自ら腕を燃やし、その自己犠牲においてこそ本来の自己実現をなしえたのは、どこか遠くの神話上の喜見菩薩ではない。それこそ私であり、読者であるあなたなのだ。

著語は、白雲守端（一〇二五―七二）の上堂の語（『白雲守端禅師広録』など）に見える。これもまた、恨みつつ断ち切れないなまめかしい恋情を示唆する。従来の解釈が多く「君」を喜見菩薩のこととするのは不適切であろう。ここはあくまで喜見菩薩の立場から、仏に対する思いを述べたものと取るべきである。そう解することによって、この偈と著語は直接に巻末の和歌の「きのふは恨　けふはまた　こひしゆかしき」と結びつく。一見ミスマッチだった巻末の和歌は必ずしも「偈頌とは直接関係のない、いわば楽書、メモ」と言えず、むしろ『法華讃』一連の本質に関わるものである。離れようとして離れ得ない男女の恋愛関係になぞらえて、作者は仏と自らの関係を自覚的に捉《とら》えているのだ。

この偈をさらによく理解するためには、その直前の偈と一連で見る必要がある。

我今涅槃時将至　　我れ今涅槃の時　将に至らんとす
一切家業是爾累　　一切の家業は是れ爾《なんじ》の累
圃団禅板並拄杖　　圃団・禅板並びに拄杖と
漆桶・木杓・破草鞋　　漆桶・木杓・破草鞋と

十字街頭打開布袋　　十字街頭に布袋を打開す　　（薬王菩薩本事品　第八十六偈）

これは仏が入滅のときに喜見菩薩に後を託したことを歌ったものだが、その内実が禅的な相承に置き換えられていることに注意する必要がある。仏の遺嘱を受けたのは喜見菩薩であり、それは実は即ち私自身に他ならない。その余りに重い使命を思うとき（「任重く路遠し」）、とてもその任に堪えられず逃げたいという思いと、にもかかわらずそこから決して逃れ得ない因縁の絆《きずな》に心が引き裂かれる。それが「半ばは君を思い半ばは君を恨む」であり、「きのふは恨けふはまた　こひしゆかしき」である。第八十七偈には、「花見んといそぐこぶねに帆を挙げてふけかし風のふかであらかし」という和歌が添えられているが、「ふけかし風のふかであらかし」という心の揺れもまったく同じである。このように、第八十七偈は『法華讃』一連を理解する一つの大きな鍵《かぎ》となるものである。

自従一家郷別父　　一たび家郷に父に別れて自従《よ》り
倒指早是五十春　　指を倒せば早や是れ五十春
今日相逢不相識　　今日　相逢うも相識らず
甘作下賤客作人　　甘んじて下賤客作の人と作る

貧児思旧債　　貧児　旧債を思う　　（信解品　第二十三偈）

いわゆる長者窮子の喩をうたったものである。ある男が父のもとを離れて五十年間、貧窮のままに放浪した。父は大いに富を積み、たまたま戻って来た子供は、父と知らずにその威勢を見て恐れ、逃げ出した。父は我が子と知って連れ戻し、まずその子を卑しい仕事に就かせ、それから順次取りたてて、ついに死が近づいたときに親子であることを打ち明けて、すべての財産を子に与えたという話である。衆生は実はすべて仏の子であり、仏となるべき存在であるが、そのことを忘れて間違った教えの中をさ迷っているのを、仏は次第に低次元の教えから順次引き上げて、やがては自らと同じ高みにまで至らせる、ということを喩《たと》えている。

第二十三偈はこの話を歌ったものだが、ここでも決して第三者の話と見ているのではない。父（=仏）と離れてさ迷っているのは他ならぬ自分なのだ。ここにはさらに、円通寺を飛び出してから、さまざまに苦しい模索を続けてきた作者自身の来《こ》し方が振り返られているであろう。だが、それでも自分は精いっぱいやってきた。後半二句は自己を卑下しつつも、そこには一種の自足の思いがうかがわれる。

著語は『碧巌録』などに見える語で、貧乏しながら、返すあてのない昔の借金を思い煩っているということ。自分の無能を棚に上げて、さ迷い続けた過去を思い悩んでいると、批判的なニュアンスであるが、これも一種の自足の思いを籠めたものであろう。

仏と向き合い、仏に随《したが》い、そこから離れては引き戻される——そんな自分を励まし、時に絶望し、しかしそんな自分を認めてゆく。恋にも比せられる仏への思いの揺れ動きこそ、『法華讃』一連を支えている詩情であろう。

禅と女性——祖心・橘染子から平塚らいてうへ

男性優位の社会制度の中で抑圧された女性が、自ら主体的な生き方を求めようとするとき、仏教は大きな拠《よ》りどころとなるものであった。近年、女性と仏教の問題は研究が大きく進展してきているが、その研究は多く古代・中世を中心とするものであり、江戸時代に関しては必ずしも研究が十分ではない。

古代・中世において、仏教は一方で女人五障説を説くなど女性を抑圧する手段として用いられながらも、他方では女性の救済を説き、女性の活動する場を与えてきた。無学祖元の法嗣である無外如大《むがいにょだい》のように、すぐれた女性の仏教者も現われた。『千代野物語』のように、女性を主人公とした修行譚《たん》も著わされた。しかし、中世までは、女性が自ら教理・思想面で自分の説や境地を発言し、書物に著わすということはほとんど見られない。恵信尼文書が注目されるが、私的な書簡であり、そこには個人的な信仰は表明されているものの、思想的な問題が論じられているとは言えない。今後史料の発掘で、中世の女性の著わした文献が明らかになる可能性は十分あるが、現在のところ発見されておらず、女性が著わした仏教書は江戸時代になってはじめて見られる。

では、江戸時代に女性が著わした仏教書がどのくらいあるのであろうか。これについても研究が遅れていて、はっきりしたことは言えない。ただ、三田村鳶魚《みたむらえんぎょ》の手になる『近世仏教集説』には、女性の手になる仏教書として、祖心（一五八八―一六七五）の『祖心尼公法語』一巻と橘染子《たちばなそめこ》（一六六七―一七〇五）の『故紙録』二巻が収録されており、差し当たっての手がかりとなるものである。祖心には、他に『挙一明三《こいちみょうさん》』一巻が帰せられ、染子には『鳥のそら音』一巻が帰せられている。これらもまた、あわせて検討を要するものである。

私はすでに祖心と染子について、多少の論考を発表している（本節末の文献参照）。本節は個別的な内容としては新しいものはなく、文献についての詳しい検討はこれらの論文に全面的に委《ゆだ》ねる。ここではそれらに基づきながら、この二人の生涯と著作について紹介し、女性の自覚と仏教、とりわけ禅との関係について、今後考えていく手がかりとしたい。とりわけ、二人がともに臨済系の禅宗を学んでいることがはたして偶然であるのか、それとも何らかの必然性を持つのかということを、ひとつの検討課題としたい。最後に、やはり臨済系の禅を学んだ平塚らいてうの場合に触れ、近代へとつながる見通しをつけることにしたい。

祖心の生涯

祖心は天正十六年（一五八八）、牧村兵部大輔《ひょうぶたいふ》利貞《としさだ》の娘として生まれた。俗名はなあ。父利貞は秀吉に仕え、朝鮮に出陣したが、その帰路、文禄《ぶんろく》二年（一五九三）病没し、なあは前田利《とし》家《いえ》に引き取られ、利家の子利長の養女として、前田家の支城小松城主対馬守《つしまのかみ》前田長種《ながたね》の嫡子直《なお》知《もと》に嫁した。二子を儲《もう》けたが、姑《しゅうとめ》との折り合いが悪く、離別して、妙心寺雑華院《ざっかいん》の住職一宙和尚を頼って京都に移った。雑華院は牧村利貞の創建で、一宙は利貞の弟、従って祖心にとっては叔父《おじ》に当たる。

祖心はこの京都時代に禅の素養を身に付けたものと考えられる。祖心はきちんと師について印加を受けたわけではなく、正式に出家したわけでもないようであるが、後の著述を見ると、かなり深い素養があることが知られ、それも仏教だけに限らない。徳川家光《いえみつ》だけでなく、山鹿《やまが》素行《そこう》から慕われたことからも、その学識と人格のほどが知られる。沢庵《たくあん》とも親交があったといわれるが、それは必ずしも証拠があるわけではないようである。

二十一歳の時、会津城主蒲生《がもう》氏の重臣町野長門守幸和《ながとのかみゆきかず》に再嫁した。寛永四年（一六二七）蒲生氏が絶えたため、幸和は江戸に遷《うつ》り、後に幕府の与力となって、正保四年（一六四七）に没した。幸和との間には娘たあ（龍光院）を儲けたが、たあの娘で祖心の養女となったお振《ふり》の局《つぼね》（自証院）は、寛永十四年（一六三七）、家光のはじめての子千代姫（霊仙夫人）を産み、千代姫は後に尾張《おわり》徳川家の光友《みつとも》に嫁している。

祖心が家光に優遇されるようになったのは、祖心の義理の叔母《おば》春日局《かすがのつぼね》を介していると思われる。大奥で仏法を説き、かなりの力を持ったと思われる。大老酒井讃岐守忠勝《さぬきのかみただかつ》に比べて、「奥讃岐」と呼ばれたというから、その勢力のほどが知られる。正保《しょうほう》三年（一六四六）家光は祖心のために土地を与えて、蔭涼山済松寺《いんりょうざんさいしょうじ》（東京都新宿区榎町）を開いた。その完成は寛文三年

（一六六三）で、妙心寺雑華院三世の水南《すいなん》和尚を開山に迎えた。家光はそれ以前の慶安四年（一六五一）に亡くなったが、臨終に「尊骸は日光に蔵むと雖も、真魂は必ず済松寺に留まらん」と述べたという。祖心は延宝三年（一六七五）三月十一日に八十八歳の波乱に満ちた生涯を閉じた。

祖心の著作と思想

祖心の著作としては、『祖心尼公法語』と『挙一明三』が知られている。前者は厳密には祖心自身が著わしたものではないが、著作に準じて考えることができる。編者や編纂《へんさん》の経緯は不明であるが、全体は八つまたはそれ以上の部分に分けられ、それぞれ別々の場面での説法の記録やはじめから法語として書かれたものを集めている。その説法の相手は、将軍家光や大奥の女性たちなどと考えられるが、いずれも在家者と思われる。

内容を見ると、在家・出家の問題を論じた第三段にその特徴的な思想が表明されている。そこでは、世俗を捨てなくても修行できるか、という問いに対して、「在家にありても出家にありても、居所によるべからず、只何々の上にても、心ざしを本として、事々そのわざ〳〵に対して、信心の錬磨功積りて自由を得べし」と、在家・出家にかかわらず、どのような状態でも信心の修行をなすべきことを述べている。

その段の後半では、「今時古則などをさづけ候事、是ははるかのちに出来たる事と見へ申候、出家などの寺の道具程の物にて候」と、古則公案を授けて参禅するという禅寺の修行が、「寺の道具程の物」に過ぎないとして、厳しく批判されているところが注目される。そこから、「古則をうけ、坐禅などの事は、かならず〳〵うち置きたし、真実の坐禅と中候は、此心ざしにとゞまり、時々にまよひの我をしり、心ざし変ぜず、真の道をつとめ候事、真実の坐禅にて候」と、通常の意味での坐禅をも不要として、「心ざし」こそ重要であると見、「心ざし変ぜず、真の道をつとめ」ることが「真実の坐禅」であるとしている。

それは具体的には、「菩提心」を強くして、「一心を建立いたし、三世の諸仏の一心とへだてなくなり候はんと、信心つよく候はゞ、自由の身になられ」と言われるように、「一心」「信心」の重要性へと帰着する。

このように、在家・出家を問わないと言いながらも、実際には、禅寺での修行ができない在家者に可能な道を提示しており、それが「心ざし」の重視、とりわけ「信心」の重視になる。これは、祖心自身が必ずしも専門出家者として修行しているわけではないこと、説法の相手が将軍や大奥の女性たちであったことに由来しよう。

第二段では、「世を捨るといふを、人ごとに世間をすつる事と思ひ、世をきらふは迷ひなり、我心中に世間あり、……心中の世間、心中の衆生をしれば、信の心ざしをもつて、自心の世をすて、自心の衆生を度し、自心の山の奥にすむ程に、□の山を尋ぬる事なし」と、「世を捨る」ということは、決して世俗を離れることではなく、「信の心ざし」をもって自心の中の執着を捨てるべきことであると説いている。

次に『挙一明三』であるが、刊年不明の刊本があり、それには「隋流子」の序と跋《ばつ》があるが、著者名はない。しかし、跋の後に「祖心和尚六波羅蜜真妙注解」が収められているが、これは『祖心尼公法語』第五段に当たること、済松寺に祖心の著作として伝えられていること、『祖心尼公法語』の立場と矛盾しないこと、などから、祖心の著作と認めてよいと考えられる。序の作者「隋流子」は、『新纂禅籍目録』では「唐叔宗堯ノ事カ」としているが、宗堯《そうぎょう》（一六〇三―一六六〇）は、大徳寺の百八十六世の住持となっている。

本書は、「本文」として、ある人の説が段落に分けて紹介され、それに対して各段ごとに「或説」として、「本文」に対して批判的な見方が示されている。また、三箇所、「御不審」として、疑問が出され、それに対して「本文」と同じ人物による「答」と、それに対してもまた「或説」の批判が示されている。

序によると、「御不審」は「イトヤンゴトナキ御方」、「本文」は「一老宿」、「或説」は「去道者」の説であるという。従来、「イトヤンゴトナキ御方」は家光、「一老宿」は沢庵、「去道者」は祖心のことと考えられてきた。「イトヤンゴトナキ御方」に関しては家光という可能性は大きく、「去道者」は祖心のことであろうが、「一老宿」が沢庵であるかどうかは疑問である。「本文」の説は「或説」によって批判されるようにかなり初歩的であり、また、中国の思想に関する間違いもあって、豊かな教養を持った沢庵の説とは考えにくいこと、沢庵に対して祖心がそれほど無遠慮に批判するとは考えられないこと、などの点から、「本文」を書いた「一老宿」については不明と見るのが適切であろう。

「本文」の説は、我・人・諸法の三空を言い、その夢のような無常の存在を離れて、「一心」「本心」に到達することが悟りであると説くのが主眼となっている。これに対して、「或説」では、「本文」の空説が我・人・諸法の空を並列させるだけで抽象的であり、あくまで「自心ノ空」に立脚して、主体の立場を確立しなければならないことを言い、また、「本文」でいう「本心」が実体的存在に陥り、空から逸脱していることを批判している。このような実践的、主体的な立場から「心」の問題を捉えようとするのは、『法語』において「心ざし」を重視していることと較べて、軌を一にしていると考えられる。

このように、祖心の法語や著作においては、在家者の立場を重視し、実践的な「心ざし」や「信心」を強調しているところに特徴がある。しかし、女性の立場ということは特に明瞭《めいりよう》にはうかがわれない。

橘染子の生涯

橘染子は飯塚氏の出身で、柳沢吉保《よしやす》の側室となり、貞享《じようきよう》四年（一六八七）、継嗣吉里《よしさと》を産んだ。この吉里が実は将軍綱吉《つなよし》のご落胤《らくいん》であるというゴシップが広まり、柳沢騒動と呼ばれるスキャンダルとなり、さまざまなドラマの恰好《かつこう》のネタとなった。

元禄《げんろく》三年（一六九〇）、次男長暢《ながのぶ》誕生。だが、三歳で病没。続いて元禄五年（一六九二）に生まれた三男安基《やすもと》も三歳で没し、元禄六年（一六九三）に生まれた女子幸子《さちこ》（易仙《えきせん》）も元禄八年

（一六九五）に同じく三歳で没した。その精神的危機の中から禅に心を寄せ、小日向龍興寺の霊巌《れいがん》に参ずることとなった。その記録が『故紙録』である。宝永二年（一七〇五）五月一五日、三十九歳にて没し、龍興寺に葬られた。橘染子というのは『故紙録』にある著者名であるが、なぜ橘を名乗ったか不明である。

染子の禅の実践と研究は、染子自身の人生上の問題に発するものであるが、その際、吉保の影響は見逃されない。吉保は二十歳の時に、小日向龍興寺の竺道祖梵《じくどうそぼん》に参禅してから、さまざまな禅の師匠に参じ、その様子は、自ら編集した『勅賜護法常応録』に詳しい。本書は、宝永二年（一七〇五）頃の成立である。本書は吉保がこれらの諸師と交わした書簡や法語を集めて編集したものである。それに霊元法皇から『護法常応録』なる書名と序を賜ったことから、「勅賜」と題される。この『護法常応録』に和文の注を加えたものが『護法常応録鈔』である。前者は五巻に、御序一巻と謝表・目次一巻を加えた七巻であり、後者は前者の五巻分に注を付けて三十三巻になっている。『常応録鈔』の序によると、吉保が集めた語録を染子が和文に訳す予定であったが、染子の死により実現しなかった。そこで、吉保自身が筆を執ってそれを実現させ、染子の『故紙録』とともに龍興寺に納め、副本を吉里に与えたというのである。染子の禅の境地がそれだけすぐれていたこと、並びに吉保が染子を深く信頼していたことが知られる。

橘染子の著作と思想

『故紙録』は、染子の宗教的自伝とも言うべきものであり、幼児期に仏教に触れたはじめから、雲巌から印加を受けるまでのことを記している。染子はもともと宗教的な感性に富んだ少女であり、九歳で母を失ってから信心深く過ごした。吉保の側室となってからは、真言律の復興者覚彦浄厳《かくげんじょうごん》（一六三九—一七〇二）と、その弟子慶範《けいはん》の教えを受けたが、必ずしも納得しなかった。三人の子供をいずれも三歳で失って、その衝撃によってノイローゼ状態となったが、その時、吉保の勧めで禅の教えに触れるようになった。元禄八年（一六九五）、吉保は雲巌を招き、その際に染子は雲巌から「釈迦・弥勒ハ是レ他ノ奴、且ク道へ佗《い》ハ是レ阿誰《あすい》」という東山五祖法演の公案（『古尊宿語要』などに見える）を授けられた。

その後、染子は「生死事大無常迅速ナリ、ヨシタダ今ヨリシテ分陰ヲ惜マント、シカ思ヒトリシヨリ、行住坐臥ニ他ノ雑念ナク、二六時ノ中、心ヲ話頭上ニオキテマドロムウチニモ提撕ノ工夫ヲ忘レズ」というひたむきな求道に明け暮れた。翌年、雲巌の庵に参じたとき、「我ヒタスラ本参ノ話頭ヲ提撕《ていぜい》セリ。サリナガラ、知ラズ覚ヘズ他念ノ生ズルヲイカニ」と問うと、師は「善女人ハ却リテ念ノ生ズルヲ嫌ヒタマフヤ」と言って席を立った。染子は「亡前失後シ、ハタトユキアタリテ無語ナリキ」という有様であった。その時、傍らの人から、「話頭ト他念トコレ同カコレ別カ」と迫られ、ついに「忽然トシテ前後際断シ、ヒタスラニタダ阿誰阿誰トノミ答フ」というに至った。翌日、雲巌の弟子の岱《たい》首座がやって来て、吉保も同席の場で昨日のことが話題になった。吉保から、どうして茫然《ぼうぜん》無語となったかと問われ、「定メテコノ伎倆ツキハテテコソ」と答えて、吉保と岱首座が互いに目配せをするのを見るや、「忽然トシテ疑ヒ破ル」ことになった。こうしてその翌日にはついに雲巌を招き、その印可を得ることができた。

このように、染子は在家の身でありながら、我が子を三人失うという過酷な経験をきっかけに禅の体験を深め、印加を受けるに至った。『故紙録』は短いながらも飾ることなくその経緯を簡潔かつ的確に記しており、一人の女性の精神遍歴の書として稀有《けう》の貴重な記録となっている。そこに、祖心の法語や著作には見られなかった女性のなまの声を聞くことができる。

次に、『鳥のそら音』は『無門関』に対するかな書きの注釈書で、染子に帰せられているものの、その確証はなく、なお検討を要する。本書は、『無門関』全四十八則の本則を挙げた上で、それを和文で解釈し、和歌などを用いて自由な理解を展開している。それらの和歌は自作と考えられるが、そこに「智月女」という名を記している。「智月女」を染子と同一視できるかどうかは疑問があるが、いずれにしても女性の手になることは誤りない。

作者が女性であることを反映して、本書には女性に関する記述が少なからず見受けられる。基本的には、女性の五障・三従を説き（第九則）、ひがみやねたみの多い（第三十五則）、劣った存在と見られている。女性のあるべき姿は、ことばすくなく静かなことである（第三十則）。

しかし、全面的に女性を男性に従属させているかというと、そうではない。第四十二則では、

『維摩経《ゆいま》』に出る天女の話を引いて、「維摩居士の室なる天女の、他のわれをさして女人なりといふにつけて、我は女人なるやと十二年を経て、頭のかみのはしより足の爪さきにいたるまで女性を求るに、いまに微塵ばかりも見つけえぬと、みづからかこち給ふとやきけば、男、をんなといふことも、世の中の夢、幻のすがたのみにて、誠にはあらぬにやあらん」と、男女の区別は「世の夢、幻のすがた」であるとして、その区別の絶対性を否定している。吉保の『護法常応録鈔』序にも同じ天女の話を引いて、染子の優れていることを述べているので、同じ話を重視する『鳥のそら音』が染子の著作である可能性は十分にありうる。

このように、本書の女性観は、一方では男性より劣った存在としながらも、他方では男女の差別の固定化を否定するという両面を持っている。それが女性自らの自己認識として述べられていることが注目される。

なお、本書については、島内景二氏が慈雲尊者飲光《おんこう》による修訂本である修禅寺本を発見、紹介しており、研究が新しい段階へと進んでいる（島内『心訳・『鳥の空音』』、笠間書院、二〇一三）。さらなる研究の進展が俟《ま》たれる。

近代へ——平塚らいてうの場合

以上、祖心と橋染子という二人の江戸時代の女性の生涯と著作を検討した。祖心は最初の結婚に破れて禅に心を寄せ、染子は三人の子供を続けて幼いうちに亡くすという経験から参禅することになった。いずれも女性ならではの悲劇を宗教によって乗り越えたのである。その際、彼らがいずれも禅に拠りどころを求めたのは偶然であろうか。

恐らく同じような状況の中で、念仏などに拠りどころを求めた女性もいたであろう。しかし、禅は念仏などと違い、自己の自立性、主体性を重んじる。武家の出身で、教養の高い彼女たちが、自らの経験や思想を客観視し、言語化することができたことに、禅の発想が寄与したと見るのは、必ずしも無理ではないであろう。

その際考え合わされるのは、近代になってはじめて女性の自立を唱え、『青鞜《せいとう》』を発刊した平塚らいてう（一八八六―一九七一）が、やはり禅から出発していることである。らいてうは日本女子大在学中の十九歳の時、今北洪川《いまきたこうせん》の『禅海一瀾』に触れ、友人の木村政子の導きで坐禅に打ち込むようになる。日暮里《にっぽり》の両忘庵で、釈宗演《そうえん》の法嗣である釈宗活《そうかつ》の指導を受けて見性《けんしょう》を体験し、後に南天棒からも見性を認められている。

明治四十四年（一九一一）、『青鞜』を発刊し、女性の自立へ向けて第一歩を踏み出すが、その創刊宣言である「元始、女性は太陽であった」には、彼女の禅体験が濃厚に反映している。「元始、女性は実に太陽であった。真正の人であった。／今、女性は月である。他に依って生き、他の光りによって輝く、病人のような蒼白い顔の月である」という書き出しはあまりに有名であるが、ここでの「元始」は禅的に言えば「父母未生以前」とも言うべき本来性である。その本来的なあり方での完全性が「太陽」に喩えられる。それが「真正の人」と言われるのは、臨済の「一無位の真人《しんじん》」のことであり、らいてうはそれを「最上層の我、不死不滅の真我」とも言っている。

彼女はさらに、「天才は男性にあらず、女性にあらず。／男性といい、女性という性的差別は精神集中の段階において中層ないし下層の我、死すべく、滅ぶべき仮現の我に属するもの、最上層の我、不死不滅の真我においてはありようもない。／私はかつてこの世に女性あることを知らなかった。男性あることを知らなかった」と、男女の区別の絶対性を否定し、「精神集中」によって、女性の天才を発揮させるべきことを主張した。

『青鞜』発刊より前、らいてうを一躍有名にした森田草平との心中未遂事件（煤煙事件・塩原事件。一九〇八）でも、らいてうは「わたくしは女でも、男でもない」と言って草平を煙に巻いたが、まさにその禅的な発想が、『青鞜』時代にまで続いているのである。そうとするならば、らいてうの禅体験は決して気まぐれな偶然ではなく、彼女の女性解放思想に深く結びついていることになる。近代において女性の解放を謳《うた》ったのはキリスト教の影響が大きかったが、実際に女性が自らの力で思想を築きあげようとしたとき、拠りどころとなったのは、この場合も禅であった。

江戸時代の祖心、染子だけでなく、近代においても女性が自らの思想形成を始めようとしたときに、まず禅が手がかりになったとすれば、女性の思想形成と禅との関係は、ますます偶然とは言えなくなる。中でも、染子の場合も、らいてうの場合も、ともに男女を超越するところに注目しているのは興味深い。空の立場に立てば二項対立的な差別は否定されるのは当然であるが、浄土系などでは真諦《しんたい》に対する俗諦を持ち出すことで、現実の差別を認めることが可能になる。しかし、禅は真諦の立場を前面に打ち出すことにより、性差は一気に突破されることになる。このように見るならば、日本の近世・近代において、女性が自らを主張し、表現できるようになる過程で、禅が果たした大きな役割を認めることは十分に可能であろう。

しかし、ただプラス面だけを見ることは危険である。祖心は大奥の取締りに当たるなど、既成社会の枠組みの中に女性を入れ込む役割を果たしたし、染子も現実には吉保に依存し、女性を男性よりも劣った存在とすることを承認している。らいてうは、その思想の発展の中で、やがて禅的な男女超越から一歩進めて、女性として闘う姿勢を鮮明にしていく。それ故、禅の果たした役割はあくまで限定的であったといわなければならない。確かに禅には二項対立的発想を超越することを説くが、それではその先、具体的にどのような倫理を提示できるかというと、はなはだ弱いと言わなければならない。禅の可能性と同時に禅の限界にも眼をつむることはできない。

＊本節は、東方学会主催第五〇回国際東方学者会議（二〇〇五年五月二〇日、於東京）におけるシンポジウム「江戸時代再訪」での発表原稿をもとに加筆した。なお、祖心・染子・らいてうのそれぞれについては、以下の論考に詳しく論じた。

末木文美士「祖心尼——著作と思想」（圭室文雄編『日本人の宗教と庶民信仰』、吉川弘文館、二〇〇六年）

末木文美士「橘染子の禅理解」（江島恵教博士追悼記念論文集『空と実在』、春秋社、二〇〇一年）
King, S & Sueki, F: *Wastepaper Record*, Kōonji, 2001.（『故紙録』原文と英訳の対照）
Sueki, F., Tachibana no Someko (1667-1705): A Laywoman Who Practiced Zen in the Edo Period.（*Development and Practice of Humanitarian Buddhism*, Tzuchi University Press, 2007）
末木文美士「女性の目ざめと禅――平塚らいてう」（『他者・死者たちの近代』トランスビュー、二〇一〇年）

6　愛と修道——漱石のジェンダー戦略

プロローグ——漱石にとっての修道

夏目漱石（一八六七—一九一六）が晩年親しく手紙を交換した中に、臨済宗妙心寺派に属する神戸祥福寺（神戸市兵庫区五宮町）僧堂の二人の若い僧鬼村元成《きむらげんじょう》と富沢敬道がいた。大正三年（一九一四）に鬼村が漱石の『吾輩は猫である』を読んで手紙を出したことから交流が始まり、その後、鬼村の先輩の富沢も加わって、鬼村宛二十通、富沢宛五通に及ぶ。最初は、自分の本を読むのは修業の邪魔になるから、「まあ叱られない程度で御やめなさい」（大正三年四月一九日付鬼村宛）という軽いもので、鬼村の写真を送られて、「あゝした姿勢を見ると何だかわざ〳〵拵えて旨く出来過ぎてゐるやうにも思はれます」（同六月二日付鬼村宛）と突き放していたのが、まじめな若者たちに触れて、次第にその付き合いは真剣みを増し、わざわざ岩波茂雄に頼んで哲学書を送らせる手配もしている（大正五年八月一四日付岩波宛）。そして、遂に二人は大正五年十—十一月に漱石の家に止宿して、東京見物をするまでになる。同年十二月九日に漱石は没するので、本当にその直前である。帰寺した彼らに宛てた手紙は、内実のある最後の手紙となった。その中には、皮肉屋で辛辣《しんらつ》で屈折に満ちた漱石とは思えないほどの真摯《しんし》で率直な心情が吐露されている。

十一月十五日付の富沢宛の手紙で、漱石は、「私は五十になつて始めて道に志ざす事に気のついた愚物です」と告白し、「私は貴方方の奇特な心得を深く礼拝してゐます。あなた方は私の宅へくる若い連中よりも遥かに尊とい人達です」と賛美している。また、十一月十日付の鬼村宛の手紙では、「坊さん方の奇特な心掛は感心なものです。どうぞ今の決定の志を翻へさずに御奮励を祈ります」と、彼らの修行の志を称《たた》え、「私は私相応に自分の分にある丈の方針と心掛で道を修める積です。気がついて見るとすべて至らぬ事ばかりです。行住坐臥《ぎようじゆうざが》ともに虚偽で充ち〳〵てゐます。耻づかしいことです。此次御目にかゝる時にはもう少し偉い人間になつてゐたいと思ひます」と、自己懺悔《さんげ》と、「道を修める」決意を述べている。「あなたは二十二私は五十歳は二十七程違ひます。然し定力とか道力とかいふものは坐つてゐる丈にあなたの方が沢山あります」と自ら述べるように、年の差が逆転したかのような敬意と自己卑下は、何かそれまでの漱石と異なる変調のようなものをうかがわせる。

晩年の漱石の境地をめぐっては、門弟たちによる「則天去私」に対する偶像崇拝的な持ち上げがあまりに極端であったために、その後の研究はかえってその問題を避けて通ってきたところがあるように思われる。けれども、二人の僧に対する漱石の正直すぎる告白を読めば、漱石が彼らの求道に共感し、自らも自分なりに「道に志ざす」あるいは「道を修める」決意を持って、向上に努めようとしていたことは明らかである。驚くほどの自己卑下は、「則天去私」を悟り澄ました達人的な境地と見る限り、まったく見当外れであることを示しているが、他方、その真摯な文面から見れば、漱石の心情が宗教的な修道から離れたものでなかったことも明白である。

それでは、「私は私相応に自分の分にある丈の方針と心掛で道を修める積です」という決意は、具体的には何を意味しているのであろうか。自らも彼らと同じような仏道修行をしようというのであろうか。確かに漱石が円覚寺《えんがくじ》の釈宗演（一八六〇―一九一九）について参禅したことはよく知られている。明治二十七年（一八九四）のことである。宗演は慶應義塾に学び、セイロンに留学、師の今北洪川の没後、明治二十五年に若くして円覚寺派管長に就任した禅界のホープであった。積極的に居士を受け入れ、鈴木大拙らを育てたことでも知られる。

だが、漱石はその世界に入り込むことができなかった。自らの経験を生かした『門』では、主人公の宗助は参禅したものの結局うまくいかず、「彼は門を通る人ではなかつた。又門を通らないで済む人でもなかつた。要するに、彼は門の下に立ち竦んで、日の暮れるのを待つべき不幸な人であつた」（二十一）と断定する。このあまりに有名な文句は、作家としての漱石自身の立ち位置を的確に示している。門を通り抜けて悟り澄ましてしまうのではなく、かと言って門を離れて世俗に埋没してしまうのでもなく、その中間の門の下に立ち竦《すく》み書き続けることこそ、漱石が自らに課した業であった。

そうとすれば、漱石にとって、「自分の分にある丈」のものは、小説を書くということを措《お》いて他になかったはずである。フィクションを紡ぐことによってのみ、宗教的な修行とパラレルに「道を修める」ことになるという信念、それが最晩年の漱石を支えていたのである。その頃の漱石は、『行人』『こゝろ』『道草』などの苦渋に満ちた作品を経て、『明暗』に至り、その

『明暗』も中盤の山場に差し掛かったところである。そして、死によって『明暗』は中断したままに終わることになる。漱石にとって、小説を書くことによってのみ、修道は成り立ちえた。『明暗』を「則天去私」の態度で書いていると弟子に向かって言っているのは（松岡譲『漱石先生』）、その意味に他ならないであろう。

それらの小説で漱石が一貫して追い求めたのは、異性という他者との関わりが、いかにして成り立ちうるかという問題であった。漱石はその問題を現実の世界ではなく、虚構の世界での思考実験において徹底的に追求しようとした。「五十になつて始めて道に志ざす」ようになった、というのは、最後の『明暗』が、それまでの作品に比べて大きな転換を示していることを暗示する。

そもそも『明暗』というタイトルは禅語に由来する。漱石がそのことを知って用いたことは、久米《くめ》正雄《まさお》・芥川龍之介《あくたがわりゅうのすけ》宛消息（大正五年八月二一日付）に、「尋仙未向碧山行。住在人間足道情。明暗双双三万字。撫摩石印自由成」という漢詩を披露し、それに「明暗双双といふのは禅家で用ひる熟字であります」と自注を付していることから明らかである。なぜ男女の葛藤《かっとう》をうんざりするまで描き込む作品が、禅的な修道になるのであろうか。

「明暗双双」は、例えば、『碧巌録《へきがんろく》』第五十五則の雪竇《せっちょう》の頌《じゅ》に「明暗双双、底《なん》の時節ぞ」（伝統的な読みでは「明暗双双底《てい》の時節」）と出てくる。これはもともと巌頭《がんとう》の「恁麼《いんも》恁麼、不恁麼不恁麼」という言葉をめぐる羅山と招慶の問答で、羅山が「双明亦た双暗」と答えたことが典拠となっている。「双明」は「恁麼恁麼」（そうだ、そうだ）という肯定で、万物が明々白々に明らかになっている方面、「双暗」は「不恁麼不恁麼」（そうでない、そうでない）という否定で、万物が一体となった方面を意味する。「明暗双双」は、その両面が具《そな》わっているということであり、「暗」は悪い意味での暗闇ではない。「明」の現実相を徹底的に追求することが、同時にそれがその奥の「暗」なる世界を照らし出すことになる、と解すれば、そこに『明暗』の求めるものが明瞭《めいりょう》になろう。門のこちら側が「明」とすれば、門の向こう側は「暗」である。

だが、なぜ漱石はそれほどまでに男女の葛藤にこだわるのであろうか。そして、それははたして本当に修道に通ずるのであろうか。それには、異性という他者の発見が、じつは近代の大きな課題であったという事情を理解しておかなければならない。前近代の秩序の崩壊の中で、異性はどう対処してよいか分からない他者として立ち現われる。その他者とどのように関わればよいのか。その探求は、そのまま人のあり方を問う根源的な問題となっていく。

近代的「愛」の成立と矛盾

男女の関係に「愛」が用いられるようになったのは明治もかなり進んでからのことであったようだ。近代文学の出発として讃《たた》えられる坪内逍遥《つぼうちしょうよう》の『当世書生気質《かたぎ》』（一八八五）で、ラブに「愛」と注釈しているのが早い例とされる（佐伯順子『「色」と「愛」の比較文化史』）。それまで、「愛」には仏教語の影響で否定的なニュアンスが籠《こ》められていた。

仏教では、「愛」は「渇愛」といわれ、喉の渇いた人が水を欲するように、理性で抑えられない衝動的な欲望や執着であり、苦のもとになるものである。儒教では愛は仁と同義とされ、仏教でも肯定的に用いられることもあるが、必ずしも積極的な徳目として広く用いられたわけではない。もっとも日本語の文脈では、「愛」は「はし」「うるはし」「めぐし」「うつくし」などの形容詞に用いられ、「自分の身近なものに対する愛情をあらわす語であって、著しく情緒的な意味であった」（松下貞三『漢語「愛」とその複合語・思想から見た国語史』、二五三頁）。それが聖書の翻訳で「アガペー」の訳語として用いられるようになり、さらに明治二十年代頃から「エロス」の意味で用いられるようになったという。

明治における恋愛の賛美はキリスト教の影響によるものであり、「「色」という言葉が「肉欲」や容色という狭い意味に限定され、その対極にある精神的関係を表現するために、「愛」「恋愛」という言葉が持ち出されているのである」（佐伯順子『「色」と「愛」の比較文化史』、一〇頁）。明治における「愛」の導入は男女平等の観念を含み、その中で、親が決める「脅迫結婚」に対する「自由結婚」が賛美されるようになる。「愛」は結婚を通して、一夫一妻制に基づく理想の夫婦関係につながるはずであった。

しかし、現実は必ずしもそうはうまくいかない。とりわけ明治の絶対天皇制下で、男性優位の家父長体制は強化される。封建時代の遺制とされる「家」はむしろ近代の産物であることが知られている（上野千鶴子『近代家族の成立と終焉』）。それは制度的には一八九八年（明治三十一）の民法の施行によって完成されたが、そのもととなるイデオロギーは一八八九年（明治十九）の大日本帝国憲法と、翌年の教育勅語にもっともよく表わされている。教育勅語では、

「父母ニ孝ニ、兄弟ニ友ニ、夫婦相和シ」と、家族道徳を基礎としながら、それは、「一旦《いったん》緩急アレハ義勇公ニ奉シ以テ天壌無窮ノ皇運ヲ扶翼スヘシ」と、最終的に天皇に吸収される性質を持っている。天皇制をもっとも身近な家庭道徳と結びつけたところに近代天皇制の卓抜のアイディアがあった。

江戸時代が必ずしも儒教の時代と言えないことは今日では常識になっているが、家族道徳は儒教のみではなく、仏教や心学などを通して民衆にかなり根ざしていたものと思われる。それを基層に組み込んだところに近代天皇制の巧妙なところがある。天皇制国家自体が、天皇を家長と見立てた擬似家族の形態を取ることになる。

その中で、夫婦の和合は二重の意味を持たされることになる。即ち、一方で輸入されたピューリタン的な理念であるとともに、もう一方では教育勅語的な道徳再編の基礎として組み込まれる。前者の立場からすれば、男女は平等であるべきであるが、後者の立場からすれば、男性の優位は明白である。同じように近代の倫理を構成するものでありながら、男女の平等と家父長制の強化という正反対の方向を向かうものが重層しているのである。しかも、教育勅語の「夫婦相和」はもともとの中国の儒教の「夫婦有別」とはまったく異なる日本的なものであることが知られている（渡辺浩「「夫婦有別」と「夫婦相和シ」」）。日本の家父長制は、「有別」の隔絶ではなく、「相和」を夫婦のキーワードとすることによって、近代の中に見事に滑り込んでいくことになるのである。

その中で、「愛」をキーワードとする男女の関係はかえって居心地悪くギクシャクする。文学の世界では、二葉亭四迷の『浮雲』（一八八七—八九）から始まって、男には女が理解できないという断絶感がしばしば表明される。理念的には男女対等の恋愛を希求しながら、実質的に男が女を養うという経済構造がある以上、そこには対等は成り立たない。「ああつらい！　つらい！　もう——もう婦人《おんな》なんぞに——生まれはしませんよ」という『不如帰』の浪子の歎《なげ》きが女たちの共感を呼ぶことになる。男もまた、良心的であろうとすればするだけ、自分自身の立つ位置にとまどい、女を理解不能の他者として退けることになる。

こうして漱石の登場となる。漱石の後期の長編小説は、ほとんどすべてが男女の出会いと共同生活の困難を通して、自己と他者の関わりがどう捉《とら》えられるかという問題を中心に展開していく。時あたかも日清・日露戦争を経て、ようやく近代化が一段落するとともに、社会の矛盾が顕在化してくる時期である。明治から大正へと移り変わる中で、従来の村落共同体から切り離された都市生活者として立とうとする知識人にとって、新しい近代的な倫理の確立が急務となる。教育勅語的な国家の押し付けでなく、かといって現実から浮き上がったピューリタニズムの理想主義でもなく、現実の矛盾を見据えた上でどのようにして新しい倫理が可能となるのか。そこに漱石の苦闘が生まれる。

女性像の原型

理想的な女性像──『草枕』

男女という観点で見るとき、後に漱石が展開する問題の原点は『草枕』（一九〇六）に籠められている。ヒロイン那美《なみ》さんの登場は茶店の婆さんの長良の乙女の話で予兆される。それは「さゝだ男に靡かうか、さゞべ男に靡かうかと、娘はあけくれ思ひ煩つたが、どちらへも靡きかねて、とう〳〵……淵川へ身を投げて果てました」という『万葉集』以来の説話が下敷きになった三角関係の悲劇である。三角関係は『草枕』のみならず、少なくとも『こゝろ』に至るまでの漱石の長編小説の大きな主題であり、男が二股《ふたまた》かける話まで入れれば、最後の『明暗』まで続く。『草枕』の那美さんもまた、京都で出会った男と一緒になりたいと願いながら、親の強制で「城下で随一の物持ち」に嫁ぐ。「脅迫結婚」の典型である。しかし、折り合いが悪く、しかも（日露）戦争で夫の勤めていた銀行がつぶれて、彼女は那古井《なこい》に戻っている。

出戻りの那美さんは、当然ながら周囲の評判が悪い。銀行がつぶれて旦那《だんな》が貧乏になったら、さっさと実家に戻ってしまったというのでは、評判がよいわけもない。そればかりでない。家に戻れば戻ったで、今度はお寺の坊主がのぼせ上がって、挙げ句の果てにお寺にいられなくなったというような事件を起こす。桃源郷のような那古井の里の異分子だ。

もっとも寺の和尚の見方は少し違う。

「ハ、、、、。それ御覧。あの、あなたの泊つて居る、志保田の御那美さんも、嫁に入つて帰つてきてから、どうも色々な事が気になつてならん、ならんと云ふて仕舞にとう〳〵、わしの所へ法を問ひに来たぢやて。所が近頃は大分出来てきて、そら、御覧。あの様な訳のわかつた女になつたぢやて」

「へえゝ、どうも只の女ぢやないと思ひました」

「いや中々機鋒の鋭どい女で――わしの所へ修行に来て居た泰安と云ふ若僧も、あの女の為めに、ふとした事から大事を窮明せんならん因縁に逢着して――今によい智識になるやうぢや」（十一）

漱石の中長編の中で、もっとも禅味が濃いのが『草枕』であるが、なかでもヒロイン那美さんは禅の修行の進んだ女性として描かれている。語り手との問答も禅問答的だ。

「こゝと都と、どつちがいゝですか」

「同じ事ですわ」

「かう云ふ静かな所が、却つて気楽でせう」

「気楽も、気楽でないも、世の中は気の持ち様一つでどうでもなります。蚤の国が厭になつたつて、蚊の国へ引越しちや、何にもなりません」

「蚤も蚊も居ない国へ行つたら、いゝでせう」

「そんな国があるなら、こゝへ出して御覧なさい。さあ出して頂戴」と女は詰め寄せる。

（四）

いつ頃から女性が参禅するようになったのか分からないが、かの煤煙事件のヒロインとなった平塚らいてうは、日本女子大在学中の一九〇五年から熱心に参禅している。らいてうは同級生の木村政子に感化されたが、他にも同じ女子大生で参禅しているものがいたようである（拙稿「女性の目ざめと禅」、『他者・死者たちの近代』所収）。女性の参禅も「新しい女性」のひとつの姿であり、漱石はいち早くそこに目をつけている。

らいてうは、後に海禅寺の留守を預かる僧中原秀岳に突然接吻し、そのために秀岳がのぼせあがって求婚するという事件を起こしている。それは一九〇七年のことであり、しかもらいてうが後に自伝『元始、女性は太陽であった』ではじめて明らかにしたことであるから、『草枕』を書いたときの漱石が知るはずもない。それにもかかわらず、ほとんどそれに近い話を出しているのは、驚くべきことである。

煤煙事件のらいてうをモデルにしたともいわれる『三四郎』の美禰子《みねこ》よりも、『草枕』の那美さんのほうがよほど生き生きと描かれている。結婚こそ意に染まなかったが、それに負けずに自分の生き方を積極的に築こうとする。彼女の様子は、「不幸に圧しつけられながら、其不幸に打ち勝とうとして居る顔」と描写される。さゝだ男とさゝべ男に同時に言い寄られたらどうするかと問われて、「どうするつて、訳ないぢやありませんか。さゝだ男もさゝべ男も、男妾にする許ですわ」（四）ときっぱり答える。

しかし、那美さんの心はそれほどきれいに割り切れているわけではない。鏡の池のことを、「身を投げるに好い所です」と紹介して、「私は近々投げるかもしれません」とどっきりさせ、「私が身を投げて浮いて居る所を――苦しんで浮いてる所ぢやないんです――やす〳〵と往生して浮いて居る所を――奇麗な画にかいて下さい」（九）。そして、そこで以前の夫が食い詰めて満州に行くというのに、ひそかにお金を渡す。

最後に、出征する従弟の列車を見送った駅で、思いもかけず同じ列車から元の夫が顔を出して那美さんと顔を見合す。

那美さんは茫然として、行く汽車を見送る。其茫然のうちには不思議にも今迄かつて見た事のない「憐れ」が一面に浮いている。

「それだ！　それだ！　それが出れば画になりますよ」

と余は那美さんの肩を叩きながら小声に云つた。余が胸中の画面は此咄嗟の際に成就したのである。（十三）

「非人情」に徹して語り手の画家と正面から渡り合っていた那美さんが、ふと見せた綻《ほころ》び――そこでこの話は終わる。ここでは、女性はあくまで画材として、その理想的なあり方が追求される。それは、「憐れ」を含みつつ毅然《きぜん》と自立した女性である。しかし、外から見られた画材でなく、直接女性と関わったらどうなるのか、それがその後の漱石の課題となる。一九〇七年に朝日新聞社入社以後の長編小説は、『坑夫』を除けば、すべて男女の関係が中心の主題であるか、少なくとも主題の一つになっている。その際、長良乙女のバリエーションが巧みに用いられる。

しかも漱石の進め方は周到である。まず、『虞美人草』(一九〇七)は、長良乙女のモチーフの裏に絡んだ欲望の問題を大雑把《おおざっぱ》に提示する。そこでは男女双方の利害が絡み合う。しかし、『坑夫』に続く『三四郎』からは視点を男の側に固定し、『それから』以後は徹底的に男の心理にこだわってそのエゴイズムを暴き出す。『こゝろ』に至るまで、それを極限まで追求する。ここまで抽象化された閉じた空間で実験的に展開されてきた男女関係から、『道草』で金銭絡みの日常の泥沼に踏み込むと同時に、男のエゴがはじめて女の立場から批判され、相対化される。そして最後に『明暗』で男の側の「所有」に対する女の側の「愛」の原理が提示され、『虞美人草』で概略が示された男女の関係が、はるかに深められて展開することになる。『明暗』は未完に終わったが、ともあれ漱石の問題設定は一サイクルし、男の立場から女の立場まで至って輪を閉じることになる。

このように、『明暗』にいたる道程はまさしく『草枕』の牧歌的な寓話《ぐうわ》の裏側を抉《えぐ》り出し、男女がいかに関わることができるかという問題意識で一貫している。しかも、個々の長編がそれぞれで完結するとともに、連鎖をなしながら必然的に大きな主題の展開を示して、それが未完の『明暗』で完結する構造になっている。それはあたかももっとも抽象的なところから出発して、もっとも具体的なものへと向かうヘーゲルの体系を思わせる。決して最初からすべて意図されたことではなかったであろうが、少なくとも「男女」という主題にポイントを置くかぎり、漱石の長編は、一群の連鎖的な長編群として読まれるべきものである。

男女のドラマの開幕——『虞美人草』

『草枕』を受けながら、次の長編群への序曲をなす『虞美人草』は、最後の『明暗』と同様、男女両方の心理に分け入る。その点で、その間に挟まる長編群がもっぱら男の目から描かれているのと異なり、一回りして『明暗』と照応することになる。

『虞美人草』は、藤尾が小野と宗近《むねちか》の間で引き裂かれるという点で『草枕』の長良乙女のテーマの延長であるが、同時に小野のほうもまた藤尾と小夜子《さよこ》の間で引き裂かれ、男女で相似の問題が展開する。小野は藤尾に惹《ひ》かれながらも、孤堂先生への義理から藤尾を棄てて、孤堂先生の娘の小夜子を選ぶ。小野に棄てられ、宗近からも拒否されて藤尾は死を選ぶ。

しかし、『虞美人草』は決して単純な愛の悲劇ではない。その裏には男の側にも女の側にも欲望と打算が潜んでいる。小野が藤尾に頼るのは、「あすこには中以上の恒産があると聞く」(十二)からでもある。最後に宗近に説き伏せられて、藤尾を棄てて小夜子を選ぶのも、どう見ても納得のいくことではない。それでは藤尾は純粋かというと、小野との結婚には利害を計算した母親が立ち回り、その浅薄な計略が悲劇のもととなる。「男の用を足す為めに生れたと覚悟をしてゐる女程憐れなものはない」(六)という矜持《きょうじ》は、結局「虚栄の毒を仰いで斃れ」

るしかない。（十九）

『虞美人草』は作品としては必ずしも十分に成功したものではない。打算で愛情が崩壊するのは、『金色夜叉《こんじきやしや》』を俟《ま》つまでもなく、明治の文学の通俗的なテーマであり、そのような図式を必ずしも出てはいない。しかし、ここには漱石がその後展開する問題が出揃っている。愛と欲望、道義の絡み合い、そして、個人同士の愛の中に入り込んでくる家族——それらは『明暗』に至るまで漱石が追い求める問題となる。しかし、ただちに『明暗』に向かうわけではない。女の立場をひとまず置いて、徹底的に男の立場から問題を見据えようというのが、『三四郎』から『道草』までの漱石中期の中核をなす作品群となる。

もう一つ、『虞美人草』の主人公的な位置に立つ甲野さんの「高等遊民」的な性格もまた、この後の作品に継承されていくことが注目される。妹の藤尾の死について、甲野さんは母を責める。しかし、それだけ分かっていたのならば、甲野さん自身がもっと早く何か手を打つべきだっただろう。最後の何やら哲学的な日記もいかにも思わせぶりだが、所詮《しよせん》抽象的でしかない。この後の小説に出る男の主人公たちは、多かれ少なかれ、高踏的でありながら無力なその性質を共有することになる。

三重の世界——『三四郎』

『三四郎』（一九〇八）はその後の作品群に較べると、青春小説としての瑞々《みずみず》しさに溢《あふ》れ、明治の大学生たちの姿をとどめる記念碑的な作品となった。その中で、美禰子はもっとも重要な登場人物であるが、「偉大な暗闇」広田先生や、野々宮君、与次郎たちとの交遊の中に置かれて、青春の一挿話のような趣になっている。田舎出のうぶな青年が都会の「新しい女性」に翻《ほん》弄《ろう》され、大人になっていくという話であり、一種の風俗小説として読めば、それ以上理屈をつける必要はない。

にもかかわらず、作者自身が曰《いわ》くありげな謎を仕掛け、それをめぐってテクストの外側で議論が展開してしまうのは、後の「則天去私」神話に近いものがある。それは美禰子のセリフでいえば、「迷羊」（ストレイシープ）であり、「われは我が愆を知る。我が罪は常に我が前にあり」という『詩篇』の文句である。そして、外なる話題は、「アンコンシアス・ヒポクリット（無意識な偽善者）」である。これらは相互に関連している。

「無意識な偽善者」について、漱石自身が『三四郎』連載中に発表された「文学雑話」で、ズーデルマンの『アンダイイング、パスト』について論じた中で、「其の巧言令色が、努めてするのではなく、殆ど無意識に天性の発露のまゝで男を擒にする所、勿論善とか悪とかの道徳的観念も、無いで遣つてゐるかと思はれるやうなもの」と定義している。そして、『三四郎』について、次のように言っている。

宅に居た森田白楊が今頻りに小説を書いてゐるので、そんなら僕は例の「無意識なる偽善者（アンコンシアス・ヒポクリット）」を書いて見ようと、串談半分に云ふと、森田が書いて御覧なさいと云ふので、森田に対しては、さう云ふ女を書いて見せる義務があるのです。

（全集三十四）

ここから、漱石が美禰子を「無意識な偽善者」として描こうとしていたことは明らかである。森田が書いていた小説は『煤煙』であり、漱石がそれを意識していた以上、そこには煤煙事件と、その当事者の平塚明《はる》（らいてう）が念頭に置かれていたことになる。

しかし、そのように読むと、美禰子は現実のらいてうに較べてあまりに観念的で貧弱であり、到底その意気込みが成功したとは思われない。最後に罪の告白的な謎の文句を残して、俗物的な男と結婚する美禰子は、「新しい女」としては余りに情けない。「無意識な偽善」が、女性が男性に対して示す無意識に近い媚態《びたい》というだけであれば、それほど取り立てて騒ぐほどのことでもないであろう。ただ、それによって表面の言動の奥を読もうという問題意識が生じたことは重要であり、この後の長編で展開するエゴ分析を予期させることになる。「無意識の偽善者」はむしろ男のほうに突き刺さってくる言葉だ。

「偽善」について、広田先生は、偽善から露悪へという図式を示している。

吾々の書生をして居る頃には、する事為す事一として他《ひと》を離れた事はなかつた。凡てが、君とか、親とか、国とか、社会とか、みんな他本位であつた。それを一口にいふと教育を受けるものが悉く偽善家であつた。……漸々自己本位を思想行為の上に輸入すると、今度は我意識が非常に発展し過ぎて仕舞つた。昔しの偽善家に対して、今は露悪家許りの状態

にある。（七）

この時代認識は漱石自身のものであろう。その露悪家（自然主義者を念頭においているであろう）の時代に、「我意識が非常に発展し過ぎて仕舞つた」事態を共有しながら、しかし、それをどう突き抜けられるかが、漱石の課題となる。広田先生は、「昔の偽善家」に対して、今の偽善家は「人の感触を害する為めに、わざ〳〵偽善をやる」という複雑な様相を呈していることを指摘し、三四郎はそれを美禰子に当てはめようとする。しかし、「測り切れない所が大変ある」と断念する。女性は不可解な他者性を抱くものとして、後の課題として遺《のこ》される。

三四郎は、自らの関わる世界に三つあるという（四）。第一は、離れてきた故郷で、「与次郎の所謂明治十五年以前の香がする」。親や親族の世界である。第二は、「苔の生えた煉瓦造り」であり、広田先生や野々宮君の世界である。高等遊民の世界であり、そこでは師弟関係や友情が重視される。第三は、「美しい女性」の世界である。この三つの世界を調和させることはできるのか。「要するに、国から母を呼び寄せて、美しい細君を迎へて、さうして身を学問に委ねるに越したことはない」。しかし、どう考えてもそううまくいくはずはない。裏側の現実を見れば、親や親族のエゴ、友情の亀裂《きれつ》、夫婦の不和に向き合わなければならなくなる。それが『それから』以後の課題となる。

こうしたことは、古い共同体が生きている世界では問題にならない。かつての共同体から、近代的な都会生活に移行する中で、はじめて共同体から切り離された個の問題が提示される。

それが第二、第三の世界である。漱石の描く女性は、しばしば個として目ざめた「新しい女」と、因襲的な家の倫理の中に従順に従うタイプとが対比的に描かれる。『虞美人草』では藤尾と小夜子であり、『三四郎』では美禰子と野々宮の妹よし子である。そして、『それから』以後の作品では、家から自立しようとする男女の苦闘が正面から取り上げられることになる。

ここで、教育勅語の「父母ニ孝ニ、兄弟ニ友ニ、夫婦相和シ、朋友相信シ」を思い浮かべるのは、一見唐突に見えるかもしれないが、必ずしも見当はずれでない。父母兄弟が第一の世界に属するのに対し、朋友《ほうゆう》が第二の世界、夫婦が第三の世界に属することになる。それは、漱石が教育勅語の倫理に忠実だったということではなく、むしろ逆である。漱石がその苦闘の中で明らかにしていくのは、教育勅語の調和的倫理が成り立たないことの証明である。しかも、教育勅語がそれらの倫理を最終的に天皇への忠に帰着させるのに対して、漱石はその部分を切り捨てる。そう見るならば、長編小説の中に展開される漱石の倫理は、教育勅語的倫理の偽善性を剝《は》ぎ取ろうとするものであるともいえる。教育勅語的倫理が、広田先生の言葉を借りれば「偽善家」的であるのに対して、時代は自己本位の「露悪家」中心へと移ろうとしている。その中で、倫理を確立することができるのかどうか。そこに漱石の闘いが始まる。

女という他者

制度と日常：恋愛から結婚へ――『それから』『門』

漱石の長編は、それぞれが別の作品でありながら、一つの作品の結末が次の作品の前提を作るという形で連歌のような鎖をなしている。『三四郎』では、主人公の三四郎は美禰子に好意を持ちながら、美禰子が他の男と結婚するのを止められない。次の『それから』（一九〇九）で、代助は好意を持っていながら友人の妻となることを許した三千代を、今度は友人から奪おうとする。しかし、そのような形で結婚した『門』（一九一〇）の宗助と妻の御米の間にはすれ違いが生まれ、宗助は孤独の中で苦しむことになる。『彼岸過迄《ひがんすぎまで》』（一九一二）はオムニバス的な展開を取っているが、後半の主人公須永《すなが》は宗助の内省を深め、愛していないはずの千代子に対する嫉妬《しっと》を自らの心の中に発見して苦しむ。『行人』（一九一二―一三）の一郎は、その嫉妬の狂気の極限にまで進む。『こゝろ』（一九一四）はその直線的な連関ではなく、もとへ戻って、それでは好意をもった女性が他の男と結婚することを妨げて、自ら積極的に結婚に踏み込んだらどうなるかという、別のシミュレーションを試みる。

このように、漱石は周到にさまざまな条件を積み重ね、組み合わせ、変更して、それぞれのシチュエーションでどういう結果になるかをシミュレーションしてゆく。それは周到に計算された戦略であり、一種のシミュレーションゲームとも言える。その後も、『道草』（一九一五）ではこれまでの作品の中でずっと背景に流れてきた親族と金銭の問題を正面に据えると同時に、これまでの男の論理に女の側からの批判を出し、最後の『明暗』（一九一六）で、男の視点に対抗する女の視点を同等に加えることで、ひとまずその輪を閉じることになる。

『それから』は、『三四郎』の青春の希望に満ちた世界が終わったところから始まる。これ以後の作品では、広田先生の超俗的な講説もなければ、美禰子の謎めいた言葉もなく、沈鬱《ちんうつ》で深刻な問題が展開する。『それから』の主人公代助の父親は維新の戦争に出、その後実業界で成功した財産家であり、そのお蔭《かげ》で代助は職にも就かず高等遊民でいられる。そこに友人の平岡が職を失って上京してくる。その妻三千代は代助と平岡の共通の友人の妹であり、平岡との結婚をまとめたのは代助だった。ところが、平岡と三千代の関係は必ずしもうまくいっておらず、三千代への愛に気づいた代助は、三千代も同じ気持ちでいることを確かめて、平岡から三千代を譲ってもらおうと談判する。しかし、三千代は重い病気になり、代助はその様子も分からないままに苦しむ。父からも勘当され、当てもないままに代助が家を飛び出すところで終わる。

ここには、男女の愛について、それ以後の作品にも共通する漱石の特徴が見られるので、まとめて見ておこう。

第一に、ここには性の問題が入ってこない。代助は結婚前から三千代を愛していたと気づくが、両者の間には性的な交渉は生じない。性が当時日常的にそれほど禁欲されていたわけではないことは、『三四郎』の冒頭で、主人公が旅の途中で女性に誘惑されそうになった話からも知られる。しかし、三四郎が臆して避けてしまったように、漱石の主人公たちは性に対して禁欲的である。『行人』でも、一郎は弟の二郎に妻の直を誘惑させるという異常な行為に出るが、もちろん二人の間には何事もない。肉体的な性と精神的な愛が区別されるのは、先にも触れたようにもともとはキリスト教の影響であるが、漱石の場合、必ずしもそうとはいえず、むしろ儒教的リゴリズムの系譜を引くものであろう。漱石の主人公たちは遊郭とも無縁である。しかし、だからといって教育勅語に集約された明治儒教の倫理に吸収されるものではない。そこに漱石の倫理の複雑なところがある。

第二に、そのような倫理からすると、男女の愛は結局結婚して夫婦になるという制度的な目的に向かうことになる。そうなると性は一夫一妻という制度の中に吸収されてしまう。恋愛による「自由結婚」は確かに結婚相手を自分の意志で選ぶ自由を認めることになった。しかし、それでは結婚後どうすればよいのかまではそこからは出てこない。恋愛は崇高な精神的な営為かもしれない。しかし、恋愛の高揚から一転して結婚後の夫婦関係は日常性に変わる。恋愛の賛美は夫婦の日常まで責任を持たない。しかも、明治の家庭倫理は強い家父長制によって縛られる。その中ではたして「夫婦相和シ」という具合にうまくいくのかどうか。それが『門』以後の大きな課題となる。

その際、漱石の主人公となる夫婦は、多く子供がいないか、子供を亡くして二人だけであることが注目される。しかも親とも同居しておらず、夫婦二人だけの生活である。漱石はそのような形で、純粋に男女が一対一でぶつかる実験的な場を作ろうとしている。子持ちの状況は『道草』だけであり、そこでは男女二人の生活に子供が入ってきた場合のシミュレーションがなされている。もっとも夫婦の背後に必ず親や親族、友人の問題が絡むのであり、『三四郎』に見られた三重の世界構造は常に生きている。

第三に、恋愛が結婚から夫婦生活につながるとき、もう一つ大きな問題がある。恋愛段階では確かに相手を選ぶことができるが、その選択の結果がはっきりと出るのは結婚後を待たなければならない。結婚後に後悔したり、あるいはもっと惹かれる相手が出てきたらどうしたらよいのか。今日のように離婚が自由にならない時代には、これは悲劇である。とりわけ女性にとって厳しい。刑法一八三条は、「有夫ノ婦姦通シタルトキハ二年以下ノ懲役ニ処ス。其《その》相姦シタル者、亦《また》同シ（一項）。前項ノ罪ハ本夫ノ告訴ヲ待テ之《これ》ヲ論ス。但《ただし》本夫姦通ヲ縦容《しょうよう》シタルトキハ告訴ノ効ナシ（二項）」と規定しており、女の不倫に対しては、夫の告訴があれば、妻と相手の男性は処罰されることになる。男が遊里に通うのも、妾《めかけ》を囲うのも自由であることを考えると、恐ろしい不平等だが、男にとっても人妻だけはタブーとなる。この罪で詩人北原白秋が収監されたり、石原純が原阿佐緒《あさお》との恋愛で東北帝大教授の座を追われたことはよく知られている。

『それから』から『門』へ、漱石が扱う問題はこの際どいところに立つことになる。『それから』で、代助の愛の告白と、三千代の承諾は、この小説のクライマックスである。「彼等は愛の刑と愛の賚《たまもの》とを同時に享けて、同時に双方を切実に味はつた」（十四）のである。しかし、男女の不平等があるから、三千代から夫に離婚を切り出すことはできない。代助が平塚に談判しなければならない。「三千代さんは公然君の所有だ」（十六）と代助が言うように、妻は基本的に所有物であり、そこに持ち主間の譲渡の交渉が成り立つことになる。男女の問題は、持ち主たる男同士の友人関係の問題にならざるを得ない。

代助ははじめ友情のために平岡に三千代を譲った。それがこのような結果となった。そこで、『こゝろ』では逆の状況をシミュレートする。自分の愛情を優先させ、友人を裏切ったらどうなるのか。その結果もまた、主人公の自殺に終わるほかない。漱石の出した結論は両否定である。それでは、どうしようもないのか。そもそも女が男の所有物だという前提は正しいのだろうか。「所有」の問題は『行人』で深められ、『道草』から『明暗』で改めて問い直されることになる。

『それから』でも、単純な所有論への疑問はすでに呈されている。「けれども物件ぢやない人間だから、心迄所有することは誰にも出来ない」（十六）ことは認めらなければならない。代助の告白を受けた三千代は最後に、「仕様がない。覚悟を極めませう」（十四）と決然という。その強さは、『草枕』の那美さんを引き継いでいる。「恐れない女と恐れる男」（『彼岸過迄』須永の話十二）という対比はいかにもステレオタイプであるが、漱石が単純な男性優位主義者ではなく、他者としての女性に対する「恐れ」の感覚を持っていたことは評価してよいであろう。

『門』は『それから』の後日譚《たん》的な話であり、宗助と彼が友人の安井から奪った御米との夫婦の話である。「夫婦は世の中の日の目を見ないものが、寒さに堪へかねて、抱き合つて暖を取る様な具合に、御互同志を頼りとして暮してゐた」（四）という様子は、むしろ好ましいことのように見える。「二人は世間から見れば依然として二人であった。けれども互から云へば、道義上切り離すことが出来ない一つの有機体になつた。二人の精神を組み立てる神経系は、最後の繊維に至る迄、互に抱き合つて出来上つてゐた」（十四）。

ところが、安井が蒙古《もうこ》にまで渡り、あやしげな様子で日本に戻って宗助の大家の家に滞在していると聞いて、宗助は堪えられなくなる。役所を病気と称して休みを取り、鎌倉の禅寺に入る。しかし、「自分は門を開けて貰ひに来た。けれども門番は扉の向側にゐて、敲いても遂に顔さへ出して呉れなかつた」(二十一)。そして再び日常に戻る。

厄介な理屈を取り去れば、『門』のひそやかな日常の世界は魅力的だ。最後に御米が、「本当に有難いわね。漸くの事春になつて」というのに、宗助が「うん、然し又ぢき冬になるよ」(二十三)と答えるそのずれも、それだけならば取り立てていうほどのことではなく、いかにも「恐れない女と恐れる男」を誇張したほほえましいギャグと読むことができる。後を引くとしたら、宗助のもっともらしい禅寺行きよりも、三人の子供を胎児のうちに亡くした御米の罪悪感の沈潜のゆくえであろう。しかし、さしあたって漱石の戦略は女性の側に立ち入らない。宗助の宗教への傾斜と、最後の夫婦のずれの方向が、『彼岸過迄』から『行人』への展開を開いていく。

他者と「所有」——『彼岸過迄』『行人』『こゝろ』

『彼岸過迄』の「須永の話」の主題となる須永の嫉妬は『行人』の一郎につながるものであるが、他者に向かったとき、自ら制御できなくなる自分自身の心の不可解さの提示として、ある意味では『行人』以上に端的である。須永は子供の頃から、親同士で千代子と許婚のような約束があったが、実際には二人の間にそのような進展はない。ところが、高木という男が現われ、千代子と付き合うようになると、突然嫉妬を覚える。

僕は其時高木から受けた名状し難い不快を明らかに覚えてゐる。さうして自分の所有でもない、又所有にする気もない千代子が源因で、此嫉妬心が燃え出したのだと思つた時、僕は何うしても僕の嫉妬心を抑え付けなければ自分の人格に対して申し訳がない様な気がした。僕は存在の権利を失つた嫉妬心を抱いて、誰にも見えない腹の中で苦悶し始めた。

（十七）

千代子と二人だけの時には何ともなかったのが、第三者の出現によって、自分にも分らない心が動く。「無意識の偽善者」以来の無意識の問題が深められ、それが外から見た他者の言動ではなく、自分自身の心の中に見出《みいだ》されることになる。自分で自分の心が統御できない。『それから』の代助の三千代に対する思慕の高まりも、『門』の不安や罪悪感も、そして『行人』の一郎の狂的な孤独感も、すべて理性を超えた自らの心のどうしようもない動きである。他者を媒介としながら、孤独な自己の内面へと屈折して戻ってくる。他者論はそのまま自己論の問題である。その心の動きに気づいたとき、漱石の人間理解は一気に深まる。他者はどこまで理解できるのか、それどころか自己はどこまで理解できるのか。『門』の二人の一体化した親密な空間は、所詮はおとぎ話に過ぎなかったのではないか。

彼等は離れる為に合ひ、合ふ為に離れると云つた風の気の毒な一対を形づくつてゐる。……彼等が夫婦になると、不幸を醸す目的で夫婦になつたと同様の結果に陥いるし、又夫

婦にならないと不幸を続ける精神で夫婦にならないのと択ぶ所のない不満足を感ずるのである。（松本の話・一）

それは彼等が特殊な男女だからであろうか。そうではない。ここで重要なのは、先に触れたように、漱石は『それから』から『こゝろ』まで、あくまで男の立場に立ちながら、それを男だけの問題としなかったことだ。『それから』で提示され、『行人』によって極限まで追いつめられる「所有」の観念は、近代家父長制の下での男の立場を見事に浮かび上がらせるものであるが、しかし、問題は男の側だけにあるのではない。「離れる為に合ひ、合ふ為に離れる」という男女の関係とは一体何なのであろうか。

さまざまな他者の形態の中で、男と女はただ距離を取って離れていればよいという他者ではありえない。もちろんあくまでも他者としての距離をはっきり取り、それ以上絶対に立ち入らないという関係は可能かもしれない。しかし、すべての人にそれが可能なわけではないし、それですべての男女の問題が解決できるわけではない。

もし男女の問題がすべて男性優位社会の歪《ゆが》みによるもので、それが解決するならば、男女の間のさまざまな縺《もつ》れはすべてなくなると考えるならば、それはちょうど、すべての悪は資本主義に由来するもので、共産主義社会になれば人類の楽園が実現するという説と同じくらい非現実的で、危険な思想だ。漱石が時代を超えているのは、家父長社会における男のエゴイズムを徹底的に告発するとともに、同時に男女の問題はそれだけでは解決しないことをはっきりと認識していたことだ。

『行人』の一郎にとって、女とは理解を超えた他者だ。「御前他《ひと》の心が解るかい」（兄・二十）と、一郎は弟の二郎に問う。不幸なことに、彼は、「女の容貌に満足する人を見ると羨ましい。女の肉に満足する人を見ても羨ましい。自分は何うあつても女の霊といふか魂といふか、所謂スピリツトを攫まなければ満足が出来ない」。しかし、そんなことが可能だろうか。「おれが霊も魂も所謂スピリツトも攫まない女と結婚してゐる事丈は慥だ」。そんなことを言えば、誰だって「霊も魂も所謂スピリツトも攫まない」のではないか。「それだから何うしても自分には恋愛事件が起らない」というのも無理ないではないか。

ここでも、「恐れない女と恐れる男」の対比は顕著だ。一郎の妻直は、二郎に言う。「何うせ妾が斯んな馬鹿に生れたんだから仕方がないわ。いくら何うしたつて為るように為るより外に道はないんだから。さう思つて諦めてゐれば夫迄《それまで》よ」。この「運命なら畏れないといふ宗教心」に、二郎は「女性《によしやう》の強さ」を見る（塵労《じんらう》・四）。もちろん、「女性」がそんなに簡単に「恐れない」とか「強さ」とか言えるわけではないが、この段階での漱石はそこまでは立ち入れない。あくまでここでの問題は「恐れる男」の立場だ。

しかし、「他《ひと》の心が解るか」というのは、男の側だけの問題ではないはずだし、男と女の関係だけでもないはずだ。その問題の射程距離は大きい。それを裏に含みつつ、漱石が直接に提出するのは男の側から女という他者にどう対するかということだ。だが、それに解決はあるのか。「死ぬか、気が違ふか、夫でなければ宗教に入るか。僕の前途には此三つのものしかない」

（同・三十九）という孤独に陥るしかない。

一郎にとって、他者である女を理解するということはどういうことだったのか。Hと旅をしながら、一郎は茂みの百合《ゆり》を指して「あれは僕の所有だ」といい、森だの谷だのを指しても、「あれ等も悉《ことごと》く僕の所有だ」という。そうかと思うと、Hの肩をつかんで、「君の心と僕の心とは一体何処迄通じてゐるて、何処から離れてゐるのだらう」と問う（塵労・三十六）。どうやら、他者の分からなさということと、所有ということが大きなポイントとなりそうだ。所有すれば、すべては分かるようになるのだろうか。

一郎は「自分以外に権威のあるものを建立するのが嫌い」であり、「神は自己だ」と言い、「僕は絶対だ」と主張する（同・四十四）。それはシュティルナー的な自己の絶対化であると同時に、禅からきているものもありそうだ。一郎は単なる理論の上の神でなく、その境地に入ることを求める。「一度此境界に入れば天地も万有も、凡ての対象といふものが悉くなつて、唯自分丈が存在する」（同）というのである。そうなれば、「半鐘の音を聞くとすると、其半鐘の音は即ち自分だ」（同）ということになる。これは奇妙に聞こえるかもしれないが、俗に言えば、万物一体の自己ということであり、禅のほうでは当たり前に言うことである。とすれば、漱石はやはりかなり禅に執着していたことになる。実際、理想のあり方として、すべて捨て去って、自然の石が竹藪《たけやぶ》に当たった音で悟ったという香厳《きょうげん》が理想だというのである（同・五十）。

だが、ここでまたそううまくいくだろうか、ということになる。『門』で禅寺から追い返されたのは、単純な挫折《ざせつ》ではない。近代人である漱石、あるいは漱石の主人公は、香厳のような世界からははじめから追放されているのだ。「僕は明らかに絶対の境地を認めてゐる。然し僕の世界観が明かになればなる程、絶対は僕と離れて仕舞ふ」（同・四十五）。

ここには三つのレベルを見ることができよう。即ち、第一に、香厳的なすべてを放棄したところの理想世界。それは「則天去私」と言ってもよいものであろうが、主人公たちはそこから切り離されている。第二に、それを近代的な自我の中に吸収し、「僕は絶対だ」と主張し、すべてを自己の所有に帰そうとする道。そして第三に、それにもかかわらず、結局戻ってくる他者の分からなさ。

第二と第三は相反的だ。他者を自己の所有に帰そうとするのは、他者の他者性を奪うことだ。妻は男の所有物であるとすれば、所有者は所有物をすべて分かりきることができるはずだ。にもかかわらず、それができないとしたらなぜなのか。他者に対して本当に所有ということが成り立つのか。もし所有すれば、その時には他者の他者性は失われてしまい、もはやそれは他者の形骸《けいがい》であり、自己の投影であるに過ぎない。他者関係を哲学的に「所有」という観点から徹底させていくと、最終的に他者を否定し、孤独な独我論にはまり込む他ない。それは「所有」そのものの挫折だ。そこから抜け出す道はあるのか。それが『道草』から『明暗』に持ち越される課題となる。

そこに至る間に書かれた『こゝろ』は、『それから』『門』の流れと逆に、友人を蹴落《けお》として御嬢さんを妻とし、友人を死に追いやったというシチュエーションで展開する。シミュレーションゲームで一つ設定を変えてみたというものだ。しかし、もちろんそれでもうまくいくはずはない。主人公の先生は、御嬢さんに対して「ほとんど信仰に近い愛」を持つ。「私は御嬢さんの顔を見るたびに、自分が美しくなるやうな心持がしました。……御嬢さんを見る私の眼や、御嬢さんを考へる私の心は、全く肉の臭を帯びてゐませんでした」(先生と遺書・十四)。御嬢さんは偶像化される。しかし、偶像化された他者もまた他者性を失う。他者は結局のところ、私の主観的な思い込みに埋もれてしまう。友人Kに殉じて自殺する先生は、最後まで「私は妻《さい》には何にも知らせたくないのです」と、その真実を妻に知らせることを拒否する。それが本当に愛なのであろうか。

その図式的な分かり易さから、中高校生向け必読書のようにされている『こゝろ』は、漱石全体の小説の流れの中でいえば、あくまでも一つの挿話的な変形シチュエーションであり、それだけ単独で取り上げられるべきものではない。男女は対等ではない。その不平等が両者の意識の上でどう現われるのか。それが次の『道草』で取り上げられ、さらに最後の『明暗』では、男からの「所有」に対して、女から「愛」の原理が提示されることになる。『こゝろ』までの男からの目は、『道草』『明暗』で女の目から批判的に照らし出される。それによって、漱石の世界は大きく展開することになる。

「所有」と「愛」

「所有」の告発——『道草』

『それから』から『こゝろ』まで、漱石は他者との関わりという問題をできるだけ抽象化して、夫婦という次元に局限化し、しかもそれを男（夫）の側からシミュレーションするという実験的な方法を採った。それによって、他者への志向は他者に対する所有の不可能という形で、自己に屈折する孤独が明らかにされた。

『道草』では、それまで背景的に用いられてきた家族をめぐる金銭利害の問題が表面に出される。それによって、これまでの実験的な抽象化に対して、より具体的な人間関係が問題として取り上げられる。さらにそれに加えて、夫婦の関係も単に男からの一方的な見方ではなく、男の独善性と、それに対する女の立場が明白に出される。


彼女は考へなかつた。けれども考へた結果を野性的に能く感じてゐた。

「単に夫といふ名前が付いてゐるからと云ふ丈の意味で、其人を尊敬しなくてはならないと強ひられても自分には出来ない。もし尊敬を受けたければ、受けられる丈の実質を有つた人間になつて自分の前に出て来るが好い。夫といふ肩書などは無くつても構はないから」

不思議にも学問をした健三の方は此点に於て却つて旧式であつた。自分は自分の為に生きて行かなければならないといふ主義を実現したがりながら、夫の為にのみ存在する妻を最初から仮定して憚からなかつた。

「あらゆる意味から見て、妻は夫に従属すべきものだ」

二人が衝突する大根は此処にあつた。

夫と独立した自己の存在を主張しやうとする細君を見ると健三はすぐ不快を感じた。

（七十一）

これまでの漱石の主人公たちは、すべてこの健三と同類であり、さらに言えば、それは漱石自身も実際にはそうであっただろう。社会は制度的にも意識的にも圧倒的に男性優位である。その中で、漱石の主人公たちは知識人である分、一般社会の男たちよりは進んでおり、男女の平等を意識している。意識はしているが、あくまで頭で考えられたものであり、抽象的次元の問題に過ぎない。おまけにキリスト教的平等に対して、儒教的男女観がその深層をなしている。そうであるから、現実には「あらゆる意味から見て、妻は夫に従属すべきものだ」という考えに陥って、反省しない。「女だから馬鹿にするのではない。馬鹿だから馬鹿にするのだ」と強弁することになる。

それに対して、妻のお住は「夫と独立した自己の存在を主張しやうとする」点において、漱石に一貫して現われる「新しい女」の系譜に属するが、これまでの小説と違って、はじめて男の論理のはっきりした批判者となりえている。「妻お住は夫健三と完全に同位の他者となりえている。知識人健三の論理は生活者お住の論理において徹底して相対化される」（中山和子「女性像」）のである。もっとも、お住はそれを完全に徹底できるわけではない。そもそも論理として考えることができず、それを「野性的に能く感じ」るだけであった。

それだけでなく、お住は実利を求める自分の父親を尊敬していた。ところが、健三はそれとは正反対であった。これも不幸なことであった。当時の男女、とりわけ女はさまざまな男と付き合って結婚するわけではない。お住も結婚前、「自分の父と自分の弟と、それから官邸に出入する二三の男を知つてゐるぎりであつた」（八十四）。結婚相手が必ずしも自分の描いていた男性像と一致しないのは無理もないところである。そこでうまく乗り換えや妥協ができればよいが、どちらも頑固であり、「二人は二人同士で軽蔑し合つた」（八十四）という結果にしかならなかった。

その中で、彼女の心は新しく生まれた三人目の子供に向かう。漱石の小説で、主人公が子持ちであるのははじめてである。これもまた、『道草』がこれまでの小説と違うところであり、それだけ具体的な生活空間を描こうという意図が知られる。もっとも健三は子供に冷たい。「あゝ云ふものが続々生れて来て、必竟何うするんだらう」（八十一）という「親らしくもない感想」を漏らす。

それに対して、お住は夫に冷たくされる分、その心は子供に向かう。そこには、「新しく生きたものを拵へ上げた自分は、其償ひとして衰へて行かなければならない」（八十五）という「罰を受けたといふ恨み」もないわけではないが、それよりも「自分から出たものは何うしても自分の物だ」という気が理窟なしに起つた」（同）ということが大きい。

結局、キーワードは「所有」ということだ。夫は妻を自己の所有物と見、妻は子供を自己の所有物と見る。他者は所有関係として見られる。それも相互所有ではなく、一方的な所有・被所有の関係だ。力関係からすれば、夫＞妻＞子供のはずであるが、実は夫による妻の所有は、妻の拒否により実現しない。それに対して、妻による子供の所有は、子供の側に拒否する力がないから、少なくとも差し当たっては実現する。健三はせいぜい、「子供を有つた御前は仕合せである。然し其仕合を享ける前に御前は既に多大な犠牲を払つてゐる。是から先も御前の気の付かない犠牲を何の位払ふか分らない。御前は仕合せかも知れないが、実は気の毒なものだ」（九十三）と、心の中でいかにも理窟にならない悪態をつくだけだ。

「恐れる男」と「恐れない女」という類型は、こうして、男性優位社会の中で、平等を求めようとしながら、上位に立つ男の側の弱さと、下位なるが故の女の強さということに加え、他者関係を所有に見るかぎり、女の子供に対する所有のほうが強いということから生ずる。最後に、「世の中に片付くなんてものは殆どありやしない」と苦々しくつぶやく健三に対して、お住は「お、好い子だ〱。御父さまの仰しやる事は何だかちつとも分りやしないわね」（百二）と子供に接吻《せつぷん》するのは、『門』の結末と似ているが、ここでは妻の側が子供への支配権を武器にするということで、より具体的に強くなっている。妻が子供を支配することで夫に対抗するのは、今日でもありふれて見られる形態である。

『行人』でいわば哲学的な形で提示された「所有」という形態の他者関係は、『道草』ではこのように、具体的な家庭という場で、男＞女＞子供と展開されるとともに、男のエゴイズムが女の側から批判されるという大きな展開を示す。それは男である漱石の自己反省であり、自己批判である。そのことによって、『行人』で行き詰まった所有の挫折による独我論が乗り越えられる可能性が示される。その本格的な展開は最後の『明暗』を俟つことになる。

「所有」から「愛」へ——『明暗』

他者との関係は支配と被支配、所有と被所有ということしかないのであろうか。『明暗』はまた、それとは少し違う原理を導入する。『明暗』は未完に終わり、とりわけ重要人物になりそうな清子が登場したばかりのところで中断している。しかし現状のままでも、これまでの小説に見られない大きなスケールで展開している。ここでは、これまでの小説と違い、男の主人公津田は脇役とは言わないまでも、いささか影が薄く、その分、女たちが大活躍する。とりわけ妻のお延がここまでのところでは実質的な主人公といってもいいほどである。

津田は、これまでの小説の主人公たちと同じように、優柔不断な知識人的な男であるが、これまでの主人公たちほどは深刻に人生を悩んではいない。お延とは相思相愛で結婚したが、それ以前に清子と付き合っており、それほどはっきりした理由もなく別れたらしい。結婚して半年で、お延との仲は必ずしもうまくいっていないが、それほど決定的に悪いわけでもない。しかし、吉川夫人の策略にやすやすと乗り、清子の滞在している温泉場にのこのこ出かけてゆく。

津田はいわば、ここでは狂言回し的な役割となっている。津田をめぐって、妻のお延、妹のお秀、かつての恋人清子、そして社長の妻吉川夫人らが女同士の闘いを繰り広げることになる。漱石自身が意識していたわけではないであろうが、それはあえて言えば、『源氏物語』の逆ヴァージョンとも言うべき世界である。光源氏がその輝きによって女たちを魅惑し、そこに女たちのドラマが展開していくのに対して、津田はどう見てもそのような魅力のない男である。にもかかわらず、彼をめぐって女たちが嫉妬と利害の火花を散らすことになる。源氏の美的世界と遠く隔たった散文的な世界であるが、漱石はその状況に時代を見ていたのである。

津田の設定には、もうひとつ仕掛けがある。津田の痔《じ》の手術のための入院と予後の湯治という状況で話が展開する。痔の手術ということは取り立てて問題にすることもないかもしれない。生命の危険があるわけではなく、しかも日常を離れるという状況を作るために適当とも言える。しかしあえてうがって言えば、肛門《こうもん》という場所は、食物の摂取の果ての排泄《はいせつ》に関わるものであり、身体の中でももっとも外の物質と関わることになる。漱石の小説が、一方で愛を論じながら、それが常に物質的欲望と関連していることは、まさしく資本主義の論理であり、それは身体では消化器によって象徴される。漱石自身が胃病に苦しんだ。その消化器の果ての排泄器官の病気を提示することには、その点が意識されていると考えられる。

しかも、肛門は性器ともっとも近く、ある時には性的な役割を果たす器官である。先にも触れたように、漱石は性を描かない。その代わりに描かれた身体が肛門であった。それは裏返しの性である。それは、性によって昇華されるという「愛」の神話に対する根本的な疑義の提示である。お延によって提示される「愛」の攻撃に対して、津田があらかじめ張ったバリアーである。

『門』以後の小説のテーマは、恋愛で結婚した後、それでは夫婦としていかにともに生きていけるか、ということであった。『明暗』はもっとも突きつめて夫婦の生活の複雑さを、主として妻のお延の立場から解き明かそうとする。お延の叔父《おじ》岡本は、男女の関係を「陰陽和合が必然でありながら、其反対の陰陽不和合がまた必然」（七十五）と端的に示す。結婚前の恋愛では「陰陽和合」であり、その後の夫婦生活で「陰陽不和合」になるというのである。

男が女を得て成仏する通りに、女も男を得て成仏する。然しそれは結婚前の善男善女に限られた真理である。一度夫婦関係が成立するや否や、真理は急に寝返りを打つて、今迄とは正反対の事実を我々の眼の前に突き付ける。即ち男は女から離れなければ成仏出来なくなる。女も男から離れなければ成仏し悪くなる。今迄の牽引力が忽ち反撥性に変化する。さうして、昔から云ひ習はして来た通り、男はやつぱり男同志、女は何うしても女同志といふ諺を永久に認めたくなる。（七十五）

ここで言われているのは、結婚前の恋愛と結婚後の夫婦の違いである。明治以後、恋愛が至上視され、知識人の間で恋愛結婚が流行する。しかし、それではそのようにして結婚した後、どうなるのか。明治の恋愛論はそこまでは答えてくれない。結婚後は「夫婦相和シ」という儒教的な倫理に戻るのであろうか。もし単純に儒教倫理を認めなければどうしたらよいのであろうか。その場合には、結婚までの「陰陽和合」が「陰陽不和合」に転換するしかないのであろうか。

岡本のシニカルな認識は、漱石のこれまでの主人公の男たちに共有されるものであり、『明暗』の主人公津田もそうらしい。漱石自身そうであるかもしれない。しかし、お延はそれを認めない。叔父の言葉を受け流す叔母《おば》のようには悟っていない。お延はやはり結婚してからも「愛」を求める。お延は、漱石のこれまでの女主人公の「新しい女」を引き継ぎながら、結婚の中での「愛」の可能性を求めて苦闘を続ける。そこに『明暗』の決定的な新しさがある。

お延と対極にいるのが、津田の妹お秀である。お秀は器量を見込まれて堀と結婚した。堀は道楽者であるが、津田のように神経質ではない。お秀は結婚して、堀のことを考える暇もなく、「もう妻としての興味を夫から離して、母らしい輝やいた始めての眼を、新しく生れた子供の上に注がなければならなくなつた」（九十二）。それだけでなく、「お延の新所帯が夫婦二人ぎりで、家族は双方とも遠い京都に離れてゐるのに反して、堀には母があつた。弟も妹も同居してゐた。親類の厄介者迄ゐた」（同）のである。

お秀はそういうものが生活だと心得ている。それが当然と考えるから、津田とお延の関係が理解できない。「兄さんは自分を可愛がる丈なんです。嫂さんは又兄さんに可愛がられる丈なんです。あなた方の眼には外に何にもないんです。妹などは無論の事、お父さんもお母さんももうないんです」（百九）というお秀の言葉は正しい。

常識的にはお秀のほうが正しいであろう。人は複雑な人間関係の中に生きているのであり、夫婦だけで孤立して生きられるわけではない。にもかかわらず、漱石は、徹底して男女二人だけの孤立した世界の関係を追求してきた。タテマエではなく、男女の関係の本当に底にあるのは何なのか。その追求は、そのまま教育勅語＝明治儒教的な常識の世界に対する突破口を求める作業であった。

『行人』から『道草』へかけて、男から女に向けられた関係が「所有」として定式化されたのに対して、『明暗』で女から男に差し向けられた武器が「愛」であった。「言葉の上は兎に角、実際に愛を体得する上に於て、お秀はとてもお延の敵でなかつた。猛烈に愛した経験も、生一本に愛された記憶も有たない彼女は、此能力の最大限が何の位強く大きなものであるかといふ事をまだ知らずにゐる女であつた」（百二十七）。当時の女としては、そのほうが普通であっただろう。しかし、お延はそれに満足できない。駒尺喜美の言うように、「お延は津田を自己の責任のもとに選び愛しているのであって、まことに主体的な女性なのである」（駒尺喜美『漱石』、二三〇頁）。

それでは、お延にとって「愛」とは何であっただろうか。「彼を愛する事によつて、是非共自分を愛させなければ已まない。――是が彼女の決心であつた」（百十二）。「所有」が他者を自らのうちに取り込むことであるのに対して、「愛」は過剰に自らを溢れさせ、相手に浸透しようとする。「所有」が所有者と被所有者の一方的な関係であるのに対して、「愛」は相互性を要求する。男から突きつけられた所有・被所有の関係に対して、「愛」は女から突きつけたそれへの反論であった。結婚前の恋愛が常識となっている中で、お延はそれを夫婦の中に持ち込む。それは、「陰陽和合」が「陰陽不和合」となり、「男はやつぱり男同志、女は何うしても女同志」に帰結するという岡本の常識論への挑戦である。

結婚前の恋愛における過剰の「愛」が、日常生活の中で安定していくのが夫婦であるとすれば、お延の要求は恋愛の過剰を日常の中に要求することになり、それに対応できなければうっとうしいことにしかならないであろう。お秀や吉川夫人はその過剰を経験したことがないから、お延の「愛」の欲求を理解できない。だからこそ、吉川夫人は、「私がお延さんをもつと奥さんらしい奥さんに屹度育て上げて見せるから」（百四十二）と言い放つ。お延は「奥さんらしい奥さん」ではないのである。

しかし、お延の誤算は、相手の津田もまた、かつては一緒に燃え上がったはずなのに、むしろいまは距離を取ろうとしていることである。「陰陽和合」から「陰陽不和合」へという変化は、まさしくお延が自分たち夫婦の間に感じ取っていたことである。「最初無関心に見えた彼は、段々自分の方に牽き付けられるやうに変つて来た。一旦牽き付けられた彼は、また次第に自分から離れるやうに変つて行くのではなからうか」（七十九）。お延の突きつける「愛」の弱さは、相手が応じなければ成り立たないことだ。

そこに「愛の戦争」（百五十）が起こる。それは『明暗』のはじめの方では金銭上の問題をめぐって展開するように見えたが、やがてそこに津田の清子との過去という問題が絡んでくる。お延が小林から津田の過去の疑わしいことを吹き込まれる一方、津田は吉川夫人の策略に乗って温泉にいくことを決めながら、そこに清子がいることを隠し続けなければならない。「津田さへ正直ならば是程容易い勝負はない訳でもあつた。然し若し一点不正直な所が津田に残つてゐるとすると、是程又落し悪い城は決してないといふ事にも帰着した」（百四十七）。

本来ならば、「愛」をもって津田を追いつめていくはずのお延は、津田の真相隠蔽《いんぺい》によって、立場が逆転する。「彼女が一口拘泥《こだわ》るたびに、津田は一足彼女から退ぞいた。二口拘泥れば、二足退いた。拘泥るごとに、津田と彼女の距離はだん〳〵増して行つた」（百四十七）。こうして、彼女は「あたしが是程貴方の事ばかり考へてゐるのに、貴方はちつとも察して下さらない」（同）と泣きつくことになる。彼女はすっかり弱い女になってしまう。「何うぞ、あたしを安心させて下さい。助けると思つて安心させて下さい。貴方以外にあたしは憑《よ》り掛り所のない女なんですから。あなたに外されると、あたしはそれぎり倒れてしまはなければならない心細い女なんですから」（百四十九）と、すがりつく。

このあたりの漱石の筆の冴《さ》えは見事である。本来、後ろめたい津田のほうが敗勢になって、ひたすら追いつめるお延のほうが優勢になっていいはずである。ところが逆である。「つまりお前がおれを信用すると云ひさへすれば、それで可いんだ」（百四十九）という津田の内実のない逃げ口上に、お延はすがり付いてしまう。そして、「夫は変つてるんぢやなかつた。やつぱり昔の人だつたんだ」（百五十）と、夫と妥協し、自分自身とも妥協してしまう。

第百五十章は、この物語の大きな転換点である。「事前の夫婦は、もう事後の夫婦ではなかつた。彼等は何時の間にか吾知らず相互の関係を変へてゐた」（同）のである。津田のほうは、「畢竟女は慰撫し易いものである」と自信を持ち、これまで彼女の「愛」に押されがちだったのが、ここで「彼は漸く彼女を軽蔑する事が出来た」。他方、妻のほうはこれまでひたすら緊張して夫を追いつめていたのが、その緊張の極で破裂した。「破裂した後で彼女は漸く悔いた」。しかし、それによって夫は「一歩近づいて来た」。その時、夫は、「彼女の根限り掘り返さうと力めた秘密の潜在する事を暗に自白した」ことを知る。こうして、すれ違いつつ、両者ともひとまず矛先を収めることになる。「うそ寒の宵に、若い夫婦間に起つた波瀾の消長はこれで漸く尽きた。二人は一先ず別れた」（百五十二）。しかし、それはあくまで一時休戦であり、先のもう一波乱が予想される。

こうして舞台は温泉場に移り、清子が出てくることになるが、清子がどのような役割を果たすのかは、結局分からないまま、漱石の死によって未完で終わる。それに対して、『明暗』の結末を推測するさまざまな試みがなされている（例えば、水村美苗『続明暗』）。ここまでのテーマを男の「所有」のエゴイズムに対するお延の「愛」の闘いとその挫折と見るならば、最終的には清子の果たす役割はそれほど大きくなく、これまでの小説の終わり方のパターンと同様に、津田とお延は平行線のまま日常性に戻るということになったのかもしれない。

書かれていないことをあげつらうのは控えるべきだが、漱石自身が、大石泰蔵宛書簡でお延を女主人公と認め、「女主人公にもつと大袈裟な裏面や凄まじい欠陥を拵へて小説にする事は私も承知してゐました。然し私はわざとそれを回避したのです」（大正五年七月一九日付）と述べていることは注目される。その上で『明暗』の意図を、「他から見れば疑はれるべき女の裏面には、必ずしも疑ふべきしかく大袈沙〔裟〕な小説的の欠陥が含まれてゐるとは限らないといふ事を証明した積でゐるのです」と説明している。どうやらお延にかなり肩入れしていたことが知られる。

ともあれ書かれた部分だけでも、これまでの小説と異なる大きな一歩が踏み出されたことは、確かに言えるであろう。男による「所有」の問題は、『それから』に始まって『行人』で極点に達し、『道草』で女の立場から批判されるというように、かなり長い時間をかけて成熟し、展開されてきた。それに対し、『明暗』でお延の口から語られる「愛」の原理は、いささか唐突であり、必ずしも十分に成熟したものとは言えない。しかし、『道草』ではじめて女の立場に配慮がなされ、『明暗』でいよいよ男の「所有」に対する女の側からの主張がなされることになったとき、漱石が見出した原理が「愛」であったと見るのは、間違いではないだろう。

もっとも、「おそらく津田は罰せられはしても死ぬことはなく、お延の愛によってむしろ「活か」されるのでしょう」（佐々木英昭『夏目漱石と女性』、一二八頁）というのはいささか甘すぎる見方で、漱石は「愛」に対してもシニカルな目を崩さない。男の「所有」が行き詰まらざるを得なかったのと同様、女の「愛」もエゴやら嫉妬やら物欲やらが複雑に絡み、それは津田をめぐる女性たちの闘争に見事に示される。「所有」に対して「愛」が本当に対抗原理たりうるのか、それはそれほど単純にはいえない。しかし、少なくとも漱石が男の「所有」の原理を見破ったとき、それに立ち向かう何かを女の側に求めていたことは確かであり、そこに追求する価値ある可能性を見出そうとしていたことも確かである。

夫婦という制度的な関係は必ずしも必然性のあるものではない。しかし、他者との関係が一時的なもの、便宜的なもので片付けられないならば、持続的な関係をどのように築くことができるのかは、否応《いやおう》なく大きな問題とならざるを得ない。他者との関係は綺麗事《きれいごと》ではすまされない。漱石はその裏側の醜さを暴露し、ほとんど絶望に陥りながらも、それでも執拗《しつよう》なまでにその可能性を求め続けたのである。

エピローグ――男女の位相

異質の他者との出会いは、多くは決して友好的でもなければ、楽しいものでもない。そこには常に闘争による力の支配があり、強者による弱者の差別が生ずる。一般論的に言えば、差別には四種類ある。

第一に、身分や階級、職業、貧富などの社会的、経済的要因による差別である。これはある意味では古典的な差別であり、それに対して平等を求めて解放運動や社会主義の運動が明治以来展開されている。その差別は解消され、平等化されるべきものとされ、均一化、同一化されることが理想とされてきた。

第二に、民族的な差別がある。民族はもともと独自の文化の伝統を持つものであり、相互に無関係に住んでいるかぎり差別は起こらないが、接触し、また同一地域に共在するようになると、その力関係によって差別が生ずる。日本の近代における朝鮮人や中国人に対する差別はその典型である。民族は自らの文化に誇りを持ち、個人の存在のアイデンティティとなるので、単純に平等化して差異を解消することはできない。ただ、民族の混淆《こんこう》により、差異が曖昧《あいまい》化することはありうる。

第三に、性による差別がある。性による差別が、第一、第二の差別と異なる最大の点は、生物的、身体的な差異があり、民族の場合以上にその差異は解消することがない。民族の場合のように、混淆による差異の解消ということはありえない。しかも、両性は相互に隔離して無交渉に生きることができず、性的交渉を通して子供を作り、種を存続させるという役割を担う。その際、妊娠・出産という負担は女性の側に偏っている。

第四に、少数の弱者に対する差別がある。特に病気や障害に対する偏見は大きい。ハンセン病に対する差別はその典型である。性による差別に関しても、女性に対する差別以外に、性的少数者であるLGBTに対する差別がある。このような少数の弱者に対する差別は前近代からあるが、前近代にあってはしばしば同時に聖なる存在と見られることもあった。しかし、近代になるとその聖性が剝奪《はくだつ》され、それればかりか科学の名の下に差別が極端化され、固定化されることになった。

こうしたさまざまな他者との関係の中で、性の問題は、異質の他者と一対一で真向かわなければならないという点で特殊である。しかも、場合によっては、その他者との連帯が、同性間の連帯以上にもっとも強い紐帯《ちゅうたい》を作る可能性も大きい。なぜ異質の他者を求めてやまないのか。なぜ誰でもよいのではなく、この相手でなければならないのか。それは近代の「愛」が生まれる以前から「恋」として問題にされてきたことだ。

もともと、恋の起源には奇妙なところがある。『万葉集』の恋歌である相聞歌は挽歌とセットになっており、しかも巻二の相聞の冒頭に置かれた仁徳《にんとく》天皇の妻磐姫《いわのひめ》皇后の作と伝えられる四首はほとんど挽歌《ばんか》と見分けがつかない。

君が行き日長くなりぬ山尋ね迎へか行かむ待ちにか待たむ
かくばかり恋ひつつあらずは高山の岩根しまきて死なましものを
ありつつも君をば待たむうち靡く我が黒髪に霜の置くまでに
秋の田の穂の上に霧らふ朝霞いづへの方に我が恋やまむ

不在の夫を恋う一連は、そのまま死者を歎く挽歌と見てもおかしくない。実際、折口信夫《おりくちしのぶ》は「実際の内容から見れば、明らかに万葉の分類で謂ふ挽歌に属するものであつた筈である」（折口信夫「恋及び恋歌」、『折口信夫全集』第八巻、二四三頁）として、第二首目について、次のように解釈している。

此御歌は、「わが思ふ人は死んで奥山の石の槨《カラト》に枕してゐる。こんなに招魂法を行つても〳〵かひのない位なら、かの人の許に行つて、其石を枕の死骸となつて横つてしまつた方がよかつたのに」と言ふのが、本義であらう。其が、早く別義に解せられて、恋に苦しむものが寧、死を希うたものと思はれ、さうした側に多くの類型を生じて来た。（折口信夫「相聞歌概説」、『折口信夫全集』第九巻、三五三頁）

死者の鎮魂と恋歌の起源が実は区別が付かない、あるいは、後者が前者に起源するというのは、いかにも不思議に思われる。しかし、折口によればそうではない。「「こひ」は相手の返答を予想して居るものではない。言語のみならず、色々な行事によつて、他所にある魂をとり迎へようとする呪術が、「こふ」の古意であつた」（折口信夫『折口信夫全集』第九巻、三五三頁）。それ故、「恋も、招魂《コヒ》——魂《タマ》よばひ——から来た一つ精神の分化」（折口信夫『折口信夫全集』第九巻、三五四頁）であった。

他者の中でももっとも他者であるのが死者であるとするならば（拙著『仏教 vs. 倫理』）、異性である他者への呼びかけが、死者への呼びかけと起源を一つとしていたとしても、おかしくない。死者の魂を呼び止めようとするのと、恋人を呼び止めようとするのと、実はそれほど違いはない。もっとも深く関わり、呼び合いながら、他者はどこまでも他者として、同化されきれない。漱石が最後まで妥協することなく模索し続けたのは、どこまでも他者である異性と、どのように関わることができるか、という問題であった。

漱石はその中で、男からする「所有」に対して、女からする「愛」の原理を提示した。恐らくその対比は偶然のことではない。上野千鶴子は、「男たちは、自分の相補的な依存性を認めようとせず、したがって対について語りたがらない。女たちばかりが、対と愛について語る」（上野『女という快楽』、一六頁）と指摘する。「ことばを占有してきた男たちは、女たちを名づけ、記述し、そのことによって女を客体化してきた」（同、一一頁）のに対して、女は「自分が相補性の片われであることを、骨の髄まで知っている」から、男に向かって、「自分もまた相補性の片われにすぎないことを思い知れ、と迫る」（同、一二頁）のだ。「対幻想」こそ、女の武器だ。

『明暗』のお延は、まさしくこの女の原理の実行者だった。あまりに時代に先駆けた孤独な愛の戦士は、同性たちからも包囲され、追いつめられ、挫折する。「対幻想」は「共同幻想」の前にあえなく潰《つい》える。だが、本当に負けたのか。はたして「愛」の復讐《ふくしゅう》は成り立たないのか。それは、まさしく未完のままに我々に投げ出された問だ。

その時、もうひとつ注意しなければならないのは、それが決して抽象の問題ではなく、きわめて具体的な生活次元の問題であることだ。煩悶《はんもん》する漱石の主人公の男たちに対して、「恐れない女」は何よりも生活密着という点で強みを持っていた。ヘーゲルの奴隷と主人の弁証法そのままに、家父長制下で男は具体的な生活の場を見下して女に明け渡し、生殺与奪の力を奪われることになる。それは今日に至って、定年離婚、熟年離婚で男たちが打ちのめされる結果を招くことになった。

思想は天下国家を論ずるところに成り立つのではなく、日常の家事から、育児から、性生活から発するものではないのか。天下国家の問題ならば、それこそどのようにでも勝手な評論ができる。しかし、女がはじめて自己表現を展開した『青鞜』において議論されたのは、貞操論争にしても、堕胎論争にしても、女が否応なくその人生において直面しなければならず、逃げようのない問題であった（拙稿「女性の目ざめと禅」、『他者・死者たちの近代』所収）。女たちがもたらしたのは、私生活として陰に隠れてしまうものを表に持ち出し、それをもっとも公的な問題の核心として捉え返すことにあった。今日大きな問題となっている少子高齢化にしても、その原点はもっとも私的な生活レベルに発し、そしてその結果もまた生活レベルに戻っていく。〈私〉を原点として〈公〉があるのだ。

　もっとも危ないのは、それが逆転して、〈私〉の生活レベルの問題が〈公〉の論理に収奪されることであり、それこそ教育勅語から昭和の戦争に至るまでなされたことであった。そこでは、「お国のため」が〈私〉の生活を蹂躙《じゅうりん》する。しかし、生活は天皇のためでもなければ、国家のためでもない。もっとも具体的なところで、男と女が他者として向き合い、何を築いていくことができるのか、そこから出発するのでなければならない。

　漱石があえて時代に抗して「個人主義」を主張し、男と女の葛藤に執着し続けたのもそのためであった。そして、その格闘の中から最後に提示したのが、男の「所有」に対する女の「愛」の原理であった。男ではなく女、「所有」ではなく「愛」、〈公〉ではなく〈私〉、天下国家ではなく日常の生活——これまでの価値の優劣をすべて逆転したらどうなるのか。こうして漱石の設問は、人間のあり方を根源から問い直すことになる。

　もっとも振り返ってみれば、それは本居宣長《もとおりのりなが》が『源氏物語』論である『紫文要領』や『源氏物語玉の小櫛《おぐし》』で、人間の本質を「女童」として捉えた時に主張したことでもあった。ただ、宣長においては、そのような人間の理解は、仏教的な現世否定や儒教的な倫理観を覆し、現世的な人間性をそのままに全面肯定するという意味を持つものであった。しかし、漱石においては、「愛の戦争」の行方は、もはやそれほど楽観的に見られているわけではない。それは常につぶされ、隠蔽される危機の中から、戦いによって救い上げられ、育《はぐく》まれていかなければならない。安易な悟りなどない。「門」の向こう側を見据えながら、「門の下に立ち竦んで」、人間のあり方が執拗に問い直され、捉え直されて行く作業が延々と続けられる。小説という方法で、どこまでもその作業を引き受けていくところに、禅の修行に匹敵する漱石の「修道」があったのである。

参考文献

上野千鶴子『女という快楽』（勁草書房、一九八六年）
上野千鶴子『近代家族の成立と終焉』（岩波書店、一九九四年）
折口信夫『折口信夫全集』第八巻（中公文庫、一九七六年）
折口信夫『折口信夫全集』第九巻（中公文庫、一九七六年）
駒尺喜美『漱石――その自己本位と連帯と』（八木書店、一九七〇年）
小森陽一他編『漱石辞典』（翰林書房、二〇一七年）
佐伯順子『「色」と「愛」の比較文化史』（岩波書店、一九九八年）

佐々木英昭『夏目漱石と女性』（新典社、一九九〇年）
末木文美士『仏教vs.倫理』（ちくま新書、二〇〇六年。増補版『反・仏教学』、ちくま学芸文庫、二〇一三年）
末木文美士『他者・死者たちの近代』（トランスビュー、二〇一〇年）
中山和子「女性像」（三好行雄編『夏目漱石事典』、学燈社、一九九二年）
松岡譲『漱石先生』（岩波書店、一九三四年）
松下貞三『漢語「愛」とその複合語・思想から見た国語史』（あぽろん社、一九八二年）
水村美苗『続明暗』（新潮社、一九九〇年／新潮文庫、一九九三年）
柳美里『命』（小学館、二〇〇〇年／新潮文庫、二〇〇四年）
渡辺浩「「夫婦有別」と「夫婦相和シ」」（『中国——社会と文化』一五、二〇〇〇年）

＊漱石の引用は、『漱石全集』旧版（岩波書店）に拠った。プロローグは、拙稿「禅」（小森陽一他編『漱石辞典』）にもとづく。

あとがき

角川書店(KADOKAWA)から、これまで『日本仏教入門』(二〇一四)、『日本の思想をよむ』(二〇一六)を出してきてこれで三冊目になる。仏教・日本思想・文学と、手持ちの乏しいレパートリーを出し切って、ひとまず三部作が完結することになる。それぞれスタイルは違うが、水準を落とすことなしに、一般の方にも読んでいただける本になったという点では共通していると思う。

本書はもっと早く出ているはずであったが、予定よりだいぶ遅れることになった。書き下ろしの「源氏物語と仏教」に時間がかかったためである。「平家」があるから「源氏」もという洒落《しゃれ》ではないが、ずっと親しんできた『源氏物語』と何とか取り組んでみたかった。さすがに難物で、こんな読み方でよいのかどうか分からないが、書くのは楽しかった。やはりスケールが格段に違うと実感させられた。

中古から近代にまでわたったので、欲を言えば、さらに遡《さかのぼ》って『万葉集』についても書きたかったが、これ以上遅らせないためと、分厚くしないために、今回は控えた。以前、「『万葉集』における無常観の形成」(『日本仏教思想史論考』、大蔵出版、一九九三所収)という論文を書いているので、とりあえずはそれをご覧いただきたい。

初出の時期がばらばらで、かなり古いものも入っている。今回、全体を見直し、手を入れたが、必ずしもすべて統一が取れているわけではない。「はじめに」にも記したように、一貫した論ではないので、多少の不揃いのところがあるほうが、かえってテーマの多様性にかなっているかもしれない。素人の論で、とんでもない間違いをしていないとも限らない。お気づきの点があれば、どうか読者のご指摘をいただきたい。

編集を担当した伊集院元郁氏には、引用のチェックから、仮名遣いの統一まで、諸般にわたって気を配っていただいた。有難うございます。

二〇一八年早春

著者

初出一覧（全体にわたり、大幅に加筆修正した）

1　源氏物語と仏教（書き下ろし）

2　平家物語と仏教（『原典平家物語ＤＶＤ』解説冊子、四〜一三、ハゴロモ、二〇〇九―一〇年）

3　能と仏教

修羅の救い（『観世』二〇一三年一月号）

大和を巡る謡曲と宗教（『観世』二〇一〇年九月号）

中世思想の転回と能（『能と狂言』一四、二〇一六年）

4　経典とその受容

仏教経典概論（「経典（仏教における）」改題／『歴史学事典』一五、弘文堂、二〇〇八年）

経典に見る女性（『国文学　解釈と鑑賞』六九―六、二〇〇四年）

仏教と夢（『文学』隔月刊六―五、二〇〇五年）

＊第三項は「紹介・奥田勲・平野多恵・前川健一編『明恵上人夢記訳注』」（『国語と国文学』一〇七、二〇一六年）

西欧における日本仏教の紹介（『文学』隔月刊、二―五、二〇〇一年）

5　思想と文学の間

真福寺写本からみた中世禅（「真福寺大須文庫所蔵写本からみた中世禅」改題／天野文雄監修『禅からみた日本中世の文化と社会』、ぺりかん社、二〇一六年）
思想家としての無住道暁（「思想家としての無住一円」改題／『日本古典文学全集』五二・沙石集・月報、小学館、二〇〇一年）
『徒然草』の酒談義（季刊文学増刊『酒と日本文化』、一九九七年）
良寛と仏教（『国文学』四三―七、一九九八年）
禅と女性（「禅と女性の思想形成――祖心・橘染子から平塚らいてうへ」改題／『禅文化研究所紀要』二八、二〇〇六年）

6　愛と修道――漱石のジェンダー戦略

（「愛――漱石のジェンダー戦略から」改題／『思想の身体　愛の巻』、春秋社、二〇〇六年）

＊プロローグに全面改稿をほどこした。

末木文美士（すえき・ふみひこ）

1949年、山梨県生まれ。東京大学大学院人文科学研究科博士課程修了。博士（文学）。現在、東京大学名誉教授、国際日本文化研究センター名誉教授。専門は仏教学・日本思想史。仏教を含めた日本思想史・宗教史の研究とともに、広く哲学・倫理学の文脈のなかで、現代に生きる思想としてそのあり方を模索。『日本宗教史』（岩波新書）、『日本仏教史』『仏典をよむ』（新潮文庫）、『日本仏教入門』（角川選書）、『日本の思想をよむ』（KADOKAWA）、『思想としての近代仏教』（中公選書）など、著書多数。

角川選書 599

仏教《ぶっきょう》からよむ古典文学《こてんぶんがく》

平成 30 年 2 月 22 日　初版発行

著　者　末木文美士《すえきふみひこ》

発行者　郡司　聡

発　行　株式会社 KADOKAWA
東京都千代田区富士見 2-13-3　〒 102-8177
電話 0570-002-301（ナビダイヤル）

装　丁　片岡忠彦　　帯デザイン　Zapp! 高橋里佳

印刷所　横山印刷株式会社　　製本所　本間製本株式会社

KADOKAWAカスタマーサポート
［電話］0570-002-301（土日祝日を除く11時～17時）
［WEB］http://www.kadokawa.co.jp/（「お問い合わせ」へお進みください）
※製造不良品につきましては上記窓口にて承ります。
※記述・収録内容を超えるご質問にはお答えできない場合があります。
※サポートは日本国内に限らせていただきます。

定価はカバーに表示してあります。

ISBN978-4-04-703615-4 C0315

この書物を愛する人たちに

詩人科学者寺田寅彦は、銀座通りに林立する高層建築をたとえて「銀座アルプス」と呼んだ。

戦後日本の経済力は、どの都市にも「銀座アルプス」を造成した。

アルプスのなかに書店を求めて、立ち寄ると、高山植物が美しく花ひらくように、書物が飾られている。

印刷技術の発達もあって、書物は美しく化粧され、通りすがりの人々の眼をひきつけている。

しかし、流行を追っての刊行物は、どれも類型的で、個性がない。

歴史という時間の厚みのなかで、流動する時代のすがたや、不易な生命をみつめてきた先輩たちの発言がある。

また静かに明日を語ろうとする現代人の科白がある。これらも、

銀座アルプスのお花畑のなかでは、雑草のようにまぎれ、人知れず開花するしかないのだろうか。

マス・セールの呼び声で、多量に売り出される書物群のなかにあって、

選ばれた時代の英知の書は、ささやかな「座」を占めることは不可能なのだろうか。

マス・セールの時勢に逆行する少数な刊行物であっても、この書物は耳を傾ける人々には、

飽くことなく語りつづけてくれるだろう。私はそういう書物をつぎつぎと発刊したい。

真に書物を愛する読者や、書店の人々の手で、こうした書物はどのように成育し、開花することだろうか。

私のひそかな祈りである。「一粒の麦もし死なずば」という言葉のように、

こうした書物を、銀座アルプスのお花畑のなかで、一雑草であらしめたくない。

一九六八年九月一日

角川源義